权威全译典藏版

热爱生命·野性的呼唤

杰克·伦敦小说精选

Love of Life &
The Call of the Wild

［美］杰克·伦敦（Jack London）◎著

靳文泉◎译

CTS 湖南文艺出版社
PUBLISHING & MEDIA
HUNAN LITERATURE AND ART PUBLISHING HOUSE

博集天卷
CS-BOOKY

图书在版编目（CIP）数据

热爱生命·野性的呼唤 /（美）杰克·伦敦（London，J.）著；靳文泉译 .
—长沙：湖南文艺出版社，2013.1
书名原文：Love of Life & The Call of the Wild
ISBN 978-7-5404-5829-4

Ⅰ. ①热… Ⅱ. ①杰…②靳… Ⅲ. ①短篇小说—小说集—美国—近代
②长篇小说—美国—近代 Ⅳ. ①I712.44

中国版本图书馆 CIP 数据核字（2012）第 277135 号

上架建议：青少年阅读·经典名著

热爱生命·野性的呼唤

作　　者：[美] 杰克·伦敦（Jack London）
译　　者：靳文泉
出 版 人：刘清华
责任编辑：丁丽丹　刘诗哲
监　　制：张应娜
特约编辑：袭村野　丛龙艳
封面设计：张丽娜
版式设计：崔振江
出版发行：湖南文艺出版社
　　　　　（长沙市雨花区东二环一段 508 号　邮编：410014）
网　　址：www.hnwy.net
印　　刷：河北鹏润印刷有限公司
经　　销：新华书店
开　　本：880mm×1270mm　1/32
字　　数：225 千字
印　　张：9.5
版　　次：2013 年 1 月第 1 版
印　　次：2018 年 6 月第 6 次印刷
书　　号：ISBN 978-7-5404-5829-4
定　　价：28.00 元

若有质量问题，请致电质量监督电话：010-59096394
团购电话：010-59320018

杰克·伦敦

目录
Contents

热爱生命

所有的一切都逝去，只剩下这一点——
尽管输得一无所有，甚至没了赌下去的本钱，
也别管他们生活困苦，经历过多少颠沛流离，
能做到这些就是胜利绽笑颜。

　　两个身影，一瘸一拐地走下河岸。他们眉头紧锁，又累又乏，脸上泛着咬牙苦撑的神情。甚至有一次从乱石上走过的时候，前面的那个人一失足，身子还摇晃了一下。包袱用毯子包裹起来，沉重地压在他们的肩上。如果没有勒在额头上的皮带帮忙吊着，毫无疑问，他们疲惫的身子是无论如何也扛不动这包袱的。两个人弓着腰，肩膀冲着地面，艰难地向前挪着步子，手里还拎着来复枪。他们的目光总是呆滞地不离地面，脑袋耷拉着。

　　后面的那位开口说："那些子弹藏在地窖里多可

惜，要是有三两发带在身上就好了。"

他冷冰冰地嘀咕着，音调阴沉沉的，没有一丝感情。前面的那位不做任何回应，只是朝从岩石上流过、还激起一片片泡沫的小河走去，他一瘸一拐的，显得无比决绝。

后面的那位紧紧追随着他。河水冷得刺骨，他们被水流冻得双脚麻木，脚踝疼痛难忍。尤其是每次水流击打他们的膝盖的时候，两个人更是摇摇晃晃，难以立足。跟在后面的那位踩在一块光滑的石头上，眼看就要摔倒，他号叫一声，用力一挣，好不容易站稳了。他身子摇晃着，一只手伸出来四处攀抓，竭力想扶着什么东西来保持平衡。他稍一站稳，就向前挪步，但随着一阵摇晃，又差点儿掉进河里。没办法，这个人只好原地不动，眼睁睁地看着前面那位。那人头也不回，只顾自己低头走路。

后面的这个人站在原地，犹豫了足足有一分钟。说服了自己后，他喊道："喂！我扭伤脚踝了，比尔！"

比尔没有回头，仍然踉踉跄跄地在白茫茫的河水里走着。

看着他这漠然的样子，后面的那位脸上虽然不露声色，眼睛里却流露出小鹿受伤般的神色。

前行的那位一副充耳不闻的样子，依旧一瘸一拐地走着，并且登上了对面的河岸。站在河里的那个人嘴唇在抽搐，乱棕似的胡子也随之抖动。他眼睁睁地看着已经登岸的那位，下意识地伸出舌头舔着嘴唇。

他高声喊道："比尔！"

这是面对磨难，一个坚强的人发出的需要救援的呼唤，但那个叫比尔的人仍然没有回头。他不顾腿脚的伤痛，依旧前行。他艰难地登上一片还不算太陡的斜坡，向低矮的山头走去，渐渐消失在阴暗的天际。河里的那个人眼睁睁地看着这一幕，知道无可挽回，就掉转目光，慢慢回味比尔留给他的消逝了的身影。

因为脚踝受伤，这个人只好单腿立着休息。他看了一下自己的表，表上显示是四点钟。这个时节应该是七月底到八月初，他说不好现在到底是礼拜几。为了辨别方向，他特意看了看太阳，地平线附近的太阳快要被浓重的大雾遮没了，像是一个即将熄灭的火球。这个火球变得如此暧昧，让人觉得是一个轮廓模糊的东西，显得那么不可捉摸。这个人知道现在太阳的位置大概在西北方。确定这一点后，他又朝南望去。他明白那些荒凉的小山背后就是大熊湖。他知道，那里是加拿大的冻土地带，已经越过了北极圈的禁区线。而他脚下的河，是铜矿河的一条支流，铜矿河的主流则通向北冰洋和加冕湾，是朝北去的。他记起来了，有一次在哈得逊湾公司，他在地图上看见过那个地方，但是自己一直没有去过。

他无奈地打量着周遭的世界。到处是模糊的天际线，低矮的小山上，没有灌木，没有树木，甚至连一棵草也没有，什么都没有，这里只是一片笼罩在恐怖氛围里的辽阔荒原。看着这些，他心头升起一丝恐惧，并且迅速弥漫开来。

他开始一次次地喊着："比尔，比尔——"声音微弱无力。

这个无比广阔的世界似乎正在残酷地展示着摧残一切的威力，得意地调用所有不可抵挡的力量挤压着他，似乎要在顷刻间摧毁他。突然，河里的人像发疟疾似的哆嗦起来，"哗啦"一声，他手里的枪掉进了水里。这响声终于使他警醒了。他鼓足勇气，不停地告诉自己别害怕，手不停地在水里摸索。好不容易，他找到了枪。为了减轻脚踝的疼痛，他把包袱朝左肩挪了一下，接着他握紧枪，忍住疼痛，慢慢地挪开脚步，朝河岸走去。

他一抬眼，看到了伙伴消失的那个山头，心里似乎受了什么刺激。他发疯似的拼命走了起来，不顾任何疼痛，急匆匆登上了那片斜坡。他这副样子，比起一瘸一拐的比尔，看上去更加古怪。他登上山头，朝下面一看，竟然是不寸草不生、充满死亡气息的浅浅的山谷。恐惧又开始在他的脑海翻腾，他一个劲儿地鼓励自己要战胜它。经过这段路程，他的脚踝更加疼痛了，他只好把包袱朝左肩又挪了几下，然后趔趄着走下了山坡。

这片谷底很潮湿，厚且浓密的苔藓紧贴在水面上，像海绵一样。他每走一步，就从脚下溅起来一些水。潮湿的苔藓紧紧吸着他的双脚，这样，只要他一抬脚，就发出"吧唧吧唧"的响声。他只好顺着比尔的踪迹，仔细地挑好走的路，从一片沼泽地走向另一片沼泽地，从这片苔藓海里突出的一堆堆岩石上走过。

虽然只是孤身一人，但是他并没有迷失方向。他明白，再走一段路，就会到达一个被当地人叫作"提青尼其利"——意思是"小棍子地"——的地方。这个地方，确切地说，是在一个小湖旁边。这里有许多枯死的细小的枞树。有一条小溪通向小湖里，溪水也不再是白茫茫的。他清楚地记得，小溪里没有树木，却有灯芯草。他可以顺着溪流一直走到溪水的尽头，那里有道分水岭。他将翻越分水岭，找到另外一条小溪的源头。那条小溪是朝西边流的，最终注入狄斯河。他将在溪流和狄斯河交汇处找到一条翻了的独木舟。舟下面有个小坑，坑上堆着好多石头。搬走石头，他就能获得补给了。坑里有钓鱼、打猎获取食物的所有工具，有钓钩和一张小渔网，甚至还有他空枪里急需的子弹。他还能找到一块腌肉和一点儿豆子，以及为数不多的面粉。

他相信，比尔会在那儿等着他。然后，他们会沿着狄斯河向南划船，一直到达大熊湖。在大熊湖里他们会继续朝南方划行，到达麦肯齐河。接着他们还要向南方走，一直走到那个温暖的哈得逊湾公司的站点，那儿物产丰富，不仅树木繁茂高大，而且可以食用的东西也数不胜数。他不由得高兴起来，那样的话，即使天气更加寒冷，即使水结成冰，也没什么值得担心的了。

这个人竭力往好处想，他觉得比尔不会丢下他不管的，比尔一定在藏东西的那个地方等着他。他就这样一边挣扎着前行，一边这样猜想。

也难怪，他不得不这样想。不然的话，他早就坐以待毙，而不会拼命前行了。在西北方向，太阳依旧像一团模糊的圆球，缓缓沉下去。他反复盘算着冬天来临之前，他和比尔向南逃去的每一段路。他已经将近两天没吃东西了，要是从他没吃到自己想吃的东西算起，那何止两天！有时候，他能看到沼泽地上那种灰白色的浆果，他把它们放进嘴里，忍着难吃的味道，咀嚼几下，就咽下去了。也难怪他吃东西这么痛苦，因为这种浆果外面只包着一丁点儿浆水，里面只有一小粒种子。明明知道这种浆果不会有什么养分，但他还是满怀着一丝莫名的希望，耐心地咀嚼着。种子又苦又辣，浆水一入口就化了，但他全然不顾。

九点钟的时候，因为无比疲惫和衰弱，他被一块石头绊了一下，只是摇晃了一下，他就栽倒在石头旁了。他歪着身子，静静地躺在那里一动不动。等着体力稍微恢复了一点儿后，他就从捆绑包袱的那条皮带中挣脱出来，费了很大的力气才坐了起来，看上去动作很笨拙。这时候，夜幕并没有把天完全涂黑，借着那丁点儿微弱的光亮，他在乱石中仔细搜寻着。他需要一些干枯的苔藓来生火。费了好半天工夫，他终于堆好了一堆干苔藓，生起了一小堆看上去随时都会熄灭但还冒着黑烟的火。他放了一个白铁罐子在上面烧水。

他小心地打开包袱，首要的事情就是去数他的火柴。总共六十七根。为了确认这个数目，他反复数了三遍。这些火柴被分成了几份，然后用油纸包了起来。一份放在了他已经空了很久的烟草袋里，一份放在他那破破烂烂的帽子的帽圈里，最后一份放在了紧贴胸口的衬衫口袋里。放好以后，他突然感到一阵恐慌，又迫不及待地把那些火柴全部拿出来，重新数了起来。没错，还是六十七根。

火边，他开始烘烤湿透了的鞋袜。鹿皮鞋已经被泡成了碎片，袜子也磨破了，两只脚皮开肉绽，都在流血。其中一只脚的脚踝肿得像膝盖一样粗，上面青筋暴露。他从仅有的两条毯子中的一条上撕下一段，用力勒紧脚踝。然后，他又撕下了几段，缠在脚上，之后就把原来的袜子和鹿皮鞋扔掉了。他喝完了铁罐里滚烫的水，上好了手表的发条，爬进那两条毯子里去了。

午夜前后那短暂的黑暗匆匆来，又匆匆离开。但他睡得很死，根本没有察觉。

不知不觉，太阳从东北方向升了起来。它被乌云遮住了，只留给大地一缕破晓的光芒。

六点钟的时候，他醒了。他静静地仰望天空，饥肠辘辘。当他支着胳膊肘挣扎着想要翻身的时候，突然身边传来一种很大的呼噜声。他吓了一跳，定睛一看，原来是一只公鹿，它正用警惕和奇怪的眼睛审视着他。他估量了一下，他和这公鹿之间的距离也就五十英尺左右。他禁不住自己肚子的召唤，脑海中突然浮现出了鹿肉被烧烤得嗞嗞作响的情景。他本能地抓起了那支空枪，瞄准准心，扣动了扳机。公鹿哼了一下，就跳着跑开了，留下蹄子穿过山岩时踏着石子发出的嗒嗒声。

他无奈地咒骂了一句，扔掉了空枪，一边高声哼哼着，一边慢慢地站了起来。他的关节好像生锈的链条一样动作迟钝，让他疼痛万分，似乎每一次身体的屈伸他都得咬着牙才可以做到。终于，他站起来了。但是又花了大约一分钟的时间，他才挺起了腰板，像个人一样笔直地站立着。

他缓慢地爬上了一个小土包，观察了一下周围的地形。这里没有树木，也没有草丛，只有那望不到边的灰色苔藓。那零星的灰色岩石，几条灰色的小溪和几片灰色的小湖，就算是一些点缀了。天看不到一点儿太阳的影子，笼罩在一片灰蒙蒙的乌云中。他不知道北方在哪儿，他甚至已经忘记了自己昨晚是怎样来到这里的。不过，他并没有迷失方向。

他深信这一点。再过不久，他就会到达那块"小棍子地"。他觉得它就在左方的什么地方，不会太远，也许翻过下一座小山的时候就能到达。

因此他回到原地，收拾好包裹，准备出发。他又摸了摸那三包分开放的火柴，还在，他就没有再去细数。但是，他还是犹豫了一下，这次是为了一个厚实的、足够用两只手完全遮住的鹿皮口袋而合计。他很清楚这口袋的重量，它足足抵得上包袱里所有物品重量的总和——应该有十五磅重。最后，他下定决心把它放到一边，开始卷起包袱。卷了一阵子，他又停了下来，紧盯着那鹿皮口袋，他又慌忙地把它抓在手中，还用一种警惕的目光扫向四周，好像这片荒原要把它从他身边抢走一般。他摇摇晃晃地站起来，准备开始这一天的路程时，这个口袋还是留在了他背后的包袱里。

他转而向左边走着，偶尔会停下来吃一些沼地上的浆果。他瘸得更明显了，因为他那扭伤的脚踝已经僵直了。但是，相对于饥肠辘辘的痛苦来说，脚上的疼痛根本就不算什么。饥饿是不能忍受的，它不停地发作，好像在一点点吞噬着他的胃，让他不能专心地走在通往"小棍子地"的路线上。那些浆果也不能减轻这样的疼痛，反而刺激得他的舌头和口腔火辣辣的。

他来到了一个山谷，那里有许多松鸡。它们在岩石上和沼泽地里飞来飞去，发出"咯——咯——咯"的叫声。他想打下几只来，但是总是失败。他放下了包袱，像只猫一样悄悄走过去，地面上留下了一道道血迹，锋利的岩石已经划破了他的裤子和腿。但是相对于饥饿给他带来的痛苦来说，这根本就不算什么。他在苔藓上爬着，弄得浑身湿透，也减轻不了他要吃东西的欲望。那些松鸡总是在他面前转悠着，有时也会飞起来。渐渐地，他感觉那些松鸡发出的"咯——咯——咯"的叫声，像是对他的嘲笑。然后，他就对着它们叫骂。伴着松鸡的叫声，咒骂的声音越来越大。

一次，他爬到了一只睡着的松鸡旁边。他一直没有瞧见它，直到那只松鸡从附近的岩石中惊慌地朝着他飞了起来。他也像那只松鸡一样，惊慌中本能地抓了下去。他看了看他手上的战利品——三根松鸡尾羽，眼睁睁地看着松鸡逃走了。一种痛恨的感觉油然而生，倒像是那只松鸡对不起他似的。过了一会儿，他又返回原来的地方，背起了行囊。

时间慢慢地流逝，他走进了一片绵延的山谷，也可以说是沼泽地。相对于他走过的其他地方，这里的野生动物多一些。一群有二十多头的驯鹿从离他不远的地方走过，那完全是在他来复枪的射程之内。他想追它们，这个疯狂的念头悄然而生。他对自己有信心，它们是跑不掉的。一只嘴里叼着松鸡的黑狐狸朝他走来，他发出一种可怕的喊声，那只黑狐狸立刻跑得不见踪影，但是没有丢下松鸡。

天快要黑的时候，他顺着一条河走去。河水因为含有石灰而呈乳白色，淙淙穿过稀疏的灯芯草。他抓紧了灯芯草的根部，拔起了一种看上去很嫩、像是刚长出的葱芽、和木瓦上的钉子差不多大的东西。他迫不及待地把这种东西放到嘴里，拼命地咀嚼起来。那东西吃起来感觉很好，只是所含的纤维很难嚼烂。它和浆果一样，一点儿养分也没有，都是由一丝丝充满了水分的纤维组成的。他放下了包袱，冲进灯芯草丛里，牛嚼似的大口大口地吃了起来。

他太累了，总是希望能好好地睡一觉。但是他必须继续向前走，当然这并不是因为他急着赶往"小棍子地"，只是他太饿了。他试着用手指在土中抠小虫，在水坑中找青蛙。但是他很清楚，在这么靠北的地方，这么做自然是徒劳的。

他找遍了所见的每一个水坑，一无所获。等到夜幕降临的时候，他在一个水坑中找到了唯一的一条像鲦鱼般的小鱼。他把胳膊伸进去，当水漫到他的肩膀的时候，迫不及待地抓了下去，但那条鱼溜走了，他不停地抓，把整个水坑都搅浑了，关键时刻，他又掉进水里，混浊的水让他看不清鱼的位置。没办法，他只好等着水澄清的时候再去抓。

没多久，他又抓了起来。一会儿他就把水又搅混了。他忍不住用身上的白铁罐子拼命向外舀水，不小心把水溅到了自己的身上，估计是泼出去的水太近了的缘故，水刚被舀出去就又流了回来。渐渐地，他冷静了下来，开始小心翼翼地往外舀着。他的手在颤抖，因为现在的他心跳得特别厉害，但还是告诫自己要冷静些。这样，半个小时后，坑里的水只剩下了不到一杯。

坑里根本就没有鱼，那条鱼已经从石头的一条暗缝里钻向了旁边的一个大坑，如果用他那个白铁罐子的话，一天一夜也舀不干。如果他知道那个坑里有裂缝的话，一定会毫不犹豫地把它牢牢堵住，那条鱼自然也逃不掉了。他就这样想着，疲惫地倒在了潮湿的地面上。刚开始，他只是低声地哭泣，渐渐地，他对着把他无情围住的荒原放声大哭；后来，他又抽噎了好久。

荒原的夜仿佛永远都是那么冷。他喝了几罐子热好的水，还像昨天晚上那样，准备在岩石上睡。他又一次检查了一下那些火柴，看它们是不是已经潮湿了，然后拿出表上好发条。他忘记了毯子的湿冷和脚腕的疼痛，现在对他来说唯一的感觉只是饥饿。晚上，他做了一个美梦，梦境中一桌桌的酒席上那各式各样的食物也许就是这不安的夜中唯一的慰藉了。

一觉醒来，他感到极不舒服。灰色的天空与大地越来越阴晦。太阳也没出来，他直打哆嗦。山顶上白雪皑皑，寒风凛冽，周围的雾气越来越浓重，不一会儿变成了白茫茫的一片。他点着火，烧了一罐子水。天空中的雨夹雪越来越大，雪片大而湿冷。雪片开始时一落地就消融了，但后来铺天盖地地下着，毫不留情地熄灭了火。显而易见，他当作燃料的干苔藓也被糟践了。

这无疑是老天对他的警告，他赶紧背起包裹，重新起程。他一瘸一拐地一直向前走着，也不关心去哪儿。无论是那"小棍子地"，还是比尔，又或者是狄斯河边独木舟下面的地窖，他已经毫不牵挂了。现在，他被饥饿逼得快要发疯了，满脑子就是"吃"这个字眼儿。对他来说，只要能出了谷底，到哪儿都行。他不停地在湿雪里摸索，终于走到沼泽地浆果那儿，虽说那些灯芯草的根没有味道，也不能充饥，但是他还是沿路一边拔着，一边摸索着前行。

终于，他找到了一种蔓生野草，并不多，还带着酸酸的味道，并且很容易就让雪盖住，但他依旧是把能找到的全部吃掉了。那天夜里，他没有热水也没有火，经常被饿醒。这时节，雪变成了灰蒙蒙的雨点。他仰着头睡着，雨点毫不留情地落在他脸上，把他弄醒了好几次。第二天上午，天空与大地还是灰蒙蒙的一片，太阳依旧没露头。上帝好像是发了善心，雨停了，他也不饿了。这是因为胃中的绞痛已经让他失去了进食的欲望。除了胃疼得厉害，他并不过分难受。在渐渐清醒的大脑里，又浮现出了"小棍子地"与狄斯河边的那个地窖。

为了给这一天的行程做好充分的准备，他把那条被他撕破的毯子撕成一条条，把脚踝重新裹紧，接着又裹好了他那满是鲜血的脚。他想了很久，在整理包袱的时候，还是带上了那个厚实的鹿皮口袋。

也许是因为前几天的迷路，他在这将近两天的时间里前行的方向有些偏左了。现在太阳出来了，虽说大部分的雪已经被雨水淋化，但山顶上还是白雪皑皑。为了找到正确的方向，他开始靠右边前进。

这时他虽然已经不是那么的饥饿，但是虚弱感渐渐地明显。拔灯芯草或是采集浆果的时候，他常常要休息一会儿才能继续前行，身体内的不良反应也让他有些吃不消，那烦人的剧烈心跳，总是让他昏沉沉的，喘不过气来。这种情形，每隔几分钟就会发作一次。

很快，到了中午。他在一个很大的水坑里发现了两条鲦鱼。如果把坑里的水舀干了捕鱼，那根本是不可能的。他想了个办法，用白铁罐子把那两条鲦鱼从水坑中捞了起来。鱼太小了，只有他小手指那么长，但他现在倒不是觉得特别饿。他的胃已经麻木了，没有了特别想吃东西的欲望，像睡着了一样。他费劲地咀嚼着那刚刚入嘴的生鲦鱼，理智促使着他去吃这些东西。虽然他并不情愿，但是他很清楚，要想活下去，就必须吃。

傍晚时分，他又抓到了三条鲦鱼，吃了两条，留下一条作为第二天的早餐。零散的苔藓已经被太阳晒干，他也能烧些水来暖和一下身体了。这一天当中，他只走了不到十里。第二天，他想只要身体允许，他就会一直不停地向前走，但是只走了五里左右。他的胃好像睡着了一般，没有一丝的饥饿感和疼痛感。

他走到了一个陌生的地方，周围的驯鹿多了起来，狼也出现在他的视野范围内。有一次，他看到前面的路上有三只狼穿过。荒原里的狼嗥此起彼伏。

又过了一夜。第二天早晨，趁着头脑还算清醒，他解开鹿皮口袋，倒出了一堆黄澄澄的粗金沙与金块，分成了差不多等量的两堆，一堆用毯子包了起来藏在一块突出的岩石下，另一堆依旧放进口袋带在了身上。随后，他从那条仅存的毯子上撕下几条，把脚裹好。他没有把枪丢下，因为他知道子弹就在狄斯河边的地窖里。

这是一个弥漫着大雾的日子。这天，他倒是有了饥饿的感觉，但身体的虚弱使得他不住地头晕眼花，什么都看不清，摔跤也成了家常便饭。当然有时候摔跤也不是什么坏事。有一次，他被绊倒的时候，就碰巧摔到了一个松鸡窝里。四只刚刚出生一天的小松鸡活蹦乱跳地出现在了他的面前，虽说只够他吃一口的，但他现在可是饥不择食。他像嚼蛋壳一样，大口吞咽着小松鸡。母松鸡大叫着向他扑来，他拿枪当成棍子来打它，母松鸡躲开了。然后他又用石子砸它，倒是碰巧打伤了它的一只翅膀。母松鸡拍打着受伤的翅膀逃跑了，他在后面紧紧地追赶。

小松鸡的味道勾起了他的食欲。他追赶着母松鸡，时不时地用石子丢它，有时候会大声地呼喊，有时候一瘸一拐不声不响地追着，摔倒了就咬着牙爬起来，体力不支的时候就揉揉眼睛。

追着追着，他竟然穿越过了那个谷底，并且发现了一些留在湿苔藓上的脚印。这一定是比尔的，他看得出来。虽然有了这些蛛丝马迹，但是他不能因此停下来，因为他要先把那只奔跑在前面的母松鸡抓住，才能再回来仔细地研究。

他累坏了，当然那只母松鸡也已经疲惫不堪。他和母松鸡都歪着身子躺在地上喘着粗气。他们之间的距离只有十多英尺，但他没有力气爬过去。每次当他积聚好精力，伸手想尽力抓住它时，母松鸡也休息好了，扑棱着翅膀退到他够不着的地方。这样的追逐似乎不停地上演。天色变黑了，这场追逐战也有了最终的结果——松鸡跑掉了。而他因为全身软弱无力，又不小心被绊了一跤，就一下子头重脚轻地摔倒在地，包袱重重地压在他身上，脸也被划破了。好一会儿他才翻过身子，在地上侧躺着，上好手表的发条，筋疲力尽地躺在那里，直到第二天的早晨。

又是一个雾天。他仅剩下的那条毯子已经有一半用来绑脚了。他还是没有发现一点儿比尔的行踪，对于现在的他来说，这件事情已经没太大的意义了。也许比尔也找不到路了，他这样想着。现在他最关心的，还是食物问题。中午时分，身体的虚弱和包袱的重量已经压得他难以呼吸了，于是这次他又把金子分出一半，只带着另一半上路。下午的时候，剩下的金子也被他丢掉了，他的身上现在只剩下一支枪、一个白铁罐子和被他撕得只剩下半条的毯子。

他开始产生了幻觉，总是觉得那支枪里还剩下一颗子弹，之所以没发现，是因为自己一直疏忽没有检查。但是他清楚地知道，那支枪早就没有子弹了。他在这两种念头中徘徊了几个小时后，为了验证心中的想法，挣脱这种幻觉，他打开了枪膛。枪膛里什么都没有。面对这样的结果，他难过极了，他非常想找到那颗从来没有过的子弹。

经过半个小时的艰难跋涉后，关于子弹的幻觉又出现了。这个念头不停地纠缠着他，他又打开枪膛检查了一遍——还是没有。就这样，他的脑子里两个念头反复地纠缠着、斗争着。现在的他只是靠着一种本能在前行，一些乱七八糟的思想好像附骨的毒虫一样，在慢慢地咬食着他的脑髓。当然这种荒谬的思想也是暂时的，因为这种脱离现实的思想维持不了多久，饥饿总会一次次把他唤醒。他迷迷糊糊地走着。有一次，一只硕大的东西出现在了他的面前，几乎把他吓晕，像醉汉一样，他摇摇晃晃，力图保持着自己的平衡。一匹马！在他面前站着一匹马！他觉得眼前金星乱迸，继而一片漆黑。他又狠命地揉着自己的眼睛，好仔细辨认这东西到底是什么。他这才发现，这东西不是马，而是一头棕熊。没错，棕熊对他这个不速之客有点儿好奇，它摆出一副好斗的样子仔细观察他。

他本能地举起了枪，可是举到一半，突然记起来里面根本没有子弹，就又放了下去。然后他从屁股后面镶嵌着珠宝的刀鞘里抽出了一把猎刀，他不放心地用大拇指试了试，刀刃和刀尖都很锋利。他面对着的是生命和肉体，他必须有所作为。

他本来想扑上去把那笨家伙杀掉，但心脏开始剧烈地跳动，那是对他的警告。这种心跳一个劲儿地往上猛顶，他的头传来一阵剧烈的疼痛，剧烈的心跳都快让他窒息了。

在这样危险的处境下，如果那个大家伙攻击他，脆弱的他该怎么办呢？豁出去了，他这样想着，反而把那些恐惧给冲散了。

他手拿猎刀，摆出了一副自认为很威风的样子，狠狠地盯着那头熊。而那头熊则是试探性地对着他咆哮，并向前挪动几步，最后直立起来。

如果他现在逃跑的话，那个大家伙肯定会毫不犹豫地追上来。但是他没有跑，由恐惧而激发出来的勇气，让他的身子不停地颤抖，他也发出了一阵剧烈的咆哮声，声音十分凶蛮可怕，声音中含着一种在生死关头的恐惧。

他把棕熊吓住了。大家伙被他这个笔直站立、没有任何惧怕神色的神秘家伙给吓住了，它缓缓地向旁边移动着，紧盯着他并发出威胁的咆哮声。他站在那里一动不动，等那只熊走了很长时间以后，才像一尊石像一样，失魂落魄地瘫在稀疏的湿苔藓上。

他现在又积聚勇气，重新站起来，继续前进了，但新的恐惧又一次袭来。饥饿的恐惧没有把他打倒，但是凶残的狼嗥声把他吓得够呛。这声音在荒原上游荡着，像是织成了一个充满危险的大网，似乎触手可及，他被吓得下意识地举着双手，像是要把这声音向后推走。

零星有几只狼从他的身边走过，但是都会避开他，这是因为一来它们数量不多，二来它们只想吃那些不会反抗的驯鹿。它们并不想招惹眼前这个站着的奇怪动物。

不知道为什么，他很不甘心死去。他也知道只有活着才能感受到痛苦，死了相当于睡觉，意味着休息和结束。天黑的时候，看着走过的路边有许多散乱的骨头，那上面还透着一种细胞没死透的粉色，他知道这儿肯定刚死过一只小驯鹿，也许之前这只小鹿还是活蹦乱跳的，一边叫着一边飞跑着。他仔细端详着骨头，慨叹生命的无常，琢磨自己在天黑前是不是也会变成这个样子。生命真是一种倏忽而逝的空虚东西，他感慨地想着。

他并没有为了这些感慨而浪费太长时间。他蹲在苔藓地上，把那些散乱的骨头放进嘴里，吸吮着那些还未死去的细胞。肉有点儿微微的甜味，这久违了的气息像弥漫开来的回忆，缥缈无常，难以捉摸，但把他勾引得快要疯了。他使尽了全身的力气去咬着，也许可以咬下一些碎骨头来，当然有时候也会把牙齿崩碎。后来他开始把骨头用石头砸成碎沫，然后咽进肚子里。他是那么着急，以至于有时会砸到自己的手指，却没感到有多疼痛。

接下来的几天又开始下起了让人恐惧的雪。现在的他已经没有了痛苦的感觉。他不想死，生的渴望在逼迫着他前行。各式各样的神奇和美妙的幻觉充斥了他的整个脑海，使得他身体的协调性越来越差，也越来越麻木了。雨雪也让他分不清时间，不知道什么时候该休息，什么时候该前行，他依靠着本能，跌倒了就睡，爬起来就走。

他老是在吸吮着那些碎骨的残屑，还把剩余的碎骨包好随身带着。现在他不再去翻山越岭了，而是顺着一条流过宽广浅谷的小溪走去。他虽然还在前进着，但没看见山谷，也没看见溪流，只有幻觉伴随着他。他的灵魂和身体虽然并排前行，却像是已经分家了。

一次，他醒过来了。那是个晴朗的天气，他神志清醒地躺在一块石头上。不远处传来一些小驯鹿叫唤的声音。时间的概念已经在他的脑袋里渐渐远去了，只偶尔留下了一些模糊的记忆。天气的恶劣让他忘记自己被折磨了多长时间，也许是两天，也许是两个星期，他不能确定，只是脑海中不时浮现曾经出现过的风雨和大雪。

这是一个晴天，他知道。他直挺挺地躺着，暖暖的阳光洒在他那受尽苦难的身上，让他感觉到了身体的温度。

也许，他有办法确认自己的位置。他艰难地使劲儿转过身子，看到下面有一条很宽又很陌生的河。他顺着这条缓慢流淌的河流望去，看到了这条河流在许多光秃秃的小荒山之间流动，那些山比他见过的任何一个小荒山都要光秃和低矮。于是他从容地向着这条河流的方向望去，河流汇聚到一片明亮的大海中。他依旧没有什么感觉，这应该又是幻象吧，也许是海市蜃楼，他这样对自己解释着。接着又看到了一艘大船在海面上停泊着。这次他认清了，这肯定是幻象，只是这幻象为什么这么真实。他为了验证这件事情，把眼睛狠狠地闭了很久，再睁开眼睛时，发现它依旧存在。他不相信这个荒原中会出现大海和船只，如同他不相信枪里会有子弹一样。

一种类似喘不上气又或者像是咳嗽的声音出现在了他的背后。因为太虚弱了，他慢慢地翻转过身子，但还是没有看到什么，也只能耐心地等着。

那咳嗽和吸鼻子的声音又出现了，这次是在两块石头之间，距离他不到二十英尺远。他模模糊糊地看到一只特别狼狈的狼，它双目无光，脑袋无力地耷拉着，两只尖耳朵也不再直竖着。在阳光的照射下，那只狼又发出了那种类似喘不上气的声音。

他知道这肯定是真的。可是他在转身的时候以为可以看破原来被幻象遮住的景象，但远处仍然是一片大海，那艘大船也特别明显地出现在他的视野内。他不断地回忆着这一切，他知道了：他为了校正路线，所以一直都在朝着东北方走，现在已经到了铜矿谷，刚才的那条河就是铜矿河，而这大海就是北冰洋。这艘停泊的船本来就是一艘捕鲸船，目的地是麦肯齐河口，只是航行得太偏东了所以才停在了加冕湾。他现在知道这一切完全合情合理，因为他很久以前曾经看到过一张哈得逊湾公司的地图。

他坐了起来，想着现在的处境。脚上的毯子已经被磨烂了，脚掌也被磨得血肉模糊。毯子已经用完，枪和猎刀找不到了，帽子也不知道丢在了哪里，放在帽圈里的火柴也丢了，幸好胸前的火柴还在，而且还是干的。他看了一下表，现在十一点了。是的，表还在，而且他一路上都没忘记上发条。

他现在对于食物的欲望已经接近于零了，身上没有什么痛苦的感觉，就算是身体已经虚弱到了极点，但是他依旧很冷静、很沉着。

现在的他，完全依靠理智来支配现在他所做的一切，他在向那艘船行进之前，准备先烧点儿热水。还好，那个白铁罐子总算是在这一路艰辛的旅程中保住了。他已经预感到，剩下的这一段路会很难走。所以他准备先喝点儿热水，然后再向那艘船走去。

他像是半身不遂似的哆嗦着，动作很慢。在准备去搜集干苔藓的时候，他发现自己站不起来了。反复试了几次后，他死心了。他用手和膝盖支撑着缓慢爬行。在他爬到那只病狼附近的时候，那只狼张着大口，用快弯不下去的舌头舔着牙床，好似威胁着，但又不情愿离开那个地方。他看到它的舌头好像蒙了一层暗黄色的粗糙而半湿的黏膜，和健康的红色差别很大。

他喝了一些热水后，发现自己麻木的身体注入了新的活力，甚至可以像他想象的那般——像是个行将就木的人那样走几步。虽说速度不是很快，每走一两分钟，他就要休息一阵子。他走路的样子像是那只跟在他屁股后面的病狼一样，一瘸一拐的。当夜色降临的时候，大海和他的距离也只是缩短了不到四英里。

晚上睡觉的时候，他总是听到那只病狼咳嗽的声音。有时，他的耳边也会传来一群小驯鹿欢快的叫声，这些叫声都是那么富有生命力。他明白，这只病狼之所以要跟在他的身后，是希望他可以早些死去。每一天清晨，寒风总是来得那么猛。那只病狼忍不住打了个哆嗦。每天早晨，他都能看到这只病狼狠狠地盯着他。不过它也奄奄一息了，夹着尾巴蹲在那里，样子倒像是一条倒了霉的狗。那个人很讨厌，因为有的时候他会对它发出吆喝声，每一次都会引着它去用全身的力气无精打采地龇牙咧嘴。

这天的早晨，天气非常好，太阳放着灿烂的光芒冉冉升起。只是这高纬度区域特有的晚秋总是短暂得让人捉摸不透。它可能是一两天，也有可能连着一个星期都是这样。他跌跌撞撞地朝着那艘停在明亮大海上的船走去。

下午时分，他发现了一个人停留过的痕迹，那不是走，而是爬的痕迹。也许是比尔的吧，他是这样想的。但是他没有在意，因为比尔的行踪现在对他来说已经没有任何意义了，他也不再好奇了。他的神经和胃好像熟睡了一般，只剩下求生的意念在支配着他前行。就算是继续吃鲦鱼、吃难以消化的浆果，他也不愿死去。他喝了些热水，眼睛死死地看着那只病狼，提防着。

他顺着那个人挣扎过的痕迹前行着，一个和他的一模一样的鹿皮口袋出现在了他的面前，早已经被尖锐的牙齿咬破了，旁边还有几根被啃得光秃秃的骨头，附近满是狼的脚印。他那双没有力气的手已经抓不起这只袋子了，它是那么重。哈哈，他嘲笑着比尔，因为比尔临死前都带着那袋金子。

他能活下来，可以带着那袋金子走到那艘躺在明亮大海的船上。他的笑声是那么可怕，像乌鸦在怪叫。那只跟着他的病狼也是一阵惨嗥。但是他突然间又停止了大笑，因为如果这些被啃光的骨头真的是比尔的，那他又怎么能嘲笑他呢。

这么想想，他就转身走了，心里想着，如果现在死了的是他，比尔一定会拿走他的那袋金子，还会边走边吸吮他的骨头。但是他没有，他没有拿走那袋金子，也没有去碰那些骨头，即使他很清楚是比尔抛弃了他。

他来到了一个水坑前，在弯腰找鲦鱼的时候，看到了自己苍白又憔悴的脸，当时把自己都吓了一跳。惊吓之余，他发现自己的身体开始有一些知觉了。这个坑中有三条鲦鱼，但是坑太大了，用那个铁罐子舀了好几次都没有成功。索性他也不去再试了，他怕自己抓鲦鱼的时候，虚弱的身体不听使唤掉了下去，当然这也是他没有爬上漂在河里的木头顺流而下的原因所在。

这一天，他和那艘船的距离只缩短了三英里。第二天，又缩短了两英里。速度之所以这么慢，是因为他现在和比尔先前那样，一直在爬着往前挪。到了第五天快结束的时候，他知道他离那艘船还有七英里，可是他现在每天连一英里都爬不了。多亏了这几天的天气很晴朗，他虽然时常晕倒，但是只要是醒着，他就会毫不犹豫地前行。他的膝盖已经和他的脚一样，磨得鲜血淋漓。虽然他把身上的衬衫扯下来包住膝盖，但沿途路过的地方还是留下了一道道血迹。那只饿得发慌的病狼，仍然在一瘸一拐地舔着他的鲜血前行。他知道，如果继续这样下去，他就可以料想到自己的结局了，除非这只病狼被他杀死。他继续爬行着。就这样，一个虚弱的人，和一只生病的狼，在这荒原上上演着一幕生命消耗战。

如果这只狼健壮的话，自己成为它的食物也无所谓。可是这只病狼是那么令人恶心，看起来就快要死了，把自己喂它实在是让人作呕。他是这样想着，脑中的幻象不停地交替着，他清醒的时间越来越少。

有一次，他被那只病狼的喘息声给惊醒了。那只病狼一瘸一拐地走了回去，因为太虚弱了，还摔了一跤。它的样子让人想笑，但是他一点儿也不觉得有趣。因为身体的情况，现在的他对于这只狼已经谈不上害怕了。趁着这一阵子清醒，他开始考虑后面即将发生的事情。

四英里，只剩下大约四英里的路程了。他擦干净眼睛，可以看到那艘船。并且，他还能看到在宽阔大海里游荡的小船的白帆。但是他也知道，不管怎样，他都爬不完这四英里路。他现在的身体如此糟糕，连爬半英里路都不可能完成。尽管知道爬不完，但是他依旧很冷静。他要活下去，如果经历了那么多的磨难还是会死，那么命运对他就太不公平了，虽然现在他已经快要不行了，但他依然不想死。他有种疯狂的念头，如果死神真的要他死的话，他也会毫不犹豫地反抗下去。

他闭上了眼睛，小心翼翼地让自己冷静下来。疲倦疯狂地冲进了他的大脑与身体，这种可怕的疲倦，像是一涨再涨的潮水，一丝丝地吞噬他的意识。他不能休息，如果他现在睡着了的话，意识就会渐渐离开他的身体。有时，他感觉到自己好像是掉进了一个无尽的深渊，每次都是靠着那无力的双手划动着。有时，他也会靠毅力来支撑着。

他静静地躺着，可以听到那只病狼的喘息声，那声音正在慢慢地朝他逼近。他知道，那只狼离他越来越近了。像是过了无尽的时间，但他还是没有动。病狼已经走到了他的耳边，用它好似砂纸般干涩的舌头舔着他的脸颊，他猛地伸出双手，却什么也抓不到。速度和准头是需要力量的，可是他实在是一点儿力气都没有了。

这只狼和这个人的耐心一样可怕。

这天，一半的时间里，他都是在那里一动不动地躺着，用尽全身的力气和昏迷抗衡。他在等，等着那个他想吃掉也想把他吃掉的家伙，尽管这样的安静让他昏昏欲睡。疲倦的潮水涨上来的时候，他甚至可以做个长长的梦。但是不管是醒着或是睡着，他都在等着那喘息声临近，等着那条恶心的舌头来舔他。

虽然这次没有听到喘息声，但他感到了狼的舌头向着他的手舔去。他在等，等病狼那尖锐的牙齿用微弱的力量咬住他的手掌。病狼用尽了最后的一点儿力气，它咬住了，咬紧了。这个人猛地用被咬破的手抓住了那只病狼的牙床。那只狼在虚弱地挣扎着，他的手也在无力地掐着。他的另一只手也挪过来，把病狼足足抓了有五分钟。然后，这个人把自己的全部重量都压在了那只狼身上。他知道，以他现在的力气是掐不死这只狼的。所以他的牙死死地咬住了那只狼的咽喉，嘴里塞满了狼的毛。大约半小时后，他渐渐感觉到，有一小股温暖的液体缓缓流进了他的喉咙。这液体像是被生硬地灌进他胃里的铅液，可真难吃。但他还是生生地喝了几口。最后，不知道什么时候，他翻了个身，仰着头躺着睡着了。

有个看起来像是某种动物的东西正在缓慢地向着沙滩下面的水面移动，这个现象被捕鲸船"白德福"号上的科学考察队员发现了，但他们无法分辨它究竟是哪一类动物。他们很是好奇，就乘着另一艘捕鲸船向着这个东西出发了。靠近的时候，他们才发现这是一个活着的家伙，但是他看起来并不像个人，倒像是一条大虫子。他已经没了任何知觉，眼睛也看不到东西了，但还是一边摇晃一边向前挪动着。他爬行的速度并不快，也就是一个小时二十英尺左右，但他还是不停地前进着。

三个星期以后，"白德福"号的一个铺位上躺着一个特殊的客人，他一边讲述着自己的遭遇，一边不停地流泪。泪珠从他那干瘦的脸颊上滑落，嘴里还语无伦次地说着他的母亲，他还谈到了美丽的南加利福尼亚，那里有他难以忘怀的家——伫立在橘树和花丛中的家。

身体好得差不多的时候，他就可以和船上的科学家、船员一起坐着吃饭了。他饥渴难耐地望着眼前的食物，焦急地看着人们把美味送进嘴里时，他就会为了别人咽下的一口饭菜而觉得可惜。他总是用深沉的、惋惜的眼神注视着别人吞咽的动作。现在的他，神志非常清醒，但就是这种清醒，让他在每次吃饭的时候情不自禁地去恨吃饭的这些人。他实在是被饥饿的恐惧吓坏了，总是担心食物坚持不了几天。他总是去向厨子、船长和水手打听食物的储备量，尽管船上的人已经对他保证过了无数次，但是他依然会狡猾地、悄悄地跑到储藏室里查看。

他变胖了，并且每天都会以缓慢的速度变胖一些。科学家无可奈何地摇着头，纷纷提出他们的观点。他们提出限制他的食量，但这好像没有一点儿用处，他的体重依旧在倔强地增加着。

水手们对此心中有数，看着他发福的样子，都开心地笑了。他每天的饮食量都被人监控着，这样的日子并不好受。每当吃完早饭的时候，他就会精神萎靡地在甲板上走着。每当碰见一个水手，他就会像乞丐一样伸出手。那些水手会笑着塞给他一块硬面包，他总是贪婪地抓住，并且像守财奴看见金子一样紧紧地盯着，然后迫不及待地塞进衬衣里。

这些科学家很慎重，他们并不过多地干涉这个人的行为，但他们经常暗地里去检查他的床铺，那上面塞满了面包，就是褥子里也被硬面包塞满了。他们知道他的精神很正常，只不过是为了预防下一次的饥荒而已。科学家们也知道他会恢复正常的。确实如此，在"白德福"号还没在旧金山湾里抛锚的时候，他就同常人一样了。

野性的呼唤

第一节　初入荒原

壮志本来真，跃跃出凡尘。
酣沉一梦后，野性又随身。

　　巴克有麻烦了，不过他还不知道，因为他从不看报。如果他习惯浏览报纸就会知道，不只是他，从皮吉特海峡到圣迭戈，海边每一条体格健壮、拥有保暖长毛的狗，都有大麻烦了。这都是因为轮船和航运公司正在拼命鼓吹的一项发现——人在北极圈的黑暗地带找到了一种黄色金属。成千上万的男子正满心兴奋地涌向北方。这些人需要狗，而且只需要那种强壮耐劳、毛皮厚实耐得住风寒的大狗。

　　在阳光明媚的圣克拉拉谷地，有一座大宅子，人们叫它米勒法官的宅子，巴克就住在这里。四周树木掩映，宅子远离大路，想要到达那里得穿过宽阔的草坪，草坪上纵横着几条弯曲的石子路，石子路旁长着高高的白杨，枝叶横斜，树冠大如华盖。宅院后面要比前面大一些。这里有绵延的葡萄架、成片的草莓、各类果树和绿油油的草场；有几座宽敞的马厩，需要十几个用人与马夫照管；一排房屋外面爬满了青藤，这些房屋是供用人住的，数量极多的下房排列得井然有序；这里还有一方混凝土做的水池以及一座泵房，除了晨间嬉水，在炎热的下午，米勒法官家的男孩子还会在这里乘凉。

四岁大的巴克在这里出生，在这里长大。虽然这里还有其他的狗——这么大的一块地方当然还有其他的狗，可是巴克在这里说了算。其他狗都不中用，他们要么睡在拥挤的狗窝，要么住在不见天日的房间，到处瞎逛。这些全是跟墨西哥无毛狗伊莎贝尔和日本哈巴狗"娘儿们"学的。这群怪物别说出门，几乎连屋都不出。更有那二十多只用来猎狐的獚狗，每次一群女仆拿着扫帚护着伊莎贝尔和"娘儿们"在窗内望向外面时，他们就狂吠不止。

巴克在这片领地自由奔跑，他可不是窝中犬或者屋中犬。当法官的孙子在马厩前野游时，巴克得照看着，甚至远到草莓园和围场时也一样，他还驮着他们在草地上打滚儿；清晨或黄昏时，法官的两位千金莫莉和爱丽丝出门散步，他也负责护驾；冬日夜里，书房的壁炉里火焰熊熊燃烧，他就卧在法官脚边。在米勒法官的领地，所有天上飞的、地上爬的，包括人在内，都归巴克管。走过獚狗群时，他大模大样，从没正眼看过他们；他更加看不上伊莎贝尔和"娘儿们"，因为他是君王。

巴克的父亲名叫埃尔莫，是只圣伯纳德种巨犬，以前一直跟在法官身旁，巴克注定要像父辈一样辉煌。巴克体型不算太大，体重只有一百四十磅，这都因为他母亲谢普是只苏格兰牧羊犬。虽然体型不算太大，但是在养尊处优的环境中养成的威严加上一百四十磅的体重，足以让他显露出王者风范。从出生到现在的四年时间里，他都过着优裕的贵族生活，这使他有点儿自高自大，甚至说得上刚愎自用，就像某些没见过世面的乡绅，可毕竟还没有堕落成为一只只懂得吃的屋中犬。喜欢戏水是他补身子的良药，所有热衷冷水浴的物种都因此受益；户外运动，比如狩猎一类，也让他筋强骨健，不长赘肉。

1897年秋季，当天下的男人都被克朗代克的发现吸引到北方冰原的时候，巴克正在过这样的日子。巴克不看报，也不知道园丁助手曼努埃尔是个面慈心狠的家伙。曼努埃尔有一个无可挽救的嗜好——爱玩中国式赌博。一个园丁助手的薪水，只能让老婆和一群孩子勉强度日，而他赌起来的那个改不了的坏习惯——一条路走到底，得有大钱才能办到，这让他不可能不吃亏。

巴克没法忘记曼努埃尔成为叛徒的那个晚上。那天谁也没看见曼努埃尔和巴克穿过果林出去，当时男孩子正忙于运动会的筹备工作，法官去提子种植园协会参加一个会议，巴克只当是去散散步。只有一个人见到他们来到学院公园的招手停车站，这个人在和曼努埃尔交谈，手上的钱币叮当作响。

巴克的脖子被曼努埃尔用双股的粗绳在项圈底下套住。陌生人非常粗鲁："怎么可以这样就交货呢？"

"要是绞紧，他就喘不上气来了。"

陌生人接受了，嘟嘟囔囔的。

巴克不失身份地认可了这根绳子。这件事有些稀奇古怪，可是他已经习惯了信赖熟悉的人，因为这些人拥有比他更高的才智，所以巴克信赖他们。不过，陌生人接过绳子的时候，他仍然威吓地叫了一声，这仅仅表明他不太开心，他确信这样的表达是有效的。没想到，那根绳子紧紧地勒住了他的脖子，让他连气都喘不上来。他大为恼怒，正想扑上去，那人却死死掐住他的脖子，动作娴熟地把他掀翻到地上，无情地把绳子收紧了。巴克发疯似地挣扎，舌头向下耷拉，无助地喘着粗气。活到今天，从来没人这么狠毒地对待过他，他也从没生过这么大的气。慢慢地，他感到眼前发黑，没有力气了。在他失去意识的时候，那两个人把他弄到火车上，扔进了行李车厢。

他清醒过来时，发觉舌头很疼，朦胧中感到自己在一辆晃晃悠悠的车子里面。他知道自己在什么地方了，因为他听到了火车通过岔道时发出的尖利的汽笛声。他常常跟随法官外出，但是坐行李车厢的难受劲儿还从没尝过。他像一名被劫持的君王，睁开双眼，喷出两股抑制不住的怒火。那人跳了过来，要掐他的脖子，却被他抢先一步，一口咬住那人的手，直到被勒昏过去才把嘴松开。

听到打斗的声音，行李员走了过来。那人把被咬得鲜血淋漓的手放在背后说："哼，犯病了，老板让我送他去旧金山，那里有个医术高超的兽医能治这个病。"

来到旧金山，在海边的一家酒馆后面的小屋里，那人装腔作势地描述了这一天的经历。他非常不情愿地说："我一共拿到五十块钱，下回哪怕给我一千块钱我也不干。"

他的右裤腿被撕开了，从脚腕直裂到膝盖，包在他手上的手绢也渗出血来。

酒馆老板追问道："那家伙拿到多少？"

那人回答："一百块，没办法，一点儿都不能少。"

酒馆老板盘算着："值，总共一百五十块，要是值不了一百五十块，我就是白痴。"

"要是不得狂犬病……"绑架者解开带血的手绢，看着皮肉皆烂的手说。

"肯定得，你本来就是个要被绞死的家伙。"酒店老板嘎嘎地笑着，"行啦！滚蛋之前先帮我一把。"

巴克被勒得半死，舌头和喉咙疼得要命，晕晕乎乎的。他想要反抗，欺负他的人连勒带打，折腾得他生不如死。到最后，他们还是弄断了巴克颈部的粗铜做的项圈，解开了绳子，把他扔进一个条板箱。这个条板箱活像兽笼。

巴克感到自尊心被伤害了，他非常愤怒，在箱子里熬到天明。他想不出来这些是怎么回事，为什么要将他关在这个小木笼里面，这些陌生人想要做什么。他模模糊糊感觉到大难临头了，虽然还不知道这些事的前因后果，他心里感到很憋屈。这天晚上，每当小屋的门发出嘎吱的响声，巴克就猛地站起来，还以为能看见走进来的人是法官，或者至少是法官家的男孩子也行。但是每回都是那个酒馆老板，酒馆老板满脸都是肥肉，举着一支牛油蜡烛，烛火不停闪烁。巴克还没来得及开口欢快地吠叫，就转为愤怒地号叫。

酒馆老板不搭理他。清晨，四名男子架起了箱子。这四个人满脸凶恶之相，头发乱糟糟的，衣衫破烂。巴克认为他们很坏，就在围栏里面对他们一通狂吠。他们一边笑，一边把棍子伸进来胡乱戳着，巴克连咬带撕。可后来他生气地卧倒了，因为他发现那些人正想引他撕咬。箱子被装进一辆货车，此后，囚笼和囚笼里的他开始不断地被倒手。首先在托运处的人的管理下上了另一辆货车，后来上了一辆敞篷车，他和一堆行李包裹堆放在一起，被送到了轮船上，板车又把他从船上运送到一个铁路大站，最后他被运到一辆快车上。

这辆快车被火车头拉着走了两个昼夜，火车头呜呜地鸣叫。在这两个昼夜里，巴克没吃一点儿东西，水也没喝一滴。一开始车上的邮差过来攀交情，满心愤怒的巴克对他们狂吠。邮差开始报复，合伙来逗弄他。巴克颤抖着身子，喷溅着唾液，反复地撞到栏杆上，逗得那群人时不时地发出辱骂和嘲笑的声音。他们一会儿学狗儿汪汪地叫，一会儿又边扑腾着胳膊边学鸡叫，一会儿又模仿猫喵喵地叫。巴克明白这种场景非常令人作呕，这更加伤他的自尊，他越来越愤怒。没饭吃也就算了，干咳让他受尽折磨，让他怒火中烧。这样的折磨让巴克敏感的神经绷紧了，他口干舌燥，全身燥热，又肿又痛。

唯一让他高兴的是，脖子上没有那根绳子了。那些人在有绳子时得了便宜，现在绳子没有了，他就要好好整治他们了。他们没法再拴上另一根绳子了，他下定了决心。他已经两个昼夜水米未进，积蓄了两个昼夜的怒火，谁先碰上了谁就倒霉。他变成了恶魔，两眼通红，就算是法官大人，现在恐怕也认不出他了。车停在西雅图，邮差们把他从车上卸下时，都松了一口气。

四个人把箱子从车上搬下来，动作十分小心，又将箱子抬进了一个小院，小院四周围着高高的墙。一个矮胖子走了出来，他身着一件红绒衣，领口又松又垮。他给车夫签好一张单子。这又是一个敌人，巴克心想，于是恶狠狠地扑向围栏。那人冷笑一声，把一根巨大的棒子和一把斧子拿了出来。

车夫问："要不要现在把他弄出来？"

"好吧。"那人回答，用斧子劈向箱子缝，开始撬。

四个把箱子抬进来的人立刻四散开来，各自在墙头上找到安全的地方，等着好戏上演。箱子快要散架了，巴克在里面又撞又扑，胡乱撕咬。外面的斧子朝哪儿砍，他就朝哪儿扑。他连吠带嚎，急不可耐地要脱离囚笼，可是穿红衣服的人神色如常，坚定沉稳地要把巴克放出来。

"行了，你真是个红眼鬼。"那家伙说。箱子被他劈开了一条巨大的裂缝，巴克从里面钻了出来，那人把斧头扔掉，换右手拿大棒。

巴克这个时候已经红了眼。他双眼血红，凶光外露，口喷白沫，鬃毛倒竖，他用尽全力，带着被囚禁两个昼夜所积攒的怒火，跳起来扑向那个人。可是巴克还没等咬到那人就先在半空中被打了一棒。这一下击退了他的进攻，他痛得上下牙直打颤，打了个滚儿，侧着身子摔倒在地。活到今天，巴克没被棍子打过，没尝过棍子的滋味。他刚发出的吠声成了一阵尖叫。他站稳后又跳起来，却又被打翻在地。这回他知道大棒不好惹了，可他的锐气没被挫掉。他冲上去一次就被打回来一次，连着被打了十几棒。

最后，他被重重打了一棒，打得晕头转向，虽然他勉强爬了起来，却没力气扑了。他摇摇晃晃，七窍流血，血沫溅到了美丽的毛皮上，弄得哪里都是。这时候，那家伙走过来，狠狠地在他脸上击了一棒。比起巴克以前挨过的数不清的打，这是最厉害的一次。他发出了一声像狮子般的吼声，再次扑过去。那人换用左手拿大棒，好整以暇地用空出的右手捏住巴克的下巴，向下拧了一下，又向后拧了一下，拧得巴克在空中转了一圈半，栽倒在地上。

巴克最后一次扑了上去。那家伙使出压箱底的损招，打得巴克摔倒在地，蜷缩着身体，失去了知觉。

墙头上一个看热闹的人嚷嚷："他可是训练狗的专家啊，我早就和你们说过。"

车夫爬上棚车，一边去赶马一边说："还不如每天去训练马呢，礼拜天还能来两次。"

巴克在被打倒的地方趴着，盯着那个穿红衣服的人。现在他逐渐恢复了知觉，却仍然浑身无力。

那个人念叨着酒馆主人给他的信里说的话："这狗叫巴克。"信里说把箱子里的所有东西和箱子都给他了。他安慰巴克道："嘿，巴克老弟，别记仇，咱们刚才不过是有点儿小摩擦。你我有什么看家本领，现在都清楚了，好了老弟，好狗自然会有好报，我劝你还是做一条好狗吧。你听清楚了没有，要是不想当好狗，我一定把你的下水打出来。"

他拍着自己刚刚毒打过的巴克的耷拉着的脑袋，没有一点儿害怕的神情。那人一个劲儿地摸着，巴克身体上的毛难以克制地竖立起来，但他强忍着没有发作。红衣汉子递给巴克生肉，巴克就一块接一块地大口吞咽下去；红衣汉子端水给巴克，他就拼命地喝。

巴克清楚自己遭到了毒打，但并没消极低落。通过这件事，他明白了：如果对方手拿大棒，你一点儿办法也没有。大棒打醒了他，让他大致理解了"胜者为王，败者为寇"的道理，起码他接受了一半。现实生活向他展示了极其残酷的一面，他毫不退缩地接受了这惨烈的现实，同时又唤醒了全部的聪明才智来应付，那是他的本能。在以后的日子里，他牢牢地记取了这些深刻的教训。

随着时间的推移，一条条狗被带进来。有的就像巴克当初进来时那样狂躁暴怒，有的逆来顺受；有的被绳索牢牢地拴着，有的被紧紧地关在牢笼里。他们逐个儿被红衣男子收拾得服服帖帖的。这一切巴克看在眼里，记在心里。残酷的驯兽表演一幕幕落下，带血的教训一丝丝地浸入巴克心里。巴克知道，手拿大棒的人说出的每一句话都是法律和戒条。对于这样的主人，不一定要谄媚，但一定要服从。许多狗摇着尾巴，一副谄媚样舔着红衣汉子的手，巴克不卑不亢，问心无愧。曾经有过一条狗，既不服从也不谄媚，结果在争斗中丢了性命。那一幕巴克永远也忘不了。

总是有陌生人过来，他们巧舌如簧、心怀鬼胎，涨红了脸和红衣男子讨价还价。交了钱，这些陌生人就把一条或者几条狗带走了。巴克十分好奇那些狗的去向，但更为自己的命运担忧。只要没被选上，他总是觉得十分庆幸。

这次的买家是个瘦弱的男人，还讲着极不流利的英语，粗俗不堪地大呼小叫，巴克听不懂他磕磕绊绊地到底说了些什么。

这人看到巴克，眼里放出光芒，大声喊了起来："真他妈的棒！我的天！这狗卖多少钱？"

红衣汉子急忙说："只要三百！简直就像白给你一样。佩劳，你不会斤斤计较吧？总之是花公家的钱，又不用你掏一个子儿。"

佩劳撇了撇嘴。佩劳可是个行家，只扫一眼，他就瞧出巴克是条千里挑一的好狗，他暗自揣度："这狗说是万里挑一都不过分啊！"他明白得很，现在的狗供不应求，价格不住地快速上涨，只花三百块就能买到这么好的一条狗算是捡了便宜。不过，加拿大政府也不想花冤枉钱，但也不想让公文慢腾腾地在路上旅行，他们要的是效率。

两人一手交钱一手交货，巴克被这个瘦小干枯的男人牵出了门，不出巴克意料，好脾气的纽芬兰狗科莉也被一起带走了。这可是巴克最后一次见到红衣汉子。在"纳华"号甲板上，巴克和科莉最后看了西雅图一眼，他们可能再也见不到温暖的南方了。到达目的地后，巴克和科莉被佩劳牵下甲板，一个黑大个儿过来把他们牵走了，这人名叫弗朗索瓦。佩劳是法裔加拿大人，皮肤黝黑；弗朗索瓦则是混血的法裔加拿大人，他的皮肤比起佩劳来黑很多。但在巴克眼里，他们毫无分别，他们是新的一种人（巴克命中注定要和这种人打许多交道）。巴克不喜欢他们，但随着时间的推移，却真正地尊重起他们来了。因为他发现，佩劳和弗朗索瓦处事冷静而且公平，人比较正直，当然他们对狗性了如指掌，谁都甭想骗他们。

在"纳华"号的底舱，巴克和科莉遇到了两条狗。一条是斯匹次卑尔根①大狗，他浑身雪白。这条狗先是被一只捕鲸船船长牵了出来，后来他还随着一个地质考察队翻越无人地带。这狗的脸上什么时候都洋溢着奸笑，其实心怀鬼胎。举个例子，在吃第一顿饭的时候他就悄悄地把巴克的口粮据为己有。巴克十分生气，正要冲过去找他理论，一声鞭响，弗朗索瓦的鞭子毫不留情地抽到了那条大狗的身上，但巴克所能找回的只有骨头了。从此，巴克认为弗朗索瓦非常公平，更加尊重他了。

还有一条狗，他倒是从不偷新来的狗的食物，但也对别的狗爱理不理，更别说套近乎了。他十分明确地对科莉示意，自己是条性格古怪的狗，他最大的快乐就是自个儿待着，谁要是打扰了他，他可不会客气。这狗的名字叫戴夫，戴夫对其他任何事情都提不起兴趣，他总是吃了

---

①挪威所属斯瓦尔巴群岛中最大的岛屿，靠近北极。

睡，睡了吃，其余时间就是打哈欠，以此来消磨时光。"纳华"号经过夏洛蒂皇后海峡时，像中了邪一样一个劲儿地打转，巴克和科莉对这场景高兴坏了，同时又像疯了、傻了一样，不知如何是好。戴夫却没有任何异常，他烦躁地抬头看了巴克和科莉一眼，又打了个哈欠，安然睡着了。那神情似乎表明他什么都经历过了，一副历尽沧桑的模样。

桨叶推动着轮船不分昼夜地前行，整日发着哐哐的声音。巴克觉得天气变得越来越冷了，虽然每一天和第二天的差别并不大。直到一天早晨，搅动的桨叶终于停了下来，一片不安宁的气氛笼罩着"纳华"号。巴克和其他的狗都清楚要有变化了。弗朗索瓦把他们牵上了甲板。一登上冷冰冰的舱面，巴克就感觉到自己的爪子陷进了像泥一样的白色东西里。巴克不禁打了个喷嚏，跳着走开了。但又有数不胜数的白色东西从天空往下落。巴克不住地抖落这些白东西，但很快身上又落满了。巴克伸出舌头舔了舔，又惊奇地试着用鼻子闻，这东西舔起来像火一样灼人，但一咬，又马上消融了。巴克重新试了试，结果还是一样的，他百思不得其解。看到他这副样子，旁边的人哄堂大笑。巴克不知道他们为什么而笑，他感到有点儿不好意思，这也难怪，他可是第一次看到雪。

第二节　优胜劣汰，适者生存

这是巴克第一次来到代耶海岸，这一天每时每刻都充满了意外和震惊，简直像是做了一场噩梦。这里没有闲暇，没有和平，不得片刻安宁；这里也没有游手好闲、慵懒至极的生活；没有温暖的阳光，一切都十分混乱，都在不停地骚动着，肉体和生命似乎无论何时何地都面临生存危机。巴克认为自己就像被文明抛弃了，跌进了野蛮洪荒之中。这里的人不是城里人，狗也不是城里的狗，他们除了犬牙和棍棒没有任何规矩可言，一个个野性十足。在这里必须随时随地保持警惕。

第一次见识到狗像狼一样厮打得很凶，这让他终生难忘。他之所以见识过这样的场面而没有丢掉小命，是因为他并没有参与其中。科莉在此次宏大场面中献出了宝贵的生命。那时他们住在堆木场，科莉很友好地同一条赫斯基狗打招呼。那条狗的样子跟一只未成年小狼似的，还不及科莉庞大身躯的一半。但眨眼间，那条狗向科莉冲来，其势如破竹，迅如电掣，刚见得利齿闪耀，科莉的眼睛和下巴间已经有一长条血口在向外喷血。

这样一击就跑的战法，是狼所特有的，不过事情并没有就此完结。三四十条赫斯基狗狂奔而来，迅速将巴克和科莉围在中间，个个静默无语。巴克搞不清他们的用意，也搞不懂他们为什么很急地舔嘴。科莉不甘示弱，回击袭击他的那条狗，那条狗立马弹跳出去。等到了下一回合，他将胸脯送入科莉的攻击范围内，将计就计，用谁也没看清的招式将科莉打倒在地。科莉就此躺倒，再也起不了身。其余先前作壁上观的赫斯基狗趁此机会，一哄而起，疯狂嘶吼，科莉埋没在狗毛乍起的一堆身体之中。

事情来得突然，完全没有缓和的余地，巴克被这样的场面吓得连连后退。斯匹次低着头面带可怕的笑容，弗朗索瓦抄起板斧向狗群砍来。还有三个人也拿着棍棒赶来帮他。仅在科莉躺倒两分钟后，袭击科莉的那群赫斯基狗都被赶走了。雪地上一片狼藉，到处都是血迹，科莉躺在地上气若游丝，几乎被撕成碎片。那个皮肤较黑的混血儿俯身看了看科莉，嘴里不停地叫骂着。后来这样的场面经常出现在巴克的梦里，让他受尽折磨。所有的事情就这样，跟公平完全扯不上。只要你无法站立，你就再也站不起来。就这样，将这点牢记于心，他就永远记得牢牢站稳。斯匹次又伸出舌头笑得无比阴险，从这以后，巴克对他的敌意再也无法消除，演变成深深的恨意。

科莉的惨死对巴克的打击还未完全消除，巴克又一次受到了打击。弗朗索瓦将一个东西套在了他身上，这东西似乎很结实。这是拉套的东西，他以前见赶马人往马身上套过这种东西。以前马做的工作，正是他现在要做的。他得将弗朗索瓦的雪橇拉到山谷边的森林中去，装满一雪橇木材，然后再回来。拉套牲口的身份让巴克的自尊心大大受辱，不过他还相当清醒，没有反抗。就算这些活儿对他来说很陌生，可他还是恭恭敬敬地努力做到最好。对于拉雪橇，戴夫驾轻就熟，巴克稍微出点儿差错，他都要咬巴克的后腿以示惩戒。斯匹次是领头的狗，对驾车之道同样烂熟于心。他在前边不方便用嘴咬，只好时不时地大声叫唤，好调教巴克，他还非常狡诈地利用体重压着缰绳，把巴克拽到他该走的路线上。巴克学得很快，进步神速，多亏了弗朗索瓦和这两位业内人士的用心指导。还没有赶回驻地，巴克学到的东西已经不少了：走就是"麻什"，要停下来就是"嗬"，要拐弯时得绕大圈，装满货物的雪橇走下坡路时会追脚后跟，这种情况下就得控制好和同伴之间的距离。

弗朗索瓦对佩劳说："三条狗都很好，尤其是那个巴克，卖命极了，很快就熟悉了套路。"

佩劳急着送公文，下午回来时又带来两条狗，他们是比利和乔。他们是纯种赫斯基狗，还是两兄弟。他们虽然是一个母亲所生，性情却有不同，大家有目共睹。乔性格张扬，脾气暴躁，很有心计，眼睛里都是凶残的杀气，狂吠不止；比利却正好相反，他总是一副好脾气。巴克很和气地跟他们交往，戴夫一副爱理不理的样子，斯匹次依旧是一个挨一个地欺负个遍。比利总是惨兮兮地摇尾乞怜，直到发现这招完全没有用处，就赶紧逃跑，斯匹次用牙咬他的侧腹，他才肯出声叫唤。乔对斯匹次的欺负却不能像比利那样忍气吞声，斯匹次围着乔转圈，乔也转着身子紧盯他的眼睛，身上的毛倒竖，耳朵向后抿，嘴巴做出怪异的造型，眼里充满杀气，这副凶神恶煞的样子非常可怕，斯匹次只好偃旗息鼓，不再对乔挑衅。为了不让自己太过尴尬，他转而找好脾气的比利出气，还把比利撵到营房的边上。

太阳快落山时，佩劳又领了一条赫斯基狗回来。这条狗的年纪不轻，身形瘦长，面容憔悴，一脸伤痕，他的眼睛只剩一只，却非常有神，这让他显得威武不凡。他叫索莱克斯，意思是"愤怒的狗"。他跟戴夫一个德行，不跟大家多来往，也没有什么想要的。他不紧不慢、大摇大摆地走到狗群中时，就连斯匹次也不敢去欺负他。他有个禁忌：绝对不允许有人从他瞎眼的那边靠近他，这个禁忌正是被倒霉的巴克发现的。巴克不小心这样做了，立即就因为自己的莽撞而挂了彩，索莱克斯在巴克的肩膀上咬开了一个好几英寸长的可怕伤口。从这以后，巴克再也不敢贸然接近索莱克斯的瞎眼睛了，也正因为如此，他们才相安无事，再无争斗。乍看之下，索莱克斯就跟戴夫一样，只想自己一个人享受孤独，但是后来，巴克醒悟过来了，他们两个不是没有愿望，而是有远大的抱负。

那天晚上，巴克不知道哪里是他睡觉的地方。帐篷里闪着烛光，映照在白茫茫的大地上，反射出暖暖的柔光。巴克想也没想就走进帐篷里，结果被弗朗索瓦和佩劳用锅打出来了，同时还给了他一顿臭骂。巴克不明就里，自尊心受到挑衅，委屈极了，跑到天寒地冻的帐篷外。冰雪之地的冷风像刀子一样刺进巴克的身体里，被索莱克斯咬伤的肩膀隐隐作痛。他本想躺在雪地上睡上一觉，可实在是太冷了，他被冻透了。巴克很无助，心事重重地在所有的帐篷间绕圈，到最后他发现哪里都一样，寒风凛冽刺骨。动不动就有些蛮横的野狗挡住他的去路，他竖起脖子上的毛，学着这里的雪橇狗吼叫，那些狗就乖乖走开，不惹巴克了。

后来，巴克突然想到，为何不回帐篷边上看看同伴们是怎么解决住宿问题的呢？可是真是奇怪，他们都消失不见了！他们不会是在帐篷里吧？这绝对不可能，不然他也不会被赶出来了。他们能去哪里呢？他夹起尾巴，在帐篷周围的雪地上孤孤单单地游荡。突然，他的前腿陷入了雪地里，整个身子也跟着陷了下去，有一团绵软又温暖的东西碰到了他的爪子。巴克看不清这家伙是什么，也猜不出，紧张地大声狂吠，虚张声势。就在这时，他听到了友善的叫声，巴克悬着的心放下了，他回头张望到底出了什么事情。温暖的热潮迎面扑来，只见比利像一团毛线团似的躺在雪下边，那样子很惬意。比利永远是息事宁人的老好人模样，他嘴里呜呜地叫着，羞羞答答地对巴克表示他的友好无害，甚至还大胆地在巴克的脸上舔来舔去，似是把这个作为保持睦邻友好的贡品献给巴克。

巴克又学到新东西了。没想到他们是这样做的！巴克静下心来，大费周折地给自己造了个温暖的住处，事实上花大气力做这种事是有些夸张了。没过多久，巴克身上散发出来的温热就让这个小窝暖暖和和的了，他进入了梦乡。危险又难熬的一天过去了，巴克睡得很沉。不过还是有些可怕的事情出现在他的梦中，他扭动着身躯，叫唤了几声。

巴克醒过来时，营地已经是闹哄哄一片了。他突然忘记自己是在哪里。原来晚上下雪了，他被厚厚的雪埋在地底下。四周的雪都向他压过来，巴克心里闪过一丝恐惧——难道说他这是掉在陷阱里了吗？这是生活在野外的动物的下意识反应。这预示着巴克即将丢掉以前的生活，转而回归祖先的生活。巴克是来自文明社会的狗，巴克所在的文明社会绝对不会让他感受到这样的陷阱，更不会对陷阱产生恐惧心理。巴克下意识地将身子缩紧，身上的毛一根根直立起来。巴克大吼一声，身披白雪斗篷，从洞里蹿了出来，冲到满是阳光照耀的地面上。他刚刚站定，就见到了白皑皑的营地，知道自己是在哪里了。这些天来所发生的所有事情，他都一件件记起来了，从跟着曼努埃尔外出散步，直到昨天晚上他为自己造窝，一件都没落下。

"嘿！伙计，那个巴克果然不出我所料，他悟性很强。佩劳，我说得不错吧！"弗朗索瓦大叫一声表示对巴克的欢迎。

佩劳僵着表情点点头。作为为加拿大政府送信的公务员，为了保证重要公文的及时下达，他不得不搜寻最好的狗。有巴克这样的好狗在他手上，他心情好极了。不到一个小时，又有三条赫斯基狗被领了进来，加上巴克他们，一共九条狗。十五分钟后，他们就得拉着雪橇，奔向代耶峡谷了。巴克很喜欢在路上行走，虽然过得很苦，但他发现他有些喜欢这项工作了。全队的狗都热情高涨，他很好奇这是为什么，同伴的热情感染着巴克，更让巴克费解的是戴夫和索莱克斯的一反常态。他们被缰绳束缚，面貌焕然一新。他们蓄势待发，精神抖擞，完全不是之前萎靡不振的样子。他们想要把手里的活儿做到尽善尽美。不论是拖延了时间，还是队伍拖沓，只要是工作出现问题，他们就暴跳如雷。下死力气拉雪橇好像使他们感到无上荣耀，也许他们就是为这件差事而生的，最能让他们喜笑颜开的事情就是这个了。

戴夫负责驾辕，也就是拖后。巴克被安排在他前边，巴克前边是索莱克斯。队伍里的狗都排成一排，一个连着一个，队伍的最前边是领头狗。被安排在最前边的正是斯匹次。

主人有意安排巴克在戴夫和索莱克斯中间，让巴克跟着这两位老师学习拉车。巴克学习很卖力，进步很快，戴夫和索莱克斯对巴克的调教也丝毫没有懈怠，巴克的任何错误在他们眼里都马虎不得，只要巴克犯错，他们总会用尖牙利齿给巴克教训，让他永远牢记。戴夫很公正，非常贤明。只要巴克不犯错误，戴夫就绝对不用尖牙对付他，但是巴克一旦犯错，他绝不姑息纵容。巴克并没有打算找机会找戴夫算账，因为弗朗索瓦的鞭子会让巴克知道戴夫并不是在孤军作战。巴克在某次旅途的休息时段无意中弄乱了缰绳，让出发时间推后了，戴夫和索莱克斯一起跑来，在活生生的证据面前实施对巴克的惩罚，事实上，他们三个一起把缰绳弄了个乱七八糟。但是，自从那次事件之后，巴克一直小心翼翼的，再没有把缰绳弄乱过。在太阳完全落下去之前，巴克已经完全把拉雪橇的那一套学会了，戴夫和索莱克斯几乎再没咬过巴克，弗朗索瓦的鞭子也越来越闲。佩劳放下身段，亲自查看巴克的腿脚，研究了老半天。

这一天的奔波确定非常辛苦。翻越代耶峡谷，再穿过羊儿营，走过天梯还有伐木界，翻过冰川和从上边看深不见底的雪谷，爬过奇尔库特大分水岭——这分水岭的一边是咸水区，一边是淡水区，它为北国禁地站岗放哨。幸亏他们对时间的安排很合理，他们到达本尼特湖边的营地时正值夜幕降临。好几千名淘金工正在为明年春天冰层解冻做准备工作，卖力地造船。巴克累极了，在雪地上为自己挖了个窝，就躺进去呼呼大睡。第二天早上夜色未退时巴克就不得不起来，跟同伴一起开始新一天的工作。

这天，他们路过之处雪都被轧得很实，他们在这样的路上走了四十英里。但是这天之后的好几天，他们都没有再走过这样的路，他们必须自己开辟出一条道来，非常艰难，又非常耗时间。依照约定，佩劳走在最前边，用笨重的雪鞋将松松软软的积雪压得硬实了，让弗朗索瓦和狗队及雪橇能顺利通过。弗朗索瓦在后边带着狗队拉着雪橇前行，偶尔弗朗索瓦和佩劳的工作还会交换着来，不过这种事情不常发生。佩劳希望可以走得更快点儿，他自信自己对冰上行走了如指掌，这些知识对于他们来说绝对不能没有，因为秋天的冰层很薄，在水流湍急的地方，根本就没有冰。

日子一天天过去，巴克在缰绳的束缚下工作了好久，这样的苦头似乎没有尽头。每天他们都摸黑上路，天还没有大亮时他们已经走了好几英里的路。每天不到天黑，他们绝不停下赶路的步伐，巴克在停下扎帐篷时把分给自己的那份鱼吃掉后，就瑟瑟缩缩地躲在雪洞睡觉。巴克非常能吃，他的那份一磅半鲑鱼餐根本不够他塞牙缝的。他总是处在饥饿的边缘，肚子叫唤个不停，日子很不好过。别的身形较小的狗，生来就过这样的日子，因此一天一磅鱼对他们来说已经很满足了。

巴克之前挑肥拣瘦的毛病很快就消失不见了。他吃东西本来磨磨蹭蹭的，别的同伴总是比他动作快很多，然后他们就来分享巴克的食物。

他跑去赶那些抢他食物的狗，可总是防不胜防。巴克进步神速，吃饭速度跟同伴们并无二致，并且因为常常饿肚子，他起了歹念。有一只新入伙的狗，名叫派克，这只狗好吃懒做，总是爱假装生病，还老偷东西。巴克看到派克偷偷拖走一块肉，他便依样画葫芦，在佩劳没有注意时将很大一块肉给偷吃了。这件事情影响很大，不过没有人想到是巴克干的，大家都把一条经常被捉的笨狗杜布当成了窃贼，杜布替巴克背了黑锅。

在弱肉强食、极端残酷的北方，巴克第一次偷东西，这是他适应环境的标志，这显示了他依照外界的变化适时调整自己状态的能力，充分显现出巴克超强的生存本领，幸亏他有这样的本领，不然他早就跟死亡碰面了。这还意味着巴克的良心一点点在缺失，甚至完全消失。在你死我活的残酷斗争中生存，根本就不需要良心来插手，它只会坏事。在南方，大家非常重视睦邻友好、相互尊重；但是到了北方，这里有的只是武力征服和打架斗殴，谁将良心放在最重要的位置上，谁就是脑子有问题，有良心者必败无疑。

当然了，巴克不会想到这些。他只是在无意中让自己自然而然地融入了这样的生存环境。在之前的争斗中，他不管结果怎样，从不懂得躲避，然而，那个红衣男子让他脑子里对更原始、更基本的规则熟稔之至。之前在文明社会，他可以为了正义舍弃自己的生命，就像他心甘情愿用自己的生命去保护米勒法官手中的马鞭；但是现在他不再处于文明社会中了，他为了让自己不受伤害，丢掉了文明社会所给予他的道义。说来他也是因为肚子吃不饱才去偷东西的。因为尊重棍棒和犬牙，他没有赤裸裸地去抢，仅仅是暗地里偷盗。不论怎样，他所做的一切都是顺应自然法则的召唤。

他进步非常快，说这是倒退也未尝不可。他的肌肉硬得跟铁块似的，一般的辛苦对他来说完全不算什么。他完全被改造了。无论多么难以下咽的东西，他都能把它解决掉；这些东西到了他的胃里，完全没有浪费之说，全都被吸收得彻彻底底；这些养料被输送到身体的各个部位，变成最最坚强不屈的分子。他的视觉和嗅觉越来越灵敏，连听觉也变得很伶俐，即使他在睡觉，任何轻微的响动都不能逃过他的耳朵，任何异常情况都在他的监控之中。爪子缝隙里钻入了冰，他也能学着用牙齿把它们清理出来；他想要喝水时，取水口被冰雪覆盖，他会灵巧地使用前腿和后腿将冻住的冰碴儿全都击碎。最让他出风头的还是他预测风的本领，他为自己挖的睡洞总是能躲过寒风的侵袭，即使他挖洞时一点儿起风的迹象都没有。

他这些本领的习得，并不全是经验的功劳，那些他身上的渐渐清醒但仍昏昏欲睡的本能也为此出了不少力。曾经一代代被驯养的文明都消失了，原始族群的生活似乎在他脑海里若隐若现，那时候，在原始森林里野狗都是集体出动去猎取食物。不论是要用尖牙利齿战斗，还是狼族的速战速决式作战，在巴克这里都简单易学得很。他的祖先本就有这样的血统，只不过遗失在文明社会里。是他们让巴克身体里的本能复活了，他的行事作风也承继着祖辈先贤们的优良传统。这些是他本身所拥有的，似乎与生俱来。森冷的寒夜，他看着夜空中闪耀的星星，仰天长嗥，跟狼无异，他的祖先似乎附身在他身上，穿越时空请他代为长嗥。这叫声同先辈们的毫无二致，这叫声里有他们的怨怼，诉说着他们对死寂、寒冷和黑暗的感受。

就这样，原始的歌声从他嗓子里流到现实中来，他回归自我了——全新的巴克。正是人们在北方发现了一种黄颜色的金属，才给了巴克重生的机会；还因为曼努埃尔园丁助手的身份，他所得薪资根本无法供养他的妻子以及一个接一个来到世上的小曼努埃尔们。

第三节　万兽之王

巴克有一种非常强烈的争夺权势的原始兽性。在雪野这样艰苦的环境中，巴克的野心不断膨胀，这种膨胀完全不露痕迹，他的成长悄无声息。才爆发的谋略让巴克威武又内敛，他从来都是绕着麻烦走，更别说主动挑起事端了。他的行事作风可真是深藏不露。他从来没有因为跟斯匹次有矛盾而显现出对斯匹次的敌视态度，也没有狂躁不安。

但斯匹次没有巴克这样好的修养，他似乎将巴克放在威胁自己的敌对位子上，他常常挑衅巴克，向巴克示威，恨不得引起一场大战，好在这场大战中将巴克解决掉。这样的争斗没有发生在路上，我想应该是那场不期而至的意外导致的吧。那天，他们停下来在营地休息，营地就在荒无人烟的巴尔杰湖边。雪花被寒风挟持，像刀一样扑向有生命迹象的所有动物和人。天非常黑，他们不得不在黑暗中安营扎寨，当时的状况很不乐观。有块大石头在他们背后为他们挡风。弗朗索瓦和佩劳在结冰的湖面上生了一堆火，睡在地上。为了减轻负重，走得更快，他们将帐篷留在了代耶。冰上被水冲来的干树枝没燃烧多久就熄灭了，他们不得不摸黑吃饭。

巴克在石壁边上为自己造了一个小窝，暖暖的，很舒服。弗朗索瓦把冻鱼烤化，分给狗队的孩子们吃，巴克懒洋洋地从窝里爬出来。巴克很快就把那点儿食物解决了，他回来时，发现他的小窝已经被别人霸占了。里头的那只狗吠叫一声，意在警告巴克不许靠近，巴克听出这是斯匹次的声音。以前巴克从不跟他正面冲突，但是这次他做得有些过火了，巴克不由得狂怒，火冒三丈地向斯匹次冲去。巴克为自己有这样的举动感到讶异，斯匹次也是。在斯匹次心里，巴克就是一个懦弱退缩的家伙，从不跟别人争抢，他那强壮的身体是他依旧活到现在的护身符。

他们缠斗在一起，把巴克造的小窝也弄坏了，他们跑到雪地上来，弗朗索瓦对这件事情也觉得奇怪。在这件事情上，他表现得很公正。他对着巴克喊："嘿！伙计，咬他！他这蠢蛋！给他点儿颜色瞧瞧，让他知道你不是尿包。"

斯匹次很快应战。他声嘶力竭地大吼，进进退退地绕来绕去，想要找到恰当的进攻点。巴克和斯匹次同样很着急，但又同时小心翼翼，他也在进进退退地绕来绕去，想要尽得便宜。然而，紧要关头，意外发生了，这个意外阻止了这场大战，巴克和斯匹次你死我活的争斗就此暂停，直到枯燥、艰苦、漫长的旅途结束。

营地里溜进了一群陌生的赫斯基狗，他们就在附近的印第安人村子里，他们有近百条之众，全都饿得皮包骨头，在闻到营地食物的香味后都跑来了。佩劳首先发现了他们，用棍子打在其中一条的背上，那条狗尖声痛叫，人狗大战拉开序幕。就在斯匹次和巴克斗得不可开交时，他们趁乱混进来，佩劳和弗朗索瓦手上提着棍子狠狠打那些恶狗，那些狗也不甘示弱地反击。他们为了食物已经不要命了。正在这时，一条瘦骨嶙峋的狗钻进食盒里吃东西，佩劳挥起大棍就打，食盒里的东西都散落在地上。一眨眼的工夫，好多恶狗闻讯赶来，哄抢面包和腌肉，无论佩劳和弗朗索瓦怎么打，他们都不退缩。他们毫不畏惧，狠狠地抢东西吃，所有食物都被他们吞进了肚子。

此时，在窝里做梦的狗都出来了，但是他们被这群气势汹汹的饿狗逼得退回了窝里。巴克第一次见到这样的狗，他们只有一层薄薄的皮裹在身上。他们就是一堆站立的骨架，骨架上披着软绵绵的皮，眼睛里流露出瘆人的光，涎水从牙齿缝里直往外淌。这些饿狗被饥饿逼疯了，气势逼人，锐利无比。一个回合过后，巴克和同伴都被饿狗赶到了石壁边上。三条赫斯基狗联合进攻巴克，巴克的肩膀和头被这群饿狗咬了好几道伤口。他们制造的噪声惊天动地。比利呜呜咽咽地哭泣，跟平常一样。戴夫和索莱克斯伤痕累累，但依旧相互照应共同英勇对敌。乔凶极了，跟个魔鬼似的，扑住一条赫斯基狗就咬，一击即中，将那条赫斯基狗的前腿骨咬得粉碎。一向无病呻吟的派克一反常态，弹出去狠狠咬住一条赫斯基狗，顺势后仰，将那条赫斯基狗的脖子扭断了。有一条赫斯基狗倒在地上，嘴里吐着白沫，巴克毫不犹豫地咬住他的脖子，血管瞬间崩裂，弄得巴克满身鲜血，腥甜的味道直冲巴克的嗅神经，刺激他更加疯狂地进攻。巴克瞄准了下一个目标，但是他的脖子被另外一条狗咬住了。趁火打劫的不是别人，正是把他当作仇敌的斯匹次。

营地另一边的饿狗在弗朗索瓦和佩劳的联合反击下被击退了，他们俩不敢耽搁，赶紧过来支援狗队。那群向他们疯狂进攻的饿狗被击退了，巴克甩掉了对手。不过，没过多久，弗朗索瓦和佩劳就不得不赶回去保护食物；赫斯基狗又卷土重来，发起新一轮的进攻。比利燃起了求生的强烈愿望，他不再胆小退缩，他冲出饿狗的重重包围，夺路而逃。紧随其后的是杜布和派克，佩劳和弗朗索瓦带来的其他狗紧紧追随他们而去。巴克三步并作两步正想快速撵上狗队时，却不小心瞟到斯匹次正在向他扑来，斯匹次摆明了是要将巴克撞倒在地。只要巴克承受不住这样的一击，躺在赫斯基狗脚踏的那片雪地上，他可就完了。不过，巴克顶住了这一击，他紧随着狗队一起跨过冰面逃得无影无踪。

后来，狗队的九条狗全都躲避在树林里。他们甩掉了那群饿鬼，可他们目前的状况不怎么乐观，甚至非常糟糕。每条狗都至少有四五处伤，还有比这更为严重的。好脾气的比利每天呜咽不止，因为他的耳朵被那群饿狗咬破了；杜布的后腿伤势很重；多莉脖子上汩汩流着鲜血，她是狗队的最新成员，是在代耶加入的；乔的一只眼睛瞎了。天亮后，他们小心翼翼、一颠一跛地来到昨晚宿营的地方。前来捣乱的强盗走了，那两个人正在生气，他们丢了一半的食物。那些赫斯基饿狗连雪橇的帆布罩和皮带都没有放过。总的来说，他们见到什么就咬什么，他们才不管能不能吃，所有的东西都遭了殃。他们把皮缰绳咬坏了，还吃掉了佩劳的一双鹿皮鞋，弗朗索瓦手里拿的两英尺长的鞭梢也消失得无影无踪。一脸死灰、不发一言的弗朗索瓦从噩梦中惊醒，检查他的狗的伤势。

他面带微笑地说道："嘿，好伙计，被咬得这么严重，你们都会疯掉的！佩劳，你说我说得对不对？"

佩劳也有这个担忧，但是没有表示赞同。如果这些狗都染上了狂犬病，他们一定也会发疯的，他们距离目的地道森还有四百英里路。他们嘴里牢骚不断，两个钟头后他们才把缰绳理顺。这支遍身伤痕的队伍再次出发了，前方要走的路更加艰难，这段路是他们去往道森途中最艰难的。

三十里河没有封冻。水势凶猛，河水将严寒逼得远远的，只在避风和水势较缓和的地方才有冰。这样的路只有三十英里，然而它却要花费六天的时间去走。它难就难在每一步都是人狗拿生命与命运之神做赌注。走在最前边为大家开路的佩劳好多次从冰面跌入河里，幸好他手上拿着一根长长的棍子，横亘在冰窟隆上。然而由于受寒流的影响，这里的温度只有零下五十摄氏度，每次佩劳跌进河水里，队伍都得停下来，佩劳得生火烤干衣服。

佩劳技艺过人，无所畏惧。正是因为这一点，他才有幸为政府做信差。他那张脸瘦得厉害，这张脸经历过无数寒风暴雪的侵袭，却从未退缩，他生来注定要历尽千难万险。他沿着河边很细的一条冰带行走，脚下的冰碎裂崩塌，他不得不离开。有一次，雪橇掉到了冰冷的混着大块冰碴儿的水里，倒霉的是戴夫和巴克，他俩差点儿在水中丢掉小命；他们被从水里拖出来时，全身结了硬硬的冰甲。跟平常一样，为了保命，他们得在火堆边上将冰冷的身体烤暖。佩劳和弗朗索瓦驱赶着他们，让他们围着火堆转圈，这样他们身上出的汗会将体外包裹的冰甲融化；他们与火过于亲近，直接导致他们的毛被火烧得卷曲了起来。

还有一次，斯匹次掉进了一个冰洞，站在他后边的、巴克前边的同伴都没有幸免。巴克使出全身的力气，在没有任何支点的冰洞边上挣扎，冰也快承受不住压力了，渐渐地一块块裂开了。巴克后边驾辕的戴夫也学着巴克用前腿蹬地，极力想使雪橇和自己不掉进冰洞里。坐在雪橇上的弗朗索瓦狠命压住雪橇，由于太过用力，他腿上的肌肉也发出了声响。

队伍前边和后边的冰都碎了，如果不爬上侧边的悬崖，他们只有死路一条。弗朗索瓦没有动手找生路，而是幻想着会有神奇的事情发生，此时佩劳已经在悬崖顶上了。为此，他们把皮带、雪橇绳，还有最后一点儿缰绳，凡是能用来做绳子的东西都用上了，合成一条长绳，他们把狗也一条条弄上了悬崖，接着是雪橇、行李，弗朗索瓦最后被拉了上去。那天直到夜幕降临，他们才再次回到冰面上，当天他们的行程是四分之一英里。

他们到胡塔林卡时，恶劣的情况有所好转，巴克却垮了。不只是巴克，狗队的其他成员也都快撑不下去了。一路上耽搁了太多时间，佩劳一心想要快些，于是每天天不亮就出发，天黑好久才停下。刚开始走的那天，他们就走了三十五英里，到了大鲑鱼河；第二天行程三十五英里，赶到了小鲑鱼河；第三天走了四十英里，竟然快到五指山了。

赫斯基狗的爪子远比巴克的要粗硬结实。爪子变得无力，不知是从什么时候开始的，反正从他祖先被渔夫或者钻洞的人领回家后，这样的事情就发生了。白天的行程让巴克疼痛难忍，一停下来休息，他就跟死了似的躺下了。尽管他需要点儿食物补充能量，可他连跑去吃掉他的食物的工夫都懒得花。弗朗索瓦只好把鱼送到他面前。吃过晚饭，弗朗索瓦为巴克的爪子按摩了半个钟头，并拆了自己的鹿皮鞋，用鞋上的皮为巴克做了一副爪套。这让巴克一下子就活了过来。一次出发前，巴克躺着，乱蹬着腿，说什么也不肯工作，原来弗朗索瓦忘了给巴克套上爪套，巴克罢工了。这个时候，脸形消瘦得厉害的佩劳竟然也露出了笑容。没过多久，巴克的爪子就练得硬实起来，再也不用套那副爪套啦。

有一天他们在佩利营地，所有的东西都准备妥当，就等着再次踏上征程，一向不怎么招摇的多莉却发疯了。她跟狼一样扯着嗓子长嗥，其他的狗都吓得毛骨悚然。叫声停下来，多莉直直地朝巴克狂奔过去，巴克从来没有见过这样的疯狗，他也不懂得疯狗有多么可怕。他仅仅是心里发颤、惊恐，拔足狂奔。巴克跑在前边，多莉紧随其后，他们的距离非常近；他们都跑得上气不接下气，嘴里往外流着涎水。巴克吓得魂儿都飞了，跑得快极了，然而疯狂的多莉追在后边，他无论如何也甩不掉，多莉也只是追在后边并不能把他怎么样，他们谁也摆脱不掉谁。巴克和多莉从河心岛上的树林里穿过，顺着斜坡下来，他们跨过满是冰柱的河汊，直跑到另外一个岛，又从第三个岛上返回。巴克没了主意，只是一个劲儿疯跑。狂奔时，巴克并没有回头看，只听到紧跟在他后边的多莉叫得惊天动地。弗朗索瓦站在离他们不远处呼喊巴克，他掉转头往弗朗索瓦所在的地方跑，这时多莉仍旧只跟他差一步的距离。他跑得气喘吁吁，一心想要弗朗索瓦给他指一条生路。弗朗索瓦手里握着斧头，在多莉紧追巴克经过他身边时，一斧劈在疯多莉的脑壳上。

巴克站立不稳，紧挨着雪橇支撑着身子，他现在浑身无力，只是一个劲儿喘着粗气。斯匹次抓住这次机会，向巴克扑了过去。巴克几近虚脱，斯匹次的利齿两次刺进了巴克身体，巴克身上立即血肉模糊，连最里边的骨头都露出来了。就在这时，弗朗索瓦狠狠给了斯匹次一顿鞭子大餐，巴克作壁上观，很享受的样子，毕竟狗队里的其他成员从来没有过这样的待遇。

佩劳说："斯匹次不会放过巴克的，总有一天巴克会死在他手上，他是个恶魔。"

"你错了，巴克才是，甚至比他更可怕。我一直都在观察巴克，我不会弄错的。我告诉你，哪天他爆发了，斯匹次一定会被他撕成碎片。这不是不可能的。"

斯匹次和巴克之间的争斗正是从这时起正式拉开序幕的。斯匹次是领队狗，也是狗队的领袖，他不允许巴克这个南方佬来挑战他的权威，他要维护他的威严。巴克的确不一般。斯匹次见过的从南方来的狗很多，不过谁也没有他在雪地上那样的气势。南方狗的身体和精神都不堪一击，他们不是累坏了，就是被严寒和饥饿夺走生命。但巴克不是这样。南方狗中只有他活了下来，而且活得相当精彩，他的力量和心机都可以与最纯种的赫斯基狗媲美，他具备领袖才能。红衣汉子给他的棍棒教训让他在向上爬的过程中丢掉了狂妄和躁动，越来越危险。他的奸诈无人能出其右，他非常有耐性，可以说这是上天赐予他的，他极度绅士地等待着机遇的到来。

争夺领导权的斗争是一定会发生的，而且即将上演。巴克盼着争斗的到来。因为他生来就是这样，因为他深深地迷恋上了他的雪橇生涯，这种难以言说的荣耀感让他倍感兴奋。所有的雪橇狗都是在这种荣耀的照耀下，才把一生都献给了缰绳，至死不悔，超越了对死的畏惧。假如不让他们拉雪橇，他们一定会心痛极了。驾辕狗戴夫这样，索莱克斯全身心投入工作时也是这样的，这样的光芒一直伴随着他们，随着他们一起穿越一片又一片茫茫雪野，现在他们是积极、好学、有梦想的生命，如果没有这样的荣耀，他们只是野性十足的牲畜；这样的精神力量给了他们前进的动力，让他们在白天有力气前行，晚上休息时又心烦意乱和满腹牢骚。正是这种自豪，在队里的狗偷懒、路上不肯卖力、早上又消极怠工时，斯匹次毫不客气地修理他们，这使得他非常害怕巴克夺走他领袖的宝座。巴克跟他一样拥有同样的自豪感。

巴克公然阻止斯匹次惩罚不肯卖力干活儿的狗，他是有意这么做的。有一天晚上，大雪覆盖了整个冰面，一大早醒来大家发现经常假装身体不适的派克消失了。雪落了很厚的一层，派克躲在窝里不肯出来。

弗朗索瓦大声呼喊他，他却不应声。斯匹次快要气爆了，他怒不可遏，在宿营地到处找，用爪子扒开每一个可能的藏身处，嘴里发出可怕的吼叫声，派克躲在窝里瑟瑟发抖。

最终，斯匹次找到了派克。斯匹次正要对派克实施处罚，巴克却横插一杠，怒发冲冠地把他们隔开。斯匹次没有想过巴克会插手，他被撞得跌倒在地。派克本来浑身颤抖吓得要死，看到这样的争斗却又活了过来，他一下子扑向倒在地上的斯匹次。巴克心里早没了公平竞争这个概念，他也扑向斯匹次。对于这样的争斗，弗朗索瓦在边上当观众的同时，还公正无比地将鞭子狠狠落在巴克的背上。弗朗索瓦的鞭子没有让巴克从斯匹次身上撤离，他只得用鞭杆。巴克被打蒙了，向后退去。斯匹次也趁此机会教训了一下胆敢犯上的派克。

日子一天天过去，道森离他们越来越近，巴克仍旧一次又一次地多管闲事，公然扰乱斯匹次执法。但是，他变得聪明了，他每次捣乱都躲开弗朗索瓦的鞭子。由于巴克策反狗队叛乱，群狗情绪波动得厉害。当然，戴夫和索莱克斯很冷静，但是队里其他的狗都相当疯狂。所有的事情都变得非常难处理，群狗经常打架斗殴，不服管教，秩序混乱不堪。追根溯源，是巴克带的头。弗朗索瓦非常担心巴克和斯匹次不知什么时候就开始决斗了。晚上，弗朗索瓦总不能好好睡觉，总能听到有狗打架的动静。巴克和斯匹次之间那场不可避免的争斗让弗朗索瓦提心吊胆。

不过，巴克和斯匹次之间的大战总没有恰当的爆发时机，在某个死气沉沉的午后，他们到了道森。这里的狗和人都特别多，他们在巴克眼前急匆匆地来去。似乎狗生来的使命就是工作。每天白天他们要拉着雪橇来回奔波，晚上还要看家护院。连盖房子用的木头和柴火都是群狗给拉到矿山上去的；在圣克拉拉谷地的马干什么样的工作，这里的狗就干什么样的工作。偶尔，巴克会在路上遇到南方来的狗，不过这里的狗大部分还是野性十足的赫斯基狗。每天夜幕降临，在九点、十二点和凌晨三点，他们都准时唱一首属于晚上的歌，这种歌很神奇，曲调有些怪异，巴克很乐意跟他们一起唱。

黑夜里，北极光在寂寂寒夜中闪耀，繁星在冰冷的天幕上翩翩起舞，被白雪覆盖的大地被冻得硬邦邦的，这时，唱这样一首赫斯基之歌可以说是对生命的敬重，只是它的调子比较低沉，还有呜呜咽咽的拉长的腔调，所以更像是生命的诉状，是对艰辛生活的表达。这首歌很古老，物种什么时候出现，它就什么时候出现，它是创世之初哀鸿遍野的岁月里最古老的歌曲之一。它里面涵盖了祖祖辈辈的辛酸，这样的辛酸让巴克有些忐忑不安。他嘴里发出的悲伤音符和呜咽都沉浸在生的痛苦之中，在很久很久以前的荒原中生活的前辈也正是被这样的痛苦所困。先辈们对寒冷、黑暗的惧怕和敬重，在他这里也有。这首歌之所以能够打动他，正是因为他重新回到了最原始的自然环境中，这标志着他的新生。

他们在道森休整了一个礼拜就又上路了，越过了巴勒克斯陡峭的河滩，顺着育空大路赶去代耶和盐湖。佩劳从道森带了一批更为紧急的公文，再加上，在路上行走的荣耀感给他前进的动力，他有打破之前纪录的想法。他破纪录的事情似乎势在必行，因为经过一个礼拜的休整，他的狗队精力充沛，阵容整齐；之前他们开辟的雪道后来又有好多人走过，雪道已经被轧得比较硬实了；再说，警察局为他们在沿途设置了两三个补给站，这样他们的行李可以大大减少。

他们只用了一天就到达六十里河，行程五十英里；第二天他们就到了育空河，向佩利进发了。虽然一路上进度乐观，弗朗索瓦依旧忧心忡忡。巴克引起的狗队暴动破坏了团结，大家再也没有齐心协力的局面。巴克怂恿起事的狗胡作非为，他们状况不断，再不服从斯匹次的管理。之前对斯匹次的尊敬已经不见踪影，他们意图摘掉斯匹次头上的王冠。有一天晚上，派克竟然从斯匹次口中夺走了半条鱼，巴克掩护他吃掉了。还有一天晚上，乔和杜布联合起来整治斯匹次，让斯匹次手中的执法棒没有用武之地。一向不怎么出风头的比利也躁动不安，叫声里透着不安分。巴克每次碰到斯匹次，不是狂吠就是竖起脖子上的毛向他挑衅。他贴着斯匹次的鼻子装模作样地来回转悠，这是种火药味浓烈的赤裸裸的欺凌。

队里的狗相互之间争斗不休，导致整支队伍失去了凝聚力。大家经常吵吵嚷嚷，营地里经常是惨叫声此起彼伏，混乱不堪。戴夫和索莱克斯没有加入这种争斗，他们对这种没完没了的争斗却是反感至极。弗朗索瓦暴跳如雷，抓着头发，嘴里骂着"混账"。他不停地将鞭子挥向狗群，然而威力不够，无济于事。他一离开，大家就又闹开了。弗朗索瓦的鞭子是斯匹次的坚强后盾，队里的狗则有巴克为他们撑腰。巴克是始作俑者，弗朗索瓦心里很清楚，巴克也明白；不过，巴克城府深极了，他再也没有让人当场捉住把柄。在旅途中，他很卖力地干活儿，以苦为乐。不过，他更愿意在队友中耍点儿小花招，搞得状况乱成一团，这样的场景总能让巴克开怀大笑，假如他会笑的话。

有一天吃过晚饭，一只雪兔在塔基那河口乱窜，被杜布发现了。杜布瞎跑一通，没有抓住它。眨眼之间，狗队里像被炸弹袭击过似的，乱哄哄的一片。西北警察局在离他们营地不到一百码处，在那里有五十条狗，他们全是纯种的赫斯基狗，他们和佩劳的狗队一起追赶那只兔子。

兔子狂奔向河的下游，拐进一个河口处，河面上都是堆积起来的厚厚雪层，兔子在上面健步如飞。兔子在雪地上跑着，身形矫捷、灵活，狗在雪地上却跑得很费力。巴克心里着急，嘴上直叫唤，他身体先是贴着地面，再一下跳起，在月光的照耀下跳跃，像伏地袋鼠一样。雪兔在雪地上跳跃着，它是寂寂雪夜里一团若隐若现的白色光球，闪闪烁烁。

为了试试新造的铅弹是否好用，把人们从繁华的市区驱赶到树林和野地，让他们倒在血泊和烟雾中，这样的事情似乎让肇事者心情畅快——这似乎是种原始的本能。此刻让巴克拔足狂奔的动力正在于此。只是这样的动力，巴克本来就有。他奔跑在狗队的最前方，心里只有那只活物，他要将尖牙攫进猎物的肉体，让嘴唇感受温润的血液的洗礼。

这是一种彰显生命活力的热狂。这样的状态正是他们最年轻的时候才有的，他们完全忘记了自己的存在。这样的热狂，出现在艺术家物我不分、深陷一片烈焰中的时候；这样的热狂，就像士兵上阵杀敌，杀红了双眼，不分敌我；这样的热狂在巴克那里出现时，他正在带领群狗，嘴里发出最原始的、像狼一样的叫声，他们正在追捕一只在惨淡月光下奋力狂奔的猎物。巴克潜在的本能将要被唤醒，这是他天生的能力，它来自天地混沌初开时。生命之河涌动的波涛带领着他，他身上的所有关节、肌肉，甚至每一根筋腱都在畅快地释放生命的喜悦。这种喜悦、热情、奔放，存在于所有有生命的物种灵魂深处。天上的星光闪耀，他们拔足狂奔，大地一片沉寂，极动遭遇极静，生命的喜悦就这样在碰撞中诞生。

但是，斯匹次毕竟经验老到，心机深沉，就算在最紧张的状态下，他依然头脑清醒，不忘算计。他离开大部队，在河口转弯处掉头横穿并不宽广的河心岛。巴克没有注意到这个情况，他仍旧在追赶那只矫捷的雪兔。就在这个时候，河岸边一个更大的灰影跃出，挡住了雪兔的去路。兔子没有逃过斯匹次的尖牙。闪着寒光的尖牙凌空嵌入兔子的后脊梁，兔子像遭遇世界末日似的高声呼喊。生命在这声呼喊中被死神拉入谷底。这样的声音被跑在巴克后边的群狗听见了，他们立即疯狂地欢呼雀跃。

巴克没有出声。他没有停下狂奔的步伐，一跃身扑向斯匹次。但是巴克太过激动，失去了一个咬断敌人咽喉的绝佳机会，与他擦身而过。他们在雪地上扭成一团，滚来滚去，雪扬了起来。斯匹次闪身从扭打中站立起来，似乎没有倒下过。他对着巴克的肩膀就是一口，又迅速弹开，站在离巴克不远处，牙齿机械地张合有度。发出咔咔的声音，他扯着嗓子长嗥起来。

直到这时，巴克才反应过来：他们的决战机会就在眼前。两条狗相互对峙，谁都不先出手，他们耳朵向后脑勺贴去，都在寻找最佳的进攻时机。这样的场景巴克觉得有些熟悉。他似乎都记起来了——树木被白雪覆盖，寂静的大地，清冷的月光，接着就是战前的紧张气氛。没有任何生命气息，这片白色清冷异常。风凄凄冷冷，所有的活物都屏气凝声，树叶在树上静止不动，狗嘴里吐出的热气喷入冷气中，丝丝缕缕扶摇上升。这群野性十足的狼狗刚刚解决掉那只雪兔，现在已经站成一个包围圈，冷眼旁观。他们不作声，只有眼睛闪着光，鼻子里喷出的热气向天空飘去。在巴克看来，这个场面很久以前就出现过，既不陌生，也不新鲜。似乎事情本来就是这个样子，稀松平常。

实战对于斯匹次来说再熟悉不过。从斯匹次卑尔根到北冰洋，穿过加拿大荒原，他见过各式各样的狗，每次他都气势凌人，没有失态。他怒发冲冠，不过他并没有气昏了头。他想要将对手铲除殆尽，然而他一直都记得敌人也想这么干。没有经过深思熟虑和积极备战，他绝不会贸然行动；没有将敌人的力量消耗殆尽，他绝不轻易展开攻势。

巴克拼尽全力去咬那条大狗的脖子，然而无济于事。他想要咬住斯匹次的肌肉，然而每次都遭遇到斯匹次锋利的牙齿。他们的牙齿撞在一起，嘴唇破裂，鲜血迸流。敌人的防线是如此滴水不漏，巴克想要攻破却无从下手。他气急败坏，连续的快速进攻让斯匹次吃惊不小，巴克的尖牙好多次跟斯匹次的脖子只差那么一点点距离，每次斯匹次都能化险为夷，反咬巴克一口，再躲得远远的。巴克想要玩些花招分散斯匹次的注意力，可他每次都被斯匹次看穿。眼看着他向斯匹次的咽喉撞去，实际上目标却是斯匹次的肩膀。当他一个转身向斯匹次撞去时，斯匹次都能迅速躲开，跟地面亲密接触的总是巴克的肩膀。

斯匹次毫发无损，巴克却弄得满身鲜血，大口喘着粗气。战斗异常激烈，到了最紧要的关头。他们争斗不休的时候，那些围观的狗悄无声息地站在边上，想要一哄而上撕裂失败者。巴克气喘得厉害，而斯匹次的进攻才刚刚开始，巴克顶不住这样的攻击，走路都不稳了，跟跟跄跄地进进退退。有一次，巴克被打倒在地，站成一圈的六十条狗刹那弓起脊背，但是巴克还没有落地就迅速恢复斗志。那些狗又回到原来的状态看好戏。

尽管如此，巴克天生就是要做大事的好狗，他拥有极其丰富的想象力。尽管他本性好斗，但他并不盲动。他向斯匹次扑去，好像是之前用过的声东击西之法，却在最后一刻紧贴地面，将斯匹次的左前腿咬住。斯匹次的腿骨被咬碎了，他只有三条腿可以继续应战。巴克第三次使用老办法将斯匹次的右前腿咬断。斯匹次忍住剧痛，强撑着站立。站在周围的狗都沉默不语，一个个目露凶光，伸长舌头，舌头上冒着热气，飘向空中。斯匹次看到群狗围成的圈子越收越紧，跟从前包围倒在他面前的狗一样，但是这次倒下的是他自己。

斯匹次要完了。巴克没有丝毫怜悯，同情弱者的事情不应发生在战场上。巴克意图最后一击。前来围观的狗将战场缩得不能再小了，他们哈出的白气喷在斯匹次的身上。巴克看向自己面前的那群狗，他看到那些狗蠢蠢欲动，跃跃欲试，目光锁定在自己脸上。他们在准备着，围观的狗都像定住了似的，跟石膏像毫无二致；斯匹次却瑟瑟发抖，他身上的毛一根根竖立着，身体前后摇摆，嘴里一声怒吼能让听者顿觉毛骨悚然，他想要用这种方式躲开正在向他逼近的死亡。此时，巴克冲向斯匹次。他这次终于不偏不倚地撞在斯匹次的身上。斯匹次终于站不稳了。月光清冷，洒向茫茫雪原，群狗围成的包围环终于覆盖了圆心，斯匹次消失了。巴克在圈外站着，冷眼旁观。这个王者，打败了前任王者，并且杀死了他，现在心情好极了。

第四节　王者归来

"哎，我说得没错吧？巴克他确实是地地道道的恶魔啊，这下你该相信我了吧！"

第二天一大早，弗朗索瓦就发现斯匹次失踪了，而巴克浑身是伤。

他拉巴克到火堆边，在微弱的火光照耀下，查看巴克的伤势时说。

"斯匹次也很强啊，你看巴克身上的伤。"佩劳边看巴克身上被撕开的口子边说。

弗朗索瓦回应他说："巴克似乎更厉害些。现在他们不会再吵吵闹闹争斗不止了。因为没有了斯匹次，争端就没有了源头。"

佩劳收拾好所有的行李，把它们都装在雪橇上，弗朗索瓦去将狗拴好。巴克兴冲冲地跑到斯匹次原来的领头狗的位置，但是弗朗索瓦并没有注意到这一点，他让索莱克斯站在了那个群狗都觊觎的显赫位置上。巴克不由得火冒三丈，他将索莱克斯从头狗的位置上撵下来，然后自己站在那个位置上。

"嘿！你看看吧，巴克把斯匹次杀了，他还想顶替斯匹次的位置。"弗朗索瓦手拍大腿笑骂道。

"站到边上去，走开！"弗朗索瓦大声叫唤，但是巴克却不挪动脚步。

他一把抓住巴克脖子上的毛皮，将他拖到一边，巴克嘴里呜呜咽咽地叫唤着，似乎是在跟弗朗索瓦抱怨什么。弗朗索瓦想要索莱克斯顶替斯匹次的位置，然而索莱克斯不听从弗朗索瓦的指挥，他明确表态，他不愿意得罪巴克。弗朗索瓦可不允许他们自作聪明地自作主张，但是他刚刚转过身去，急于抽身的索莱克斯就把位置让给了巴克。

弗朗索瓦火气上来了："既然这样，该死！我就让你见识见识我的厉害！"他嘴里叫嚣着，回过身去将一根大棒抄在手上。

红衣男子给巴克的那顿棍棒，他依旧铭记在心，他慢慢地向后倒退着。弗朗索瓦又一次将索莱克斯安排在了头狗的位置上，这次巴克不捣乱了。他一直在绕圈，就是不让大棒打到他，他怒气冲冲地吼叫。

当弗朗索瓦手中的大棒打来，他一定会迅速躲掉。他明白所有大棒的套路。

弗朗索瓦继续将狗往缰绳套子里赶。该巴克了，他招手让巴克继续待在戴夫前边的老位置上。巴克没有上前反而后退了。弗朗索瓦向他逼近，巴克继续后退。就这样一进一退好多次。弗朗索瓦后来醒悟过来，以为巴克怕他手中的棒子，所以将手中的棒子放下，但是巴克还是不肯乖乖听命。他并不是怕弗朗索瓦手中的棒子，他是想要领头狗的位置。那个位置就是为他而设的。他费尽心机地争来，势在必得。

佩劳也来帮弗朗索瓦追赶巴克，他们就这样僵持了将近一个小时。他们将棒子扔向巴克，巴克巧妙地闪开了。他们咒骂巴克，从巴克的祖宗骂起，直到他的子孙后代；巴克自己也没躲过这一骂，长在巴克身上的所有毛，流淌在身体里的每一滴血液都被骂了个遍；巴克任由他们去骂、去发疯，他只是躲得远远的，不让他们走到他跟前。他并不是想要远离他们，只不过在营地周围打转，赤裸裸地威胁：如果不让他如愿做头狗，他就永远不上工。

弗朗索瓦坐在地上抓着头发。佩劳眼看着时间一分一秒地过去，心里着急得厉害，嘴上一直骂骂咧咧。假如没有这件事，他们现在已经奔驰在雪野上了。弗朗索瓦抓着头皮，心里很不是滋味，头摇得跟拨浪鼓似的，他扬起嘴角对佩劳笑笑。佩劳朝弗朗索瓦耸了耸肩，很无奈地表示：他们失败了。弗朗索瓦走到索莱克斯所在的头狗位置上，向巴克招手示意。巴克心里乐开了花，但还是不愿走到缰绳边上。弗朗索瓦把索莱克斯身上的缰绳解开，让他回到老位置上去。所有的狗都站在了自己的位置上，队伍马上就要出发。缰绳套里，所有的位置都满了，只有最前边的头狗位置为巴克留着。弗朗索瓦又向巴克招手示意要他过来，巴克却还只是笑，身体却没有向前挪动一分一毫。

"蠢货，把棒子放下。"佩劳对弗朗索瓦说道。

弗朗索瓦照做。巴克满脸胜利者的骄傲表情，跑向头狗的位置，这次他不反抗，任由弗朗索瓦将他套进缰绳套子里。雪橇出发了，在雪道上狂奔，弗朗索瓦和佩劳跟在雪橇后边跑着。

弗朗索瓦说巴克是恶魔中的恶魔，一定言过其实。然而，这天天黑之前，弗朗索瓦才发现，巴克确实是顶级魔鬼。巴克一到头狗位置上就相当敬业，不管是敏锐的判断力，还是思维和动作，无不比弗朗索瓦口中赞不绝口的斯匹次要厉害。

然而，巴克最突出的才能似乎是制定法规，让狗队的队员都依法行事。对于领导者是谁，戴夫和索莱克斯没有任何意见，这毕竟跟他们无关。他们只管出力干活儿，兢兢业业地拉雪橇就好。只要不阻止他们工作，他们什么事情都乐意接受。只要秩序井然，就算生性懦弱的比利来做头狗，他们也甘愿服从。只是队伍里的其他狗在斯匹次走之前的那段时间里变得乖戾起来，而且不服从管教。现在巴克要给他们订一套制度让他们服从，让他们大吃一惊。

派克的位置在巴克后边，他总是想方设法地偷懒，从来不想多出一点儿力气。没过多久，他的懒惰为他招来了许多惩罚。不到一天，他就很用心地拿出最佳状态拉雪橇。乔脾气怪异，斯匹次在时，从没有教训过乔，但是在斯匹次走后的第一天，他受到了非常严厉的教训。巴克身形巨大，他将乔逼到角落里，乔再没有像之前那样哀嚎，而是频频告饶。

没过多久，狗队又跟以往一样团结了。大家一起拉着缰绳，共同向前。到了溜冰滩，队伍里又加进来两条赫斯基狗，分别是提克和库纳。巴克以迅雷不及掩耳之势驯服了这群队友，这让弗朗索瓦惊讶异常。弗朗索瓦嘴里一直嚷嚷着："我竟然不知道世界上会有像巴克这样的狗！从来都不知道！该死，他身价有一千块，是不是？佩劳，你说话呀！"

佩劳点点头，表示认同。他的行进速度非常快，这也是之前从未有过的，并且速度还在一天天变快。雪道的硬度非常好。最近一直都没有下雪，他们在路上走来非常省力。天气并不算太冷。气温最低也就是零下五十摄氏度左右，一路走来都是这个样子。他们二人相互交换着驾雪橇和在后边跑，狗队在快速前进，每天都要跑很长时间，却只偶尔休息一小会儿。

三十里河的河面几乎都是结结实实的冰，他们来时花费了十天时间来跑这段路，这次回去只用了一天的时间。值得一提的是从巴尔杰湖到白马滩的那段路，他们曾经一刻不停地走了六十英里。在越过马什、塔吉什和本尼特这七十英里连成一片的湖区时，雪橇几乎是在冰面上飞行，人跟在雪橇后边不得不抓住绳子，让雪橇带着走。第二个礼拜的最后一晚，在他们翻越了白山口，飞奔下斜坡时，他们就离斯加圭镇和海上闪耀的灯光很近了。

这次旅程频频创下新纪录。这次旅行用时两个礼拜，平均下来每天行进四十英里。连着三天，弗朗索瓦和佩劳得意扬扬地在斯加圭镇大摇大摆地来回转悠，好多人都想要请他们去喝酒。驾狗的人和养狗的人都去找他们，向他们请教是如何调教出如此优秀的狗队的。没过多久，镇子上来了三四个西部过来的强盗，他们想要洗劫镇子，不但没有成功，反而被打成了蜂窝煤，这件事情让大家的注意力从神奇的狗队上转移开来。没过多久政府又派发了公文下来。弗朗索瓦找来巴克,将他搂在怀里泪眼婆娑地跟他道别。事实上,他们这是最后一次见面。跟巴克之前的主人一样,他们永远都没有再走进巴克的生活。

巴克和队友的新主人是一个苏格兰混血儿。和他们同行的还有另外十几队狗,他们这次回道森的旅程非常艰难。他们的步伐沉重,再没有破纪录的事情发生,有的只是每天没有任何变化的辛苦劳作和沉重的雪橇;这些雪橇上装的都是信件,在北极挖金子的人全靠他们雪橇上的东西跟外界交流。

尽管巴克打心眼儿不想做这样的工作,但是他还怀揣着戴夫和索莱克斯怀有的那种荣耀感,他对工作依旧尽心尽力。然而,队友们不一定有这样的荣耀感,巴克还得催促着他们,给他们打气。这样的生活很枯燥,他们一步步很机械地按照预定的程序工作。第一天和第二天还有第三天完全没有任何区别。每天一大早的工作就是一成不变的生火、吃早饭。接着,有人将东西收拾好,有人将狗安排在雪橇缰绳套子中,在夜色渐渐消失、白昼降临时,他们已经在路上行走了一个小时。到了夜幕降临时,找到驻地,一部分人搭帐篷,一部分人砍柴,弄松枝回来铺床用;剩下的人去找水回来做饭用,另外还要安排人专门为群狗准备晚饭。每天的晚饭是狗们最为享受的时刻;要是在享受完晚餐后,再找别的狗出去闲逛上几个小时也是不错的选择。这里的狗有一百条以上,尽管他们之间有过争斗,然而巴克只经历过三次,所有的狗就都不敢前来挑衅;只要巴克嘴巴略微张合,毛发稍有耸动,其他的狗就都躲得远远的,不敢靠近。

兴许让巴克最为享受的还是静静地待在火堆旁。他把后腿收在身子下面,前腿前伸,两眼紧盯着跳动的火苗,眼神迷离,像在做梦。偶尔，他也会怀念米勒法官家笼罩在克拉拉谷地的温暖阳光下的大房子，还有那个很大的水泥游泳池，还回忆起那条名叫伊莎贝尔的来自墨西哥的无毛狗和来自日本的哈巴狗"娘儿们"。不过在他脑子里出现次数最多的还是那个红衣男子，他也常常想到科莉的死，还会经常记起和斯匹次拼命的场景，当然了，他也会想到那些他喜欢吃的东西。他并没有怀念故乡的意思，那个充满阳光的地方离他很遥远，这些回忆并不能让他的情绪有多大波动。更让巴克着迷的是祖辈传下来的那些记忆，这样的记忆让他对那些从来不曾接触过的新东西有种似曾相识的熟悉感，曾经消失的本能在他身上又复活了。

有时，他卧在篝火边上，眼神迷离，那些蹿动的火苗似乎是从另外一堆火上跳过来的，并且他此刻正距那堆火不远。他看到另外一个队伍中的人在做饭，这个人跟苏格兰混血儿有些不同。这个人的胳膊很长，腿却不长。他身上的肌肉隆起，不甚平整，跟一般人的圆润有弹性不太一样。这个人留着一头长发，发丝不是一根一根的，而是许多根绞在一起，他的额头比较低，他嘴里发出的声音非常奇怪，他时常向远处的黑暗看几眼，似乎他对黑暗有种莫名的恐惧。他的胳膊放下来竟然长过了膝盖，他手里拿的棍子上绑着的石头有些分量。他不穿衣服，后腰上搭着一块褴褛、被烟火熏坏的兽皮，身上多处长着浓密的体毛，尤其是四肢外侧和胸部、肩部。他不能正常站立，臀部以上向地面倾去，膝盖也不能打直。他的身体比较神奇，弹性十足，这种弹性也可以被称为反弹力，跟猫相似；他神经非常敏感，可以说有些神经质，也许他曾经经历过非常恐怖的事情。

有时候，这个毛发很重的人蹲坐在地上，将头埋在两腿之间，不一会儿就进入了梦乡。每当这时，他用两只手将头抱住，胳膊都顶在膝盖上，似乎用这种方法为他遮挡风雨。火光没有照到的地方似乎有两对宝石在缓缓移动，这两对宝石总是两两一组，从不分离，巴克心里清楚每对宝石都是可怕生物的一双眼睛。他们在灌木丛中走过时发出的声响全都没有逃过巴克的耳朵，就连他们低低的交谈声巴克也都听得到。在巴克正在做着美梦，面对火苗眨巴着眼睛时突然出现的这一状况，让他身上的每一根毛发都竖立了起来，从后背到脖子、肩膀，没有一处不处于紧张状态。巴克嘴里发出的声音痛苦而又低沉，可以说是悲切的哭泣，每当这时他就会听到苏格兰混血儿的喊叫声："喂！巴克，快点儿清醒过来！"巴克睁开眼睛，眼前又是一片清明，真实的世界再现，他站起身来，打着哈欠，伸个懒腰，原来刚刚是个梦啊。

雪橇上装的都是很沉的邮件，巴克他们拉着这样的雪橇非常辛苦，但他们仍旧很卖力，沉重的邮车让他们累极了。终于到了道森，他们比出发时瘦了好多，身体虚弱，原则上说，他们应该好好休息休息，不休息十天至少也应该缓个六七天。但是，甚至没过两天，他们就拉着满车的邮件通过巴拉克斯到了育空河。狗队精疲力竭，驾车的人也是骂骂咧咧；老天也来捣乱，每天天空中都有雪花飘落。因此，每天他们都走在绵软的雪道上。狗身上的缰绳越来越重，人也越来越没有耐性；幸好驾车人还算有良心，他一直都很照顾狗的感受。

每晚宿营都是先将狗安顿好，晚饭也是狗先吃，狗吃完晚餐，他们才吃，每个驾车人都要将自己的狗检查个遍，才能安稳入眠。就算受到这样细致入微的照料，狗队还是垮了。这个冬天，他们在雪道上已经走过了一千八百英里，在艰苦的旅途中一直拉着雪橇；就算狗的体力非常充沛而且身强体壮，像这样走上一千八百英里也会受不了的。巴克已经很累了，但他自己撑住了，不但这样，他还要管理整个狗队，让大家都挺住，好好工作。比利似乎每天都在做噩梦，因为他总是在睡梦中叫唤或是哭泣。乔的脾气愈发怪了，索莱克斯更是不让任何人近身，就算是从不瞎的那边过去也不行。

戴夫恐怕是最痛苦的。他的身体应该是不舒服了，他的精神变得有些不济，总是一点儿小事都能让他火冒三丈。晚上一停下来休息，他就为自己挖好小窝躲进去，驾车人不得不把饭送到他面前。只要不拉雪橇，他总要休息个够，直到早上要出发时才站起身来。偶尔，雪橇会突然急刹车或者突然出发，这样会碰到戴夫的身体，他就会大喊大叫，情绪激动。驾车人为他检查了身体，可就是不知道问题出在哪里。因为戴夫身体的缘故，大家都很担忧。他们吃饭时嘴上谈论的也是这件事情，就连睡觉前的抽烟时间也会把这件事情挂在嘴边。有天晚上宿营后，他们将戴夫拖出小窝，弄到火堆边上，集体为戴夫做身体检查，在戴夫身体上摸摸按按，戴夫惨叫连连。戴夫受了内伤，但是在他们来看确实不明白究竟哪里出了问题，一直都不能有个准确的结论。

当邮车赶到卡赛尔营地后，戴夫的身体已经濒临崩溃的边缘，经常在队伍里摔倒。苏格兰混血儿让队伍停下来，将戴夫从队伍里拉出来，把站在他边上的索莱克斯套进他的位置上，苏格兰混血儿的用意很明显，戴夫太累了，他得休息休息，这样做是让他跟着雪橇随意走，可以省点儿力气。病入膏肓的戴夫对于阻止他拉雪橇这件事很不高兴，他痛苦得要死，呜咽起来。拉雪橇是他无上的光荣，他愿意死在工作岗位上，就是不愿眼睁睁看着别的狗站在自己的位置上。

雪橇队伍要出发了，戴夫强打着精神跟在队伍的边上，一直张着嘴，露出尖牙恐吓索莱克斯，他想要重回狗队，挡在索莱克斯和雪橇中间，索莱克斯不得不走在雪道边上的绵软之地上。戴夫这样做又碰到了自己的身体，他痛苦地呻吟，样子极其凄惨。苏格兰混血儿想要用鞭子把他吓走，可是戴夫对这样的威胁毫不畏惧，苏格兰混血儿下不去手了。尽管悄悄地跟在雪橇后边比较省力，但戴夫不肯这样，他继续纠缠着想要回到队伍里，直到折腾得身上没有一丝力气，躺倒在雪道边上。戴夫在那里呜呜地叫唤，满眼悲伤看着雪橇队伍从他身边驶过。

戴夫拼尽全力勉强站立起来，一步一跌地在雪橇队伍后边跟着。雪橇队伍停止前进了。他强撑着从一架又一架雪橇边上走过，找到自己的狗队，他站在索莱克斯边上。驾车人没在车上，他向后边的驾车人借火点了一支烟。驾车人回来后继续赶车，雪橇却没有跟狗队一起走，他吓了一跳，招呼队友来检查是怎么回事。看了才发现，竟然是戴夫搞的鬼，是他把索莱克斯的缰绳弄断了，他自己又回到了雪橇前边的老位置上。他站在雪道上，目光悲切，想要人们同意他继续拉雪橇。

驾车人没了主意。他的队友跟他讲了个故事，故事说的就是有一条狗因为不能拉雪橇伤心得死掉了。还有些他们听闻的别的故事，有些上了年纪的狗和身体受伤的狗被拖出队伍后终于咽气。他们研究决定，戴夫没剩多少日子了，就让戴夫重新回到队伍中来，这样他死在他的岗位上，这也是做好事啊。就这样，戴夫重新回到了自己的工作岗位，他之前的那股荣耀感又回来了，心情好极了，不过，戴夫体内的伤一直折腾着他，他总是不能自已地痛苦呻吟。他频繁地摔倒在雪道上，他被拖着在雪道上滑行，甚至有一次被压在了雪橇下边，雪橇压断了他的一条后腿。

戴夫一直挣扎着，直到夜里宿营休息，驾车人给他在火堆边上安排了一个住处。第二天一早，他的身体摇摇晃晃，连站起来都很费事。雪橇队伍要出发时，他想要继续拉车，颤颤巍巍地向雪橇爬去，又倒了下去。他缓缓向前挪动，前方的队友们正在往缰绳套子里进。他先是把前腿伸出来，撑着雪地将身子向前拖，然后伸后腿，将身子再一拖，每次拖动不超过三英寸。他已经快要不行了。大家最后一次看戴夫时，他躺在雪地上只见出的气，不见进的气，眼里盛满悲哀与难过。他们径自出发了，但是他们刚过河边的树林，远远地就听到戴夫绝望的呼喊。他们已经看不到他了。

雪橇队伍再次停下。苏格兰混血儿一个人走回刚刚才离开的宿营地。大家都沉默无语。苏格兰混血儿走后没过多久，一声枪响回荡在众人耳边。他急急忙忙地回到了队伍中。雪橇队伍又上路了，铃声清脆，鞭声呼啸，大路就在前方，只是队伍中少了戴夫。巴克知道在看不到的树林那边的河边发生了什么事情，大家都知道。

第五节　艰难旅程

从道森出发三十天后，巴克和队友们以及他们身后的邮车都来到了斯加圭镇子上。他们累极了，看起来很狼狈。巴克体重原来有一百四十磅，现在竟然不到一百二十磅了。队伍中的其他狗没有他的块头大，但是也瘦了不少。爱假装生病的派克一生都在耍小聪明、偷懒，假装自己腿有病，现在他是真的瘸了。杜布肩膀上的骨头受了伤，索莱克斯走路也是一瘸一拐。

他们的爪子都疼痛难忍，大家都没有欢呼雀跃的力气了。他们的爪子每天都要重重地踏着雪道，这让他们痛苦异常，每天他们都累得要死，而且越来越累。他们身体很健康，只是劳累过度。这样的劳累，不是稍微缓一缓就能恢复的，他们一连辛苦了好几个月，所有的精力都消耗殆尽了。要恢复他们的体力很难，他们现在一点儿力气都没有。身体的每根神经、每个细胞都累得要死，他们马上就要死了。这样的劳累是有源头的。他们花了不到五个月时间行程两千五百英里，在最后一千八百英里的路上，他们仅仅休息了五天。挨到斯加圭镇，他们简直快虚脱了，走在平地上雪橇缰绳都是松松垮垮的。等到走下坡路时，只能跟雪橇保持一定的距离，以免轧到自己。

"辛苦你们了，宝贝儿，赶紧走吧！再坚持一下，咱们马上就能休息了。是的，可以休息好久好久。"走在斯加圭镇的大街上，驾车人言不由衷地哄着零落不成形的乱糟糟的队伍。

驾车人都想要好好休息休息。他们走了这么长时间的路，行程两千英里，路上休息的时间少得可怜，不管怎么说都是时候让他们好好地休息个够了。不过，到克朗代克去的男人简直多得不像话，他们家里的女人、情人心里都惦记着他们，发来了无数的邮件，堆成了一座小山，就这还没有算上那些政府公文。镇子上又有一批从哈得逊湾来的新狗，这些狗代替了那些累坏了的狗。跟钱相比，狗一文不值，因此，这些没有用的狗就被主人卖掉了。

在这里待了三天。巴克和队友们在这三天里放松了身子，这时他们才发现身子累到极点、虚到极点。第四天一大早，他们就被转让给了两个美国人，连同他们一起走的还有那套挽具，他们并没有花去这两个美国人多少钱。这两个美国人一个被称为查尔斯，一个被称为哈尔。查尔斯是个中年人，他肤色很浅，水气十足的眼睛里没有一点儿光芒，乱胡楂随心所欲地挺立在他的脸上，气势逼人，胡楂下的嘴唇却很是绵软的。哈尔还很年轻，他的年龄不到二十，他的腰上系着很大一把左轮手枪和一把猎刀，腰上满满当当挂了一腰带子弹。他身上最显眼的就数这条腰带了，从这条腰带上就能看出他的年纪很轻——他的年龄确实不大，他太小啦。很明显，这两个人不该到这个地方来，他们会来北方，究竟是出于什么原因呢？实在让人费解。

巴克看到他们在讲价钱，钱在他们手里数来递去。他很清楚苏格兰混血儿和驾邮车雪橇的那些人从此要从他的生命里消失了，跟佩劳、弗朗索瓦还有之前的那些主人一样。巴克和他的队友们来到新主人的营地，那个地方简直糟糕透了。帐篷还没有完全搭好，碗还是脏的，所有东西都是乱七八糟的。在这个营地里还有个中年女人，被这两个美国人称呼为默西迪斯。哈尔是这个女人的弟弟，查尔斯是她的丈夫，这三个人的队伍是亲戚搭档。

巴克在边上看着他们拆帐篷，装雪橇，心里直发慌。他们做得很用心，但是他们实在是技术太差。他们把帐篷给弄成了一个大大的包，不知道的人还以为他们把两个帐篷卷在一起了呢。那些餐具还是脏兮兮的就全都打包装行李了。默西迪斯絮絮叨叨，一直为两个男人出谋划策，净帮倒忙。两个男人把衣服包放在雪橇前边，默西迪斯就要让他们把衣服包放在后边；两个男人把衣服包转移到后边以后，雪橇上面的东西又非常多，她又发现好多东西还没有装上，这些还在营地上的东西是要装到衣服包里的。接着，他们又把装上雪橇的东西全部都取下来。

营地边上还有别的帐篷，其中一个帐篷里走出来三个男人，他们笑嘻嘻的，想搞个恶作剧，在边上看笑话。

其中一个人开口说话了："你们真是人才，竟然会这样装雪橇。事实上我不该多嘴的，不过如果我是你们的话，我就不会带这些帐篷。"

默西迪斯夸张地把双手高高举起，觉得他们是在胡说八道："你在瞎说！如果没有帐篷，我们住在哪里？"

"春天来了，不会用到帐篷的。天气越来越热了。"那个男人回答说。

她始终不肯听那个人的劝告，哈尔和查尔斯把剩下的东西放到了雪橇上，这架雪橇上的东西真是名副其实的"小山"呀！

那三个人中的其中一人问他们："你们的雪橇可以跑起来吗？"

查尔斯觉得这样的问话是侮辱，他反唇相讥："你什么意思？怎么会不行？"

那个人见查尔斯语气不对，赶紧回话："嘿嘿，可以的，可以的。我就是替您担心，就么简单。你们的雪橇似乎前边重后边轻。"

查尔斯回过头使出很大的力气将绳子勒紧，不过他的动作相当不娴熟。

另外一个人点点头，对刚刚那人所说的话表示赞同："这些东西不多，那些狗拉这么点儿东西不费吹灰之力。"

"那是一定的！"哈尔说话的口气不温不火。他坐上雪橇，手拿鞭子甩了甩，"驾！驾！"

那些狗听到他的指令想往前走。可是费了老半天力，雪橇却一动不动。雪橇太重了。

哈尔却不认为这个雪橇有什么问题，他觉得一定是这些狗懒得动弹。他扬起手里的鞭子，就要教训那些狗，想要让那些懒狗得到些教训。然而这时默西迪斯挡在了他的面前，大声叫唤着："天哪，哈尔，你不能这么做。"她把鞭子牢牢抓在手里，把鞭子从哈尔那里抢回自己怀里，"他们多可怜呀！你要是在路上一直都这么干的话，我就不跟你们一起上路了。"

哈尔并不把姐姐的话放在眼里，轻蔑地笑笑："看来你很关心这些狗呀。你最好不要靠近我。你听我说，他们就是懒，你得狠狠收拾他们一下他们才肯动弹，他们只认这个。你可以去打听打听。那里有人，你去找他们问问吧！"

默西迪斯美丽的脸庞上满是无法言说的不忍，抬头看着营地边上站着的那些人，这个样子看起来真让人感到可怜。

那些人对这个漂亮女人说："我们告诉你，这些狗身体非常虚弱。他们累得快不行了，他们需要休息。就这么简单。"

非常年轻的哈尔说："他们需要休息？胡说八道！"默西迪斯听到哈尔这样说，她伤心极了，唉声叹气。

但是，她依然记得这个人是她的弟弟，不一会儿她就反应过来，替弟弟说话了。她口气坚定："那些人是胡说八道！这些狗是咱们家的，你想怎么做就怎么做。"

哈尔毫不客气地将鞭子抽打在群狗的身上。群狗使出九牛二虎之力，爪子在雪地上用力抓着，头埋向胸前，他们真的尽力了，可是那个雪橇还是纹丝不动。他们这样努力了两次，队伍还是在原地没动。巴克他们喘着气，鞭子还在抽打他们。后来，那个漂亮女人又过来挡鞭子了。她在巴克面前跪下，搂着巴克的头。

"你们为什么不卖力啊？你们只要好好工作，就不会挨打啦。宝贝们，用力啊！真是些可怜的孩子。"巴克讨厌她，但是要是不听她的话他又觉得似乎对不起她，这天最让巴克感到为难的事情就是这个了。

站在他们边上的一个人一直没有说话，现在他实在忍不住了："我不想指挥你们怎么做，但是看在这些可怜的狗的面子上，我得告诉你们：你们最好动动雪橇，雪橇都粘在地上了，他们怎么能拉得动呢。扶着雪橇舵把雪橇摇一摇，他们拉起来就轻松多了。"

哈尔这次听了劝告，冻得跟地面粘在一块儿的雪橇松动了。装得满满当当的雪橇徐徐开动了，鞭子密密地甩向巴克和他的队友，他们忍痛拖着雪橇前行，仍然很卖力。离他们不远处的前方有个陡直转向大街的转弯处，得有一个经验丰富的驾雪橇的人在，才能让雪橇稳稳当当地走过这段路，但是哈尔不行。果不其然，雪橇在转弯处翻了，固定在雪橇上的行李本来就不很牢固，这下有一半都从雪橇上掉到了地上。狗队却没有停下，他们一直拉着雪橇前行。他们根本不管雪橇是不是侧翻了，只是感到负重减轻了不少。他们被哈尔的鞭子和沉重的货物激怒了。巴克很生气，他撒丫子跑了起来，狗队追随巴克而去。侧翻的雪橇跟在他们后边磕磕绊绊。哈尔想要他们停下来，一直在大声呼喊着，然而狗队根本就不理会他。哈尔被甩在地上，被雪橇拖着往前走，他被雪橇碾压而过，狗队跑到镇子的大街上。雪橇上的东西现在也一件件从雪橇上散落到了大街上。

热心的镇子上的居民帮忙拦住狗队，把散落在地上的东西都收集起来，还给了他们好多有用的建议。他们建议：要去道森，必须把一半的行李留下，再添四五条狗。那个漂亮女人和她的丈夫、弟弟对这样的劝告并不怎么放在心上，他们把帐篷搭起来，把行李整理了一下。行李中有罐头，这个发现让围观者哄堂大笑，从这里到道森路途遥远，根本不能带罐头，除非他们想一辈子待在雪野的某处。有一个人边帮他们收拾边笑着说："你们的毯子这么多，是想要开个旅馆吗？这些毯子你得扔掉大半。帐篷也不用带，那些餐具都得扔掉，你们有人刷那些东西吗？上帝呀，你们这次不是坐头等车厢的快车！"

这下，他们才下定决心，将大半行李都丢下了。那个漂亮女人把装衣服的袋子倒过来，把里边的衣服都倒了出来。她又哭了，从隐隐啜泣到大哭不止，她在跟她的每件衣服一个个地道别。她用手拍打着膝盖，前后摇摆着身体，天都要为她伤心哭泣了。她坚定地表示，她不再走了，就算有十个查尔斯过来哀求也无济于事。她哭天抢地，东西放在她眼前，她也哭闹不止。最后，她止住了哭，却又自己动手把东西都扔了，不管能用不能用的通通扔掉了。她把自己的东西扔完，就去扔那两个男人的东西。

把行李重新整理过，他们的东西少了许多，不过剩下的还有好多。查尔斯和小舅子那天晚上又出去买回六条狗来，加上之前队里就有的六条狗和在旅途中新收进来的提克和库纳，狗队现在总共有十四个成员了。

这些从外地来的狗虽然都接受过实战训练，但真正干起活儿来还是有些摸不着门道。他们之中除了两条血统不明的狗，还有三条短毛猎狗，一条来自纽芬兰的狗。他们六个似乎什么都不知道，巴克和队友们都不爱搭理他们，觉得他们不够专业。巴克赶紧教会他们怎么站立才是正确的，告诉他们什么事情是不允许做的，要做什么他可就教不了了。外地来的狗对缰绳和雪橇都不怎么喜欢。那两条不明来路的狗完全不上道，其他四条狗在狗队其他成员的教导和他们自己的亲身体会下，对这样恶劣的工作环境了解得差不多了，他们的精神遭受了巨大的挑战；那两条来路不明的狗完全不知道随环境改变是什么东西，他们早就崩溃了。

新狗都不顶用，老队员又因为连着走了两千五百英里的路身子困乏不堪，因此他们这次旅行不会有什么好玩的。但是那两个美国男人情绪高亢，充满了希望。手上有这十四条狗，他们这是正规的工作队伍呢。他们看到无数雪橇来来往往，他们不是去道森就是回道森，可他们的队伍中从没有十四条狗同拉一个雪橇。这并不是无缘无故的：一架雪橇根本就拉不动十四条狗的食物，因此在北极雪野上行走根本不能用十四条狗拉一架雪橇。但是哈尔和查尔斯不知道这个缘故。他们只是简单地计算了一下，他们有多少狗，一条狗每天要吃多少东西，旅行时间有多长，仅仅这些。那个爱哭的女人看着查尔斯的眼睛，点头点得很用力，似乎她什么都懂。好像事情就应该是这个样子的。

第二天太阳快要到正南方时，巴克带领着这个庞大的狗队出发了。旅途上并没有愉快可言，巴克和他的队友们都无精打采的，一开始就疲劳得要命。从海边到道森的路巴克来来回回跑了不下四次，他对这条路上一成不变的风景烦透了。这样让人倍感腻烦的风景要再看一遍，让他心里不舒服极了。巴克没有心思工作，其他的狗也是这样。那些外地来的狗都小心翼翼的，老狗都觉得他们的主人不怎么样。

巴克对这两个男人和他们家的女主人有些不信任。没过多久巴克就发现他现在的主人根本不知道该怎么做事，脑子也笨得厉害，他们根本就不行。他们做的所有事情都是在将就，完全没有任何规矩可依，完全是在乱搞。就连搭帐篷他们三人都要花去半个晚上的时间，而且帐篷看起来摇摇欲坠；早上起来拆帐篷和装雪橇就要花去他们半上午的时间，就算这样，他们的行李还是装得很不整齐，摇摇晃晃地上路。一路上走来，他们多次停下来整理雪橇上的东西。有的时候，花去一天的时间他们都走不完十英里，甚至都不能走路。他们用狗粮的顿数计划了每天的行程，但是他们每天连预定计划的一半都完成不了。

狗粮已经严重不够了，他们要走的路根本不能在他们预定的时间里走完，但是他们还喂得比正常的量多很多，他们将饥饿来临的日子提前了。外来的狗从来不知道被饥饿煎熬是什么感觉，他们的身体不能充分吸收食物中的营养，所以需要吃很多东西。哈尔见赫斯基狗疲惫不堪，自以为是他们吃得太少了，于是给他们喂比预定多了一倍的食物。这样本来就是错误的，可是那个美丽女人腮上挂着泪珠，颤抖着嗓音，一直在让弟弟给这些可怜动物多喂点儿食，哈尔不听她的，她就自己从狗食盒子里悄悄拿来吃的给那些狗，这让他们困窘的局面雪上加霜。事实上，巴克和那些赫斯基狗并不是因为吃不饱才拉不动雪橇，他们需要的是休息。他们走不快，可是他们身后那沉重的雪橇还是将他们的体力消耗殆尽。

没过多久，他们就遭遇了饥荒。有一天，哈尔突然发现：他们只剩下一半狗粮了，然而他们要走的路还有四分之三；并且，他们怎么都弄不到别的东西给这些雪橇狗吃。哈尔不得不将原定的狗餐减半，同时还要将进度加快。他的姐姐和姐夫都同意哈尔这么做，不过，他们的行李那么重，他们的脑子又是这样不中用，他们的目的地似乎远在天边。让狗少吃点儿东西，这倒没什么大碍，要让狗走得快点儿却是难上加难。他们每天上午很晚才上路，如果跟别人走同样的路程，他们的速度得快好多。别说他们根本不会照顾狗，就连他们自己也照顾不好。

　　杜布是队伍中第一个倒下的。杜布爱耍滑可又常常被抓到，一副可怜相。他肩膀上的伤本来就没有好彻底，现在又一直在路上，得不到休息，这让本就严峻的状况更加糟糕。后来，哈尔启用了挂在腰间的那支巨大的科尔特左轮枪，打死杜布。北极的人都知道，赫斯基狗的食量会饿死外来的狗，可是现在这些从外边来的狗每天只吃赫斯基狗的一半，他们一定会被饿死的。先撑不住的是从纽芬兰来的那条狗，紧接着那三条短毛猎狗也随他而去了，那两条不明来路的狗死撑了几天，最终也死了。

　　这个时候，在这三个人身上，完全看不到南方人特有的温柔。北极旅行露出了它的真面目，完全不像他们想象中那样充满诱惑，它本来就是这样冰冷残酷，无论是对女人还是对男人都一样。那个美丽女人每天都要为自己的悲惨命运劳神费心，同时还要跟弟弟和丈夫争吵不休，她每天都在忙，根本顾不得替狗悲伤。他们不厌其烦地吵了又吵。从一开始他们就脾气暴虐，因为他们的境况并不如想象中的那样美好，随着艰苦日子的一日日熬过来，他们的坏脾气变本加厉，更胜以往。如果让他们经过了这样的辛苦旅行还能和和气气地、平心静气地交流，那是绝对不可能的，他们完全不会有这样好的心性。他们每天都得过且过，困顿不堪；他们身上的肌肉发酸，骨头钻心地疼；这样艰苦的环境折磨着他们的身体和精神，让他们的嘴巴变得越来越利索，每天早上睡醒后就开始动粗口，晚上睡觉前还是不忘把粗话挂在嘴边。

　　默西迪斯一开头，她的弟弟和丈夫就展开了口水战。他们每个人都认为自己做的事情最多，总是不由自主地瞅准机会向世人昭告。那个美丽女人一会儿帮弟弟说话，一会儿又帮丈夫说话。最终这场有开头没结果的家庭大争吵愈演愈烈，阵势壮观。哈尔和查尔斯之间吵得最多的就是谁该多砍些树枝来生火，不过过不了多久，他们就把双方家里所有的祖宗都扯进来了。这些亲戚有的离这里十万八千里，有的已经去了另外一个世界，爸爸妈妈，叔叔伯伯，表兄表弟，都在其中，无一幸免。哈尔对艺术的理解和他舅舅曾经作的打油剧本也能跟砍柴这样的事情联系起来，真是让人费解，他们吵着吵着也会牵扯查尔斯不甚主流的政治见解。那个漂亮女人总是有办法让八卦新闻和育空河畔生起的一堆篝火产生密切的联系。她总是就这个话题滔滔不绝，每次总能提到查尔斯家里的一些鸡毛蒜皮的事情。他们吵架的时候都非常用心，生火的柴火不知道在哪里，帐篷也没有完全搭成，狗还在饿着肚子。

那个美丽的女人感到憋屈极了，这是女人所不能忍受的。她面容姣好，脾性柔和，从来都是被关怀的对象。但是这个时候，她的丈夫和弟弟没有这么做。她已经习惯了躲在别人背后享受别人对她的温柔呵护，可他们现在在埋怨她。他们胆敢这样公然挑战她心目中最不容侵犯的女人的特权，她就必须让他们知道这样做的后果。她又心痛又身体疲乏，她没有心思去关心雪橇狗的死活，她死赖着要坐雪橇。就算她是个温柔美丽的女子，可她毕竟分量不轻。她的体重不算很重，但是对那些快要虚脱、几近崩溃的雪橇狗来说，她给他们带来了大麻烦。她每天都坐在雪橇上，直到有一天狗全部倒在缰绳套子中间，雪橇在雪地上纹丝不动，她的丈夫和弟弟恳求她别再坐在雪橇上了。可是他们求来求去都没有任何结果，她毫不为他们的恳求所动，她只是一个劲儿地抽噎，诉说她的辛苦，还不忘向上天报告丈夫和弟弟的粗暴行径。

他们曾经把她从雪橇上拖了下来，只是仅此一次，这样的事情从这以后再没有发生过。她坐在雪道上不肯动弹，像被惯坏了的小孩子一样。她的丈夫和弟弟径自往前走去，她却一直坐在地上纹丝不动。他们在前边走了三英里，不得不卸下雪橇回过头来接她，然后把她拖上雪橇。

他们自己遭遇的不幸使他们完全看不到群狗身上的不幸。哈尔从别处体会到：人总归是要心肠过硬。刚开始时他向姐姐和姐夫灌输他的心得，可他们不听，他只好转身用棍子狠狠抽打群狗。他们的队伍行进到五指山时，狗的食物都吃光了，他们遇到了一个没牙的老太太。这个老太太想要哈尔的科尔特左轮手枪，交换的东西是几磅冻马皮。这些马皮来自几个星期前被饿死的马身上。马皮是一种很低级的食物，它甚至不能算是食物。这些马皮冻得跟铁片一样，它被狗吃进肚子里后就会融化掉，成为一丝一丝的皮条混合着许多纠结在一块儿的短毛，没有任何营养可言，非常难以消化，还弄得胃非常难受。

在这种情况下，巴克领导的狗队还在强撑着向前挪动，像在噩梦中行走一样。他们很想卖力干活儿，可是他们心有余力不足，只得躺倒在雪道上，除非鞭子和棍子狠狠抽打在他们身上才能让他们挣扎着站起身来。巴克一身美丽光滑的皮毛也变得破败不堪。全身的毛都倒着贴在身上，粘满泥巴和干树叶，还一缕一缕沾着斑斑驳驳的血迹，那些血迹干了，贴在肮脏不堪的毛上。他身上的肌肉也不成样子，薄薄的皮下边没有一点儿脂肪，起了褶皱的皮夹在肋骨和其他骨头之间，那些骨头看起来非常清晰。这样的情景看来让人心痛不已，只是巴克不会。那个红衣男子已经亲身试验过。

巴克这样狼狈，他的队友并没有比他好到哪儿去，他们都被折磨得跟干皮包裹的会行走的骨架似的。现在狗队里加上巴克一共只有七条狗了。艰辛的旅程让他们对鞭子和棍子的抽打完全没有了反应，皮肉之痛对他们来说似乎很遥远，他们的眼睛和耳朵都迟钝极了。死亡之线就在离他们不远处，他们现在就是挣扎着在向这条线靠近。雪橇一停下来，他们不等卸了挽具，就躺倒在缰绳套子里，他们的生命气息极其微弱。棍子和鞭子落在他们身上的一刹那他们会醒一下子，颤颤巍巍地撑着身子站着，又艰难地向前挪动。

这天，比利的苦日子熬到头了。比利永远地躺在了地上。哈尔早已把枪卖给了那个老太太，现在他用斧头砸死了比利，然后将他从队伍中剔除。巴克看在眼里，巴克的伙伴也都亲眼见证了这一幕，他们各自清楚自己的死期也快到了。第二天，库纳也走了，队伍中的狗只剩下五条了。坏脾气的乔现在死气沉沉的；半昏半醒的派克走路都不稳当；提克在冬天里走的路程没有那么远，也正是因此他才比队伍中其他狗挨了更多的打；巴克的头狗地位仍然在，可是他不管队里其他的狗了，他没有这个精力。他身体极度虚弱，视力非常模糊。他只能跟着脚下的感觉走，沿着影影绰绰的雪道前进。

春天来了，本来应该是万物复苏的好时光，这支队伍却都不觉得。太阳每天很早就升起来了，很晚才落下去。凌晨三点的时候天边就出现了第一道曙光，晚上九点钟夜幕才完全降临。每天阳光都很慷慨地照耀大地。空气里完全没有了冬天的死气沉沉，周围到处是暖洋洋的，生命之花浪漫绽放。这样的热闹景象源自那些在春天里重生的生命和激情，而他们已经在冰雪覆盖的冬季默默沉寂了太久太久。松树的枝叶也泛着生命的绿色，柳树和杨树上挂着嫩绿的芽。灌木和藤萝上都是绿油油一片。蟋蟀也放开了歌喉，在夜深人静时尽情欢唱，白天的温暖阳光下，响动相当大，那是各种虫子在晒太阳，他们晒太阳的同时还不忘打闹。树林里好多鸟飞出了鸟巢，在树枝上演奏美妙的音乐。松鼠在欢呼，鸟儿在歌唱，从南方飞回来的大雁一声声呼唤着大地母亲，愉快地从天空飞过。

山坡上都萦绕着流水的潺潺声，隐藏在树影下的山泉在悄悄地嬉戏。所有的生灵都活过来了，哔哔啵啵地发出声响。育空河上的冰面正在一点点融化。河水和太阳里应外合，将冰面围攻得不堪一击，那些虚弱的小冰块一片片地掉进河里，被河水吞没。两个美国男子，一个美丽女人，还有一队雪橇狗在艰难地前行，他们感受不到春天的气息，在他们艰辛旅途所到之处，是一片生机盎然、欣欣向荣的景象。他们却一步步走向死亡。

那个有着悲悯之心的漂亮女人仍旧坐在雪橇上不停地哭泣，哈尔嘴上不干不净地咒骂，查尔斯湿润的双眼愣愣地放空，狗队成员一次次跌倒又一次次重新站起来，他们狼狈不堪，不成队形地走到白河口上，这里是约翰·桑顿的营地。他们的队伍一停下来，巴克和他的队友们就像死狗似的栽倒在地，他们像是要永远待在那里似的。那个有着柔软心肠的美丽女人将脸上的眼泪抹干，望向约翰·桑顿。她的丈夫坐在一段木头上，他的坐姿僵硬，动作迟缓，非常难受。哈尔还能开口说几句。桑顿正在削一根斧柄，就快完工了。他边忙手上的活儿，边听哈尔发牢骚，还不忘在停顿时做些回应，让说话者不至于太孤单。他很清楚哈尔这样的人，他们根本听不进别人的劝告。

桑顿告诉哈尔不要在冰面上碰运气，哈尔说："我们刚开始走时，他们告诉我们雪道的冰不够硬实，最好稍后再开始我们的旅途。他们还说我们一定不会过了白河，但事实上我们已经在这里了。"哈尔的话里无不是骄傲与自豪，甚至是狂妄。

桑顿说："他们没有瞎说。冰层无时无刻不在准备消失，撞大运才会走过这样薄的冰层。说真的，就算你把北方所有的金子都送给我让我去冰上，我也死活不肯的。"

"也许是你比较聪明。不管怎样，我们必须要赶到道森去。"哈尔拾起地上的鞭子，"嘿！你们这些懒东西！嘿！巴克！驾！"

桑顿继续摆弄他的斧柄。他很清楚这个傻瓜顽固不化，自己还多嘴，真是对牛弹琴。这个世上傻瓜不计其数，多少都无所谓，少了这一个还有千千万万个。

可是听到命令的狗队没站起来。执行残酷命令的鞭子四处开花，上下翻腾。这些狗已经到了不打就站不起来的程度。约翰·桑顿不由自主地咬紧了嘴唇。索莱克斯先爬起来了。接下来是提克。乔一边站起来一边喊疼。派克尽最大努力挣扎着想站起来，但并没如愿，并且摔倒了两次，直到第三次才摇摇晃晃站起来了。巴克在以前摔倒的地方安静地躺着，他没做任何努力。当他的身子被鞭子一下一下抽着的时候，他既不挣扎，也不嚎叫。好几次桑顿跳了起来，像是要张嘴说话，但又没能说出口。鞭子继续抽打着巴克，桑顿含着眼泪，站起来走来走去，手足无措，不知如何是好。

这一次哈尔确实生气了，因为这是巴克第一次不听从命令，哈尔又把鞭子扔掉，换成了惯用的大棒，巴克身上像是被沉重的雨点重重地打击一般，但他还是不起身。巴克打定主意决不起来，其实他可以像队友那样勉强站起来。他感觉自己快要死了。从拉雪橇那天起，这种强烈的预感就一直在巴克的脑海中盘旋。他整天都能感觉出爪子下面的融冰，那是很薄的融冰。一种不祥的预感涌上巴克的心头：大祸来临，主人可能要逼迫他们到冰面上去。他已经遭受过那么多的痛苦，到了这个地步，即使是狠命地打他，他也不会屈从了。于是巴克仍然拒绝，尽管哈尔不停地用大棒打他。巴克觉得自己的生命之火已经摇曳欲灭，并且越来越微弱了。他真不知道自己还能撑多久，一阵奇特的眩晕袭来。好像是一个旁观者站在很远的地方看着自己被打。现在他什么也觉察不到，疼痛感也没有了，只是能听到大棒敲打在自己身体上的声音。那种感觉倒像是身体已经不再是自己的了。

这时，桑顿突然像野兽一样大声号叫起来，这是一声含混不清的号叫。桑顿直接向哈尔扑了过去。哈尔被撞得倒退了好几步。查尔斯擦了擦湿润的眼睛，在一旁呆呆地看着，他僵硬的身子没有站起来。默西迪斯也尖叫了起来。

约翰·桑顿站在巴克身边，他气得浑身发抖，哆嗦着说不出话来，不过看得出他还是在极力控制着自己。

约翰·桑顿终于粗声闷气地说："你要是再动这条狗，我一定会杀了你！"

哈尔走回来，擦干自己嘴上的鲜血："你甭管，这是我的狗，你要是多管闲事，我就干掉你。我要去道森！"

哈尔和巴克之间是约翰·桑顿高大的身影，他根本就没有离开的意思。哈尔毫不犹豫地抽出了他长长的猎刀。默西迪斯显然是被歇斯底里弄昏头了，她不住地又哭又笑，还大声地尖叫。桑顿用斧头柄打到了哈尔的指关节，哈尔的猎刀被打落在地上。哈尔弯腰去捡，桑顿又打了他一下。最后桑顿弯下了腰把猎刀捡了起来，三两下就把巴克的缰绳割断了。

哈尔无心恋战，他姐姐拽着他的两条胳膊走了。不过，这时候的巴克看上去也是处于弥留状态，不可能再帮他们拉雪橇了。没过几分钟，他们就离开岸边下河去了。听到他们离开的声音，巴克抬起头一直看着。索莱克斯驾辕，中间是提克和乔，由派克来领头。他们摇摇晃晃，一瘸一拐地走着。哈尔掌舵，默西迪斯坐在拉货的雪橇上。查尔斯一颠一颠地跟在后面。

就在巴克看着的时候，桑顿跪在他的旁边，用温柔而粗糙的手抚摸他被打断的骨头。检查之后桑顿明白，巴克只是皮外伤，正处于可怕的饥饿状态，其他倒没什么问题。就在这时，桑顿和巴克看到哈尔的雪橇已经走出了四分之一英里的路，他们的身影在冰上蠕动。突然，哈尔的雪橇后部突然陷落了，像是掉进了河里，默西迪斯尖叫的声音从远处传来。哈尔掌着的舵把子也翘起来。巴克和桑顿看到查尔斯转过身来朝后面跑了一步，这个时候，整个冰面都垮掉了，只留下一个开着的大口子，人和狗都消失得无影无踪。雪道的冰层都融化了。

巴克和桑顿互相看了看。

桑顿说："可怜的家伙，唉！"巴克舔了舔他的手。

第六节　桑顿的专宠

约翰·桑顿在去年十二月的时候冻伤了脚，同伴们把他安排妥当，让他留下来养伤，之后便到河的上游打造去道森的木筏了。在救巴克的时候，桑顿的脚还有点儿疼，还是踮着脚。随着天气逐渐变得暖和，桑顿的脚也不瘸了。春天到了，巴克渐渐恢复了元气，他经常懒洋洋地躺在河边看着大自然，听鸟儿歌唱，看流水向远方倾泻。

能在奔跑了三千英里后歇下来真是幸运。巴克的骨头上又长出了新肉，筋肉也舒展开来了，伤口在慢慢愈合。不消说，巴克也开始变懒了。不光是他，约翰·桑顿、斯基特、尼格也都懒洋洋地等着木筏到来，好载着他们一直向道森驶去。斯基特和巴克一直是朋友，她是一条爱尔兰小猎犬。巴克不能阻止她接近，因为自己在奄奄一息时，斯基特就像猫妈妈清洗小猫一样把巴克所有的伤口都舔得十分干净，那是只有有医护才能的狗才能做到的。每天早饭后，斯基特都按照自己制订的计划来照料巴克。后来巴克对她就像对桑顿那样，总是眼巴巴地盼望着她的照料。尼格性格内向，但他也一样友善。他的血统里有一半是猎鹿犬，另一半是警犬，他是条体形庞大的黑狗，十分好脾气，总是眯着眼睛笑。

让巴克想不到的是，这两条狗没有对巴克产生丝毫的妒忌。显而易见，他们也在感受着约翰·桑顿的大度和慈爱。当巴克的身子养得健壮了，他们就引诱他去玩各种各样的游戏，有时候连桑顿也好奇，忍不住参与进去。巴克第一次拥有这种真诚而热烈的爱，这样的爱是他从来也没有享受过的，即使是在阳光充沛的圣克拉拉谷地的米勒法官家，也从来没有感受到。应该说，他陪着法官的儿子们去散步和打猎只是一种队友关系；和法官本人之间只是一种高尚而庄重的友情；和法官的孙辈在一起，他是在尽自己应尽的监护责任。巴克必须感谢桑顿，是他带来了这种如痴如醉的、让人崇拜的爱。

这一切都是因为约翰·桑顿救了巴克的命，还因为约翰·桑顿是一个理想的主人。约翰·桑顿总是不由自主地关照这些狗，就像对待自己的孩子一样；而别人更多的是出于买卖人的算计和责任感来照顾这些狗。不仅如此，桑顿还不时地和他们打招呼，坐下来和这些狗聊天，说几句热情的话（约翰·桑顿把这些话叫作"吹牛"），在这些狗开心的同时，约翰·桑顿自己也一样高兴。约翰·桑顿总是使劲儿地抱住巴克的头，然后把自己的头贴过去，还不停地前前后后摇晃，接着又不知所云地喊巴克的名字，巴克把这些名字都当成了主人对自己的爱称。这种嘟嘟囔囔的骂声和粗鲁的拥抱使巴克感到了极大的快乐。随着约翰·桑顿每次前前后后的推搡，巴克的心都要跳出来了，他感到无比的快活。约翰·桑顿一放开他，巴克就张着嘴巴笑呵呵的，前爪跃起，喉咙里还发出了似有似无的颤声，巴克还能一动不动地保持着这个姿势。每当这个时候，约翰·桑顿就会由衷地感慨："主啊！你看这条狗除了不会说话，其他什么都会啊！"

巴克总是经常使劲儿地咬着桑顿的手，上面的牙印总是很长时间才能消退。他这可是一种伤害式的爱的表达。当然，桑顿觉得巴克的咬是对他的爱，巴克也觉得桑顿对他的骂是亲热。

不用说，巴克对桑顿更多的是崇拜。桑顿抚摸着他跟他讲话的时候，巴克会欣喜若狂，但他并不刻意追求这种肤浅的表达方式。尼格总是很小心地直立起来，把大半个脑袋放在桑顿的膝盖上；斯基特则总是用鼻子轻轻地拱着桑顿的手，还来回蹭，直到桑顿开始轻轻地拍他。但是，巴克并不这样做，他总是趴在一旁满足于对桑顿的仰慕。巴克在桑顿的脚下一趴就是一个小时，有时趴在桑顿的背后和侧面稍微远一点儿的地方，默默地注视着桑顿偶然的动作或身影，因为情况的不同，他会机警而热情地仰望桑顿的脸，带着浓郁的兴趣，用执着的目光追踪每一丝短暂的表情、每个容貌和动作的变化，或者慢慢地揣度。也许是心有灵犀，桑顿常常被他这种强有力的凝视吸引，转过头来对巴克报以无言的凝望。每当这时，他们的眼里就会射出光芒。

被桑顿救起已经很长时间了，但巴克还是不愿意桑顿从他的视野里离开。只要桑顿一离开帐篷，巴克就与他形影不离，直到他返回。巴克现在十分担心桑顿会像佩劳、弗朗索瓦和那个英格兰混血儿一样，终究会离开他。即使是到了晚上睡觉的时候，这种担心也会在梦里缠着他。每当遭到这种梦魇，巴克就哆嗦一下醒来，冒着天寒地冻，静静地站在桑顿的帐篷外面，聆听主人的酣睡声。这也难怪，自从到了北方以后，巴克不停地变换主人，他总是担心自己的主人和他待在一起的时间不会很长。

即使这样，广袤的北方大地天寒地冻，还是唤醒了巴克心里原始的血性，他总是生机勃勃，充满活力；巴克确实十分爱约翰·桑顿，这当然体现了温柔的文明的开化。要说巴克是一条印着文明印记的来自文明的南方的狗，还不如说他是一条从荒野走来、蹲坐在约翰·桑顿旁边的野兽。他保持着在屋檐下和火旁驯养的忠实和虔诚，保留了狡猾和野性。因为他十分爱约翰·桑顿，所以他不能偷主人的东西，但是要说到其他地方去偷别人的东西，巴克可从来不会犹豫，并且凭借他的聪明，他会做得十分巧妙，不被人察觉。

巴克的身上和脸上留下了许多搏斗的痕迹。巴克拥有不俗的身手和勇气，而且凶狠、矫健、敏捷。尼格和斯基特不会吵架，他们实在是太善良了——况且他们是约翰·桑顿的忠实猎犬。可是其他的那些陌生的狗，不管是什么种类都会很快地向巴克投降认输，否则的话，他们就会感觉到自己小命难保。巴克不会在自己挑起的生死搏斗中认输，他决不会让别的狗抢先，因为他深深地知道犬牙和大棒的规则，巴克是残酷而毫不留情的。巴克清楚——要想不被奴役，就必须征服别人，表现出仁慈有时候是一个致命的弱点。从善斗的警犬和邮犬以及斯匹次身上，巴克得到了太多的教训。他很清楚这个世界很残酷，绝对没有第二条路可走，不是你死就是我活。巴克牢牢地谨守着从远古传下来的一条不成文的规矩。在野蛮中生活就没有什么仁慈可言，善良有时候可以被曲解为胆小懦弱，还会被误解，这简直就是去送命。这里通行已久的规矩是：不杀掉别人，就会被别人杀掉。

　　巴克的认知已经超越了自己那惨痛的阅历，他徜徉在远古而来的岁月中。强劲的节拍在巴克的体内律动，就像四季轮流更替，自然界潮起潮落那样掌控着他。在约翰·桑顿旁边蹲着的狗拥有宽阔的胸脯，长着白晃晃的牙齿和长毛；在巴克的身后有野狼，也有半狼半狗的、各种各样狗的影子。他们和他一起根据风向来判断天气，和他一起聆听，告诉他森林里野蛮生命的情况，掌控着他的情感，引导着他的行动，鼓舞他、催促他，分享他能吃到的美味，喝他能喝到的水。巴克和他们一起躺着入睡，一起做梦，有时他们又成为巴克梦中的伙伴。

　　这些影子如此的强烈，以至于巴克对人的归属感一天比一天淡。在森林的深处总是回响着一种令人激动的、神秘的、饱含着诱惑的呼唤。一听到这种呼唤，巴克就不由自主地背弃火堆和四周被践踏过的土地，钻进密林，走得越来越远。巴克不清楚自己为什么要跑去，也不知道自己要去哪儿。在森林的尽头，那傲慢的呼唤声在久久地回荡。可是，只要一踏上荒无人烟的柔软土地，看到绿荫，对约翰·桑顿那无尽的爱就会把巴克唤回来。

　　对于巴克来说，只有桑顿才能留住他。即使有路过的人宠爱他、夸奖他，他也漠然置之；碰上更热情的人，巴克就会径自走开。桑顿的伙伴皮特和汉斯划着做了很久的木筏过来了，但巴克起先并不搭理他们，后来逐渐弄明白了他们和桑顿的关系，才逐渐接纳了他俩。巴克接受皮特和汉斯的宠爱看上去纯粹就像发善心一样。他俩和桑顿一样，都是大个子，很爽快，肚子里藏不住事，也很实在，通情达理；在木筏漂流到道森锯木场前面的那个大漩涡的时候，他俩已经明白了巴克的习性，不再来烦他了，因为巴克和尼格、斯基特不一样，他并不喜欢别人过来套近乎。

巴克对桑顿的爱和忠诚一天一天地加深了。在大家的眼里，除了桑顿，没有人能让巴克在夏日的旅行中驮着背包。对巴克而言，只要桑顿一声令下，世上没有做不到的事。有一天（他们离开道森，要到塔那那河的上游去，当时他们拿放木筏的收入做了抵押），狗和人正在悬崖边休息，陡峭的悬崖足足有三百英尺，悬崖下面是光溜溜的岩石。巴克和约翰·桑顿肩并肩地坐在悬崖边上。突然桑顿有点儿心血来潮，想让皮特和汉斯看他的实验。他把手指向悬崖深处，对巴克说："巴克，跳下去！"巴克听到主人的命令，毫不犹豫地朝悬崖下跳，约翰·桑顿大吃一惊，他和巴克在悬崖边上滚在了一起，用尽全身力气才没让巴克跳下去。皮特和汉斯费了好大劲儿才把他们拽回到安全的地方。

事情过去之后，汉斯和皮特才开口，皮特心有余悸地说："这举动太可怕了。"

"不对，这太棒了，当然也十分让人害怕，你们知道吗，这条狗对我的忠诚度时常让我感到担心。"桑顿摇着头说。

皮特对巴克点了点头，正经八百地说："他在旁边时，我可再也不愿意对你指手画脚了。"

汉斯也开口道："我也不想了。"

这一年的新年还没有完全过完，皮特的所有忧虑就在团城里发生了。那个坏家伙黑伯顿在酒店里找碴儿生事，和一个刚来的人发生了争吵。约翰·桑顿上前劝说。巴克在一个角落里习惯性地趴着，他的头伏在前爪上，紧紧地盯着主人的任何一个动作。伯顿一句话也没说，抬手便打约翰·桑顿。桑顿不提防被打得趔趄了一下，幸好他扶住了吧台才没有被打倒。

说时迟那时快，在场围观的人突然听到一声像狗叫又不像狗叫的狂吠，最好把它命名为吼，一个凶猛的身影已经从地板上腾空而起，直接咬向伯顿的喉咙，那就是巴克！伯顿自然而然地抬起胳膊保护自己的喉咙，却被巴克以迅雷不及掩耳之势仰面扑倒在地。巴克赶紧从伯顿的胳膊上把利牙拔出来，又向伯顿的喉咙咬去。这一次，伯顿可没能挡得住，被巴克咬穿了喉咙。所有的人都扑上去赶开了巴克，一个医生给伯顿查看了伤口。巴克还在怒吼着转来转去想要冲过去，却被迎头打来的一顿棍棒撵走了。后来召开了一次矿工会议，一致裁定巴克的行为是可以理解的，所以没有对它进行任何的惩处。这样一来巴克威名远播，不久就传遍了阿拉斯加的所有营地。

再往后，巴克在同年的秋天，用迥然不同的方法救了约翰·桑顿的命。那时，他们仨正开着一艘又长又窄的撑篙船，走到了四十里河的险滩处，到处激流澎湃，形势危急万分。岸上，皮特和汉斯正用吕宋绳索勒在树上系住小船，然后一棵树一棵树地倒换；船上，桑顿撑着篙杆，大声地对岸上发出命令。巴克则忧心忡忡，在岸上紧随着主人的船，两只眼睛紧紧盯着桑顿。

突然，他们看见一块巨大的礁石耸立在河里，原来他们驶到了一段更危险的河段。汉斯解开绳索，朝着下游跑去，等到桑顿撑着船绕过礁石后，再把小船拴住。一绕过礁石，小船就在激流里团团打转，像风车一样，这时，汉斯就勒紧了绳索。突然，因为勒得太猛，那船头就朝着岸边船底朝天地翻过来；桑顿自然也被扔出船外面，被卷进了湍急的激流里面，一直冲向水流最迅猛的河段。要知道，还没有人能在那像脱了缰绳的野马般的水流里生还。

正在这千钧一发的关头，巴克一下子跳到水里，并且在三百码以外的激流里追上了桑顿。巴克感觉到桑顿抓住了自己的尾巴，就用尽全身力气向河对岸游去。但是，巴克向岸边游走的速度太慢，随着水流惯性向下游走去的速度十分快。一块块突兀的礁石像锯齿一样，把汹涌的河水扯成了浪花和水沫。下游传来的雷鸣般澎湃的水声，像是从鬼门关里发出来似的。他们的前面，是最后一个陡坡的上部。桑顿十分清楚，现在他们上不了岸了，因为河水的吸引力十分巨大。桑顿猛一发力，从一块礁石旁蹭过，又从另一块礁石上擦过，接着被一种任何人也无法阻挡的力量狠狠地摔到了第三块礁石上！桑顿以为自己要命丧此地了，就松开巴克的尾巴，紧紧抱着光滑的礁石，用压倒一切的声音吼道："别管我了，巴克，快走！"

巴克无可奈何地被冲向下游，虽然尽力挣扎，可仍然无法回头。他听到桑顿又把命令重复了一次，于是就像要最后看一眼似的，将躯干挺到水面之上，把头高高抬起，然后驯服地游向岸边。他游得很努力，就在他马上要游不动的时候，汉斯和皮特把他拉到岸上。

他们明白，一个在激流中抱着光滑礁石的人是坚持不了几分钟的，于是就死命地往上游跑，最后跑到离在河中的桑顿非常远的地方。他们十分小心地把系船的缆绳拴在巴克的颈部和肩部，以便不影响他游水，也不致勒得他无法喘气，然后放他下河。巴克拼命地向水里冲去，但并未对准中流照直游。当他发现这个错误的时候已经太晚了。他无奈地漂过桑顿身边，他们近得只须划几下水就可以游到。

汉斯连忙将揽绳拉住，把巴克身上的绳子像系船一样拽紧了拉向岸边。这猛然出现的拉力把巴克拉到水下，等露出头的时候已经到了岸边，巴克被淹得够呛，皮特和汉斯跳过去给他运气控水。他站了起来，晃晃悠悠的，又摔倒在地。桑顿发出微弱的声音，没法听清他喊的是什么，他们明白，他撑不了多久了。主人的声音像子弹一样射中了巴克。他跳了起来，两人在他后面跟着。

再次被拴上绳子放进河里之后，他又向前冲去，不过这一次是直接冲向中流。他错了一次，不会再错第二次。汉斯把绳子缓慢松开，保持绳子绷紧。皮特防止绳子把狗缠住。巴克游到上游，和桑顿成了一条直线；这时，他将身子掉转，快得像离弦之箭一样冲向桑顿，借着激流所有的力量朝桑顿撞去，就像攻城锤。绳子被汉斯绕到树上，巴克和桑顿被拉到水面之下。他们憋得厉害，喘不上气，一会儿这个在上面，一会儿又换那个在上面。他们反复地撞到暗礁和岩石，跌跌撞撞地被拉到岸上。

桑顿肚皮朝下趴在一根原木上，皮特和汉斯上上下下地在他身上挤压。他一睁眼就先找巴克，看到尼格在巴克身边放声大哭，巴克身子软塌塌的，眼见就要丧命，斯基特正舔着巴克的脸和眼睛，巴克眼睛紧闭，脸颊湿漉漉的。桑顿身上有好几个地方被擦伤，待巴克醒过来了，他仔细给他做检查，发现他有三根肋骨断了。

他宣布："就这样吧，就在这儿扎营。"他们在这儿扎营，直到巴克肋骨痊愈，才又开始上路。

冬天的时候，在道森，巴克又立功了。虽然算不上什么了不起的功劳，可也使他在阿拉斯加的知名度排行榜上面连续上了几个台阶。那三个人最为满意，巴克的功劳让他们有了需要的装备，使他们早已向往的东部之行得以实现，矿工们还从未去过那片未被开垦的土地。发生在埃尔多拉多酒馆的一席话是这次事件的起因，人们在那儿吹嘘他们心爱的狗，有名气的巴克被众人攻击，桑顿坚决保卫他的名声。吹牛吹了半小时，一个人说，他的狗能将五百磅重的雪橇拉动并且拉着走，又有人把五百吹到六百，又有一人加到了七百。

桑顿说："这不算什么，巴克拉得动一千磅的雪橇。"

那个吹嘘说七百磅的人是矿山大王马修森，他问："是起步还是能拉走一百码？"

桑顿冷冰冰地说："起步，拉雪橇走一百码。"

"好吧，我打赌他拉不动，赌金一千，在这儿。"马修森专程把话说得很慢，拿出一袋有大腊肠大的金沙，把它砰的一声扔到吧台上。

众人都不作声了。桑顿的牛皮快被吹破了，如果还有皮的话。他觉得有股热血涌到头上。他的嘴巴出卖了他。他不知道巴克拉不拉得动一千磅。半吨！他被这个分量吓住了。他非常相信巴克的膂力，可从不像现在这样他得面对巴克到底是否能拉动的问题。十几道目光笔直地射向他，一言不发地等着。况且，他、皮特和汉斯，他们谁也没有一千块钱。

马修森冷酷地、直截了当地说："现在我有一架雪橇放在外头，装了二十袋面粉，每袋五十磅重，你不用操心这个。"

桑顿没说话。他不知该说什么。他漫无目的地扫视着一张张脸，像是在寻找能使他那个已经不转了的脑子重新转起来的东西。桑顿以前的搭档迎住他的眼光，这位搭档是吉姆·奥布莱恩，马斯托顿金矿大王。这就像是某种心理暗示，鼓励他去做那想都没想过的事。

"借我一千可以吗？"声音像耳语似的。

"当然可以，但是，我可不太相信那条狗能做得到。"奥布莱恩说着，把一只鼓鼓囊囊的袋子扔到马修森袋子的旁边。

埃尔多拉多酒馆里的人为了看这场比赛，全部拥到街上。赌台空荡荡的，赌客们纷纷到外面来观赛，并且开始为这场赌下注。几百个戴手套、穿皮袄的人让开几步，整齐地将雪橇围住。马修森的那辆载着一千磅面粉的雪橇已经停了几个小时了，在如此低的气温中（零下六十摄氏度），橇板已经和坚硬的雪面冻在一起了。人们赌巴克无法拉动雪橇，下注二赔一。"起步"的说法有点儿不明确。马修森认为，把橇板从冻雪里拉出来应包含在起步里。奥布莱恩则坚持，桑顿可以敲松橇板，然后巴克拉停在原地的雪橇开始起步。旁观者大多站在马修森一边，于是人们变为下注三赔一赌巴克拉不动。

没有人押巴克赢。谁也不信巴克能一炮打响。桑顿冒失地迎战，其实根本没有底气；眼下，他盯着雪橇，以及十条狗组成的标准狗队实实在在地趴在前面的雪上，这件事情好像更加荒唐了。马修森更加不可一世了。

他宣布："赌三赔一吧，如何？我多加一千和你赌三赔一，桑顿。"

虽然桑顿面带疑虑，但他被激起了较量之心——这种心思让他不顾胜败，不肯承认有什么事是做不到的，只能听见声声喊杀，其他的都听不到。他叫来皮特与汉斯，两人的钱都很少，加上桑顿的，三人仅仅凑出两百块。他们刚好处在缺钱之时，这些是他们所有的钱了。虽然如此，他们把钱放在马修森袋子旁边时却是眉头都不皱。

十条狗被卸了下来，巴克被套上了雪橇，用自己的缰绳。他感到非常激动，觉得会通过某种方式帮桑顿办成一件大事。巴克出众的模样引起一阵赞扬。他十分完美，体重一百五十磅，没有一两赘肉。他的皮毛发亮，像丝绸，平日里鬃毛十分服帖，从颈部直披到肩膀，现下有些乍，仿佛随着巴克的所有动作而上下起落，充沛的体力唤醒了每一根毛，生气勃勃。块块筋肉在毛皮之下清晰可见，壮实的前肢以及宽阔的胸脯与身体其他部位都十分匀称。人们抚摸这些筋肉，说硬得像铁，赔率又变为二赔一。

一个数一数二的贩狗大王最近刚发了财，结结巴巴地说："上帝啊！上帝啊！先生，我出八百块，比赛之前我出八百块买他，就像眼下这样。"

桑顿摇头，走近巴克。

马修森反对："不可以帮忙，远离他，往远站。"

围观人群不出声了，只有赌徒在徒劳地邀请人们下注。人们都觉得巴克是条非常出色的狗，但他们觉得，一千磅的面粉着实太重，人们都不愿出这个钱打赌。

桑顿在巴克身边跪下。他用两只手捧着巴克的头，拿自己的脸贴着他的脸。不再像平日里和巴克嬉闹时那样摇晃，也不是边佯怒骂他边喜爱地抚摸他，桑顿仅仅悄悄冲着巴克的耳朵说："巴克，你很爱我，你爱我。"巴克呜呜叫起来，克制着激动之情。

人们看着这一幕，觉得奇怪。这件事似乎变得很神奇，像某种巫术似的。桑顿站起身来，巴克拿牙齿咬着他的手，他的手上戴着手套，接着不太愿意地、缓缓地放脱他的手。巴克没有用语言，而是用爱回答了他。桑顿让到一旁。

"巴克，开始吧！"他说。

巴克按他习惯的方式，先将缰绳拉紧，又把它放松几英寸。

"叽！"焦躁的寂静中响起了桑顿的厉声尖叫。

巴克猛向右转，用一百五十磅的体重一拽，让缰绳紧绷。雪橇开始摇晃，橇板下发出松脆的声音。

"哈！"桑顿命令道。

巴克又把那个动作做了一次，这回是转向左面。响声也从松脆变为噼啪作响。雪橇被松开了，橇板滑动开来，向一旁移了几英寸。雪橇被拉动了，人们大气都不敢出，忘了一切。

"好！驾！"

桑顿的指令像子弹出膛。巴克整个身子向前扑，猛然拽紧缰绳。由于全力出击，他身子蜷缩起来，在发亮的毛皮下面，肌肉扭动。他的头低低地向前探着，宽阔的胸脯挨着地上，发狂似的摆动四条腿，坚硬的雪地上留下了爪子抓出的深深的痕迹。雪橇又仿佛有些晃动，又仿佛没动。他其中一条腿打滑了，有人发出惊奇的叹声。阵阵的冲击连续而巨大，使得雪橇行行止止，可没有绝对静止……半英寸……一英寸……两英寸……雪橇行进开来了，不像那样一顿一顿的，雪橇稳定下来，开始稳定地走了起来。

人们大大松了一口气，呼吸正常了，他们对刚才大气不出的情况压根没什么感觉。桑顿在后面跟着，同时说些简短的激励性的话鼓励巴克。距离已被事先量好，当巴克接近目的地——木柴堆时，一百码的长度即将走完，人们的喝彩声越来越高。巴克走过木柴堆，口令响起，他站住了，人们都开始狂叫。所有人都开怀喝彩，包括马修森在内。手套、帽子被扔来扔去，人们胡乱握手，在场的人只能听到一片嘈杂的、前言不搭后语的声浪。

只有桑顿在巴克身边跪倒，用头顶着巴克的头，前后不停地摇晃。能挤上去的人听见他在咒骂巴克，骂得酣畅淋漓、无休无止，骂得柔情似水、情意绵绵。

"上帝啊！上帝啊，先生，我出一千块钱给你，我出一千块钱买下他，一千块啊，先生。不然——两千块，先生。"那个干贩狗营生的家伙匆忙地说。

桑顿起身站好，泪水打湿了他的双眼，毫不避忌地划过脸庞。"先生，不行，到一边儿去。我最多只能跟你说这个，先生。"

巴克咬着桑顿的手，桑顿一前一后地晃着他。旁观者仿佛也受到影响，他们向后退开一段，满心敬畏，不再冒失地打搅了。

第七节　雪野呼唤

巴克给桑顿赢回了一千六百块钱，只用了五分钟，这让桑顿还清了几笔欠款，搭着几个伴儿一块儿去寻找在东部的相传已然湮没的金矿，这些传说就和这地方的历史一样久远。许多人找过，没几个找回来；更多的人去了就没能再回来。消失的金矿有了一抹神秘的、哀伤的色彩。首先发现金矿的人不为任何人所知，没有任何传说古老到能追溯到那家伙。人们唯一知道的是那里有座古老的小屋，风都能将它吹倒。临终的人们发誓说那里真的有座小屋，他们拿出一些和北方已知的金子都不相同的金块，证明自己说的是真的，小屋标定了金矿的所在。

但是，要么人已经死了，要么人虽然活着，可是找不到这间聚宝屋，所以，约翰·桑顿以及汉斯和皮特向东赶去，带着巴克和其他六条狗踏上一条前途未卜的道路，想要超过那些不比他们逊色的人和狗，取得成功。他们坐着雪橇沿着育空河往上走了七十英里，接着向左走，来到斯图尔特河，走过马约和麦克奎森，一直走到斯图尔特河水变为细细溪流之处，越过这片大陆脊梁的一座高峰。

对于世间的东西桑顿需要得非常少。他对荒野毫不畏惧。要进入荒野，他只需要一杆枪和一把盐，只要愿意，哪里都能安身，不管待多久。他一边走一边打猎充饥，像个印第安人；即使没打到猎物，他也像个印第安人那样坚持走着，认定迟早打得到。因而，在这条通向东部的路上，食物永远是肉，雪橇的主要用途是装工具以及弹药，天天如此，无休无止。

在巴克心中，在外面的世界捕鱼打猎非常欢乐。有些时候，他们一连几个星期天天赶路。紧接着，要么在这儿，要么在那儿，他们花费几个星期的时间扎营；狗无事瞎逛，人生火将冻了的砾石和腐土烧化、挖洞，没完没了地淘洗一盘盘的泥沙。根据猎物的数量以及打猎的运气，他们有时挨饿，有时会猛吃一顿。入夏了，人和狗全背上行囊，搭乘木筏穿过高山和一汪汪湛蓝湛蓝的湖泊，他们在林子里锯倒原木，做成小船，在许多不知名的小河里或是顺流而走或是逆水而行。

时光飞逝，他们来来去去地就在地图上没标注的荒野里打转。这里没有人踏足的痕迹。如果那间"失落的小屋"存在，这里应该曾有人来过。他们穿过条条分水岭，冒着夏季的暴风雪，在位于林线雪线相交的秃山上，他们在月光之下冻得发抖，大群飞虫与苍蝇在夏日飞进山谷，摘取冰河湾里的鲜花和草莓，花果鲜艳得即使放在南方都是惹人赞赏的。同年秋天，他们来到一处古怪的湖区，荒凉寂静，原本有野禽，这时却连生命也没有了，甚至于没有生命的迹象——只有悲鸣的冷风。不见光的地方结了冰，只剩冷冰冰的浪花还在拍打着荒凉的湖岸。

下一个冬天，他们根据早就离开的人留下的踪迹，一直游荡着。有一回，他们根据道路旁边树皮上的刻痕指引，穿过树林，这是条古老的道路，那"失落的小屋"仿佛很快就能找到。可是这条小路的前因后果都是谜，小屋本身也是谜，是什么人为什么开这条路也是个谜。有一回，他们遇见一座猎户棚——一座早已因年深日久而变为废墟的猎户棚，在朽烂的毯子残块里，桑顿发现一支长筒燧石枪。是谁搭了棚并把枪留在这里，他一无所知，他只知道这支枪是西北地区的哈得逊湾公司早期出产的枪，在当时，这样的枪价值不菲，价钱等于摞到和枪等高那么多的海豹皮。

春天又到了，他们最终没能找到"失落的小屋"，但是，在一片宽阔的谷地，他们寻到浅浅的冲击矿床，闪着黄油般亮光的金子还在淘盘底上。他们每天都能淘出价值几千元的洁净金沙和金块。他们把金子装进鹿皮口袋，一袋装五十磅，像木柴堆一样放在杉木棚之外。日子一天天过得极快，快得像梦一般，他们像某种大怪兽似的艰苦付出，大量收获财富。

狗没什么可干的，只是时时把桑顿打死的猎物叼回来。清闲的日子让巴克可以时常对着火堆发呆。既然不忙，那个短腿毛人的模样在巴克脑海中出现的次数更多了；巴克在火堆旁边眨眼，在记忆里的那个世界，常常和那人漫游。

如此说来，另外的那个世界最大的特征就是恐惧。他会看到，那个毛人双手抱着头，头埋在两膝之间，睡在火堆旁，却总是惊醒，醒来后会心惊胆战地一瞥，给火添柴。海滩上，毛人一边走一边捡起贝壳吃，眼睛乱转，防备着隐藏的风险，随时准备像风一样快地飞跑，躲避敌情。穿过丛林时，巴克无声无息地随行，紧跟毛人的脚后跟；他们极为警惕，时时留心，鼻颤耳转，那家伙拥有和巴克一样好的听力和嗅觉。毛人纵跃能力惊人，在树上飞奔就像是在平地上行走一样。他能用手抓着树枝荡着，有时距离几英尺，也能一下荡过去，从没有抓不中掉下去的时候。事实上，他在树上和在地上一样自如。巴克回忆起，毛人栖息在树上，睡觉时紧握树枝，他自己则在树下守夜。

森林深处传来那种呼唤，和毛人的景象息息相关。这呼唤让他极度不安，产生古怪的渴望。他察觉到一种难以描述的欢快温馨，他感到，对那个未知的东西，自己有着极度的欲念，心神激荡。有些时候，追寻着呼唤，他走进森林，就像那声音是可见可触碰的实物；他顺应着随之而来的情绪叫出声来，有时柔和，有时却像要宣战似的。苔藓冰凉，黑土上长着长长的野草，他把鼻子伸过去，嗅着肥沃土地的气味，开心地打着响鼻；有时，他连续几个小时蹲在树干后面，树干歪倒在地，树后长满野山菌，他仔细听着，眼睛圆睁，对四周会动会发出声音的东西保持警觉。他这个样子，大概是想听到那种让他不理解、不安宁的呼唤。可是，他也不明白干吗要这么做。没有原因，他必须这么做。

他有种难以抗拒的冲动。暖和的白天，他有时懒懒地卧在营地里睡觉。忽然，他抬头竖耳，集中注意力听着，然后，他爬起来跑出去，连

续几个小时地走着，沿着树林间的小路，穿过长满苔藓的空地。他喜欢
在干枯的河床上飞跑，偷看鸟儿如何在树丛里生活。有时，他花费整天
的时间在灌木丛里趴卧着，看着鹌鹑咕咕叫着，神气活现地来回走着。
可是，最让他开心的还是飞跑在夏天午夜暗暗的光中，倾听着林子里面
困倦的悄悄话，就像是读书的人解读声音与图像，探索神秘的呼唤。那
声音时时召唤他，不管他是睡着了还是清醒着。

一天晚上，他忽地从梦中跳起来，鬃毛竖起，起起伏伏，鼻子颤抖
地闻着，眼神犀利。森林里传出那种呼声（那或许是其中一种调子，因
为那呼声的调子多种多样），这呼声头一次这么清晰可辨——是一种长
嗥，似乎也不像赫斯基狗发出的那种声音。他明白，这声音正是他以前
听到的那种呼唤，他非常熟悉。他走过还在熟睡的营地，静悄悄地飞速
进入森林。越接近森林，他走得越慢，每一步都很小心。他一直走着，
直到来到一块林间空地，伸头看去，见到一只瘦长、仰头对着天空的森
林狼。

他安静地没有开口，狼却停止长嗥，开始寻找他的位置。巴克缓缓
向空地走去，尾巴直挺，身子紧绷，每一步都很慎重，每个动作都同时
表达着善意与威吓。这是捕猎动物相见时威胁性的休战表示。但是，狼
逃开了。巴克飞跑相随，全力去追赶狼。狼被他赶到河床上，逼进了一
个河汊，树木截断了他的去路。那只狼乍毛直吼，后腿弯着打转，就像
乔那样的赫斯基狗无路可走时的样子。

巴克没有攻上去，只是围着狼一圈圈地转，并无恶意地在前面堵着
路不让他逃走。狼既惊又怕，巴克的个头是他的两倍大，他刚刚和巴克
的肩膀一般高。找了个机会，他一下子跑了，于是巴克又开始追。这
次，狼被逼上了绝路，旧景重现。事实上，他身体不好，巴克才能这么

容易就追上他。直到巴克快碰到他的腰眼，他才停止奔跑，狂叫转圈，不放过任何逃走的机会。

巴克的坚持有了效果，那只狼察觉到巴克没有恶意，终于冲他嗅了嗅。他们开始交好，用野兽掩饰凶相的方式，略带忐忑、羞涩地周旋起来。过了一会儿，狼迈开大步走着，表明他要去某个地方。狼向巴克表明了同去的意思，他们并肩奔跑在微弱的光线下，沿着河床进入位于上游的山谷，穿过源头荒凉的分水岭。

在分水岭的另一边，他们沿着斜坡向下，走到一处河流密布、有着大面积森林的平原。他们一直跑着，穿过大片的森林。时间过得飞快，太阳渐渐升高，气温也渐渐升高。巴克快乐非凡，他明白，自己回应了那呼唤，和森林兄弟一起走向呼唤真正的来源。他心中显现古老的记忆，这让他心神激荡，以前，对于真实的世界，他也曾如此兴奋，这些记忆是真实世界的影子。在另一个他还留有依稀记忆的世界里，他也这样做过，现在又在做了：他自由地奔驰在辽阔的土地上，头顶高高的蓝天，脚踏松软的土地。

他们在溪边喝水时，巴克想起了桑顿，他蹲下来了。狼又开始前行，向着呼唤的发源地，但他发现巴克不再跟着走，便回到巴克身边，鼓励似的，用鼻子嗅了嗅。但是，巴克转头向来路走去。他的荒野兄弟跟着他肩并肩走了半个多小时，呜呜低叫。最后，他蹲下来，仰起头，向天长嗥。巴克越走越远，这悲哀的叫声也就越来越低，直到消失不见。

桑顿吃晚饭时，巴克回到了营地。高兴得发狂的巴克把桑顿扑倒在地，反复撞他，咬手舔脸——正如约翰说的"好一通撒欢儿"。桑顿不停摇晃着巴克，情意绵绵地骂着他。

巴克整整两个昼夜没离开营地，紧盯着桑顿。不管他是在吃饭、干活儿，还是晚上爬进毯子，早上钻出被窝，他都盯着看。但是，过了两天，呼唤又从林中传了出来，非常的急迫，以前都没有这样急迫。巴克又开始不安，那些记忆挥之不去：山另外一边的乐园，荒野的兄弟，并排奔驰在宽广茂盛的丛林。他又来到林中四处游走，可是找不到他那个荒野兄弟；他整晚地仔细聆听，再没有听到那哀痛的呼唤。

他开始整夜不归，连续几天不回营地。有一回，他穿过小河源头的分水岭，走到河流密布、树木茂盛的原野，花费一周时间在那里游走，毫无结果地寻找荒野兄弟留下的踪迹。他不顾劳乏，大步赶路的同时，靠捕猎过活。在一条不知道从哪里入海的大河里，他捕了一条鲑鱼，在河边，一只大黑熊被他咬死。熊在那儿捕鱼，蚊子蜇瞎了他的眼睛，他情况糟糕，怒火冲天。即使这样，这场斗争还是激发出了巴克最后一丝隐藏着的凶恶的野性。过了两天，他回到杀死大黑熊的地方，一群狼獾正在为争夺熊尸打架。他如秋风扫落叶般击溃了狼獾，能跑的都跑了，有两只没来得及跑，就永远留在那儿再也无法吵架了。

巴克的血腥气空前地浓重。他依靠猎物过活，以捕猎为生，他成了屠夫，独自生活，自力更生，在强者生存的充满敌意的地方，他傲然活着，靠勇气与力量为生。他为此十分自豪，这种自豪被明白地表现出来，在每一个动作、每一块筋肉中显现出来，就像用语言表达的一样清晰。这种东西让他的皮毛更富光彩。若非贯穿胸口的一片白毛和嘴角及眉上的几缕褐毛的存在，他极易被认作一头巨狼，身材最高大的狼也比不上他大。他的圣伯纳德种父亲传给他巨大的块头，他的母亲使这大块头成形。他长着狼一样的长嘴脸，只是大过所有的狼。他的脑袋大过狼头一圈，但是也像狼头一样微宽。

　　他有着狼一样的野性的狡猾，有着圣伯纳德犬和牧羊犬的智慧，再加上饱经险恶而来的经验，他成为了荒原上最勇猛的兽类之一。他是只身处盛年的食肉动物，体力充沛，生气勃发，处在生命中最旺盛的时刻。桑顿的手充满爱意地抚摸他时，每一根毛里面积蓄的磁力被放出来，他的身子噼啪作响，他的身体与大脑、筋肉和神经，所有的地方都拉满了弓，各部位都得到调整与平衡。不管是看到物体还是听到声音，抑或遇见事情，他的反应速度惊人，比御敌和进攻速度很快的赫斯基狗还要快一倍。当别的狗刚看到或听到时，他已经完成看见、听到以及做出反应这一系列动作了。他瞬间完成知觉、决定以及反应，虽然这一系列动作是相继发生的，但由于隔得时间过短，看起来像是同时发生的。他全身充满活力，像拉满的弓一样应手就射。生命力欢畅流淌，自由奔流于他的身体里，像是要使他在狂乱中爆开，溅到整个世界上。

　　有一天，那几个人看着巴克走出营地，约翰·桑顿说："从没有哪条狗像他一样。"

　　"一把他造出来，模子就被毁了。"皮特说。

　　汉斯也同意："妈的！我也这么想。"

　　他们光见到巴克出了营地，他们没看见巴克到了丛林深处后发生的让人惊讶的变化。他不再迈开步子，神气地走，他立刻化身为一头野兽，悄无声息地踮着轻盈的脚步，神出鬼没，像一个穿行于各种影子之间的幻影。他知道如何利用不同的地形做掩护。他像条蛇，将肚子贴在地上爬行，再猛然跃起发动进攻。他能够杀死睡梦中的兔子，抓住窝里的松鸡，在半空中就把小花栗鼠叼住，因为巴克比飞快上树的小花栗鼠快了一秒钟。在他眼里，会建造坝的海獭不算多有谋略，活水塘里的鱼也不怎么敏捷。他是为了填饱肚子而打猎，不是嗜杀成瘾，他更乐意吃自己猎杀的动物。巴克喜爱设埋伏并能从中取乐的特性在他的行为中表现出来。他喜爱悄悄接近松鼠，在几乎就要抓住他们时，再观看这些吓得半死的松鼠一边吱吱叫一边蹿上树。

到了这年秋季，大群麋鹿出现了。为了度过冬天，他们朝低地和不太冷的谷地缓缓迁移。一只半大的鹿已经被巴克扑倒了，可是，他更加渴望一头更勇猛、体形更大的猎物。一天，他碰见了，在小河源头的分水岭。那是个有二十多只鹿的鹿群，一只大公鹿是他们的首领，他们走过河流密布、树木茂盛的原野，翻山而来。首领怒火冲天，站直身子时足有六英尺高，巴克早就期盼着能有这样的劲敌。这头公鹿前后晃动着他的大角，这只角展开有七英尺宽，开了十四根叉。当他见到巴克时，就怒气冲天地吼叫，他的小眼睛恶狠狠的，闪着凶狠的光芒。

公鹿怒火冲天是有原因的，在公鹿一侧身子上面接近腰眼的位置，有一支箭的羽毛露了出来。在荒蛮世界里，在历史悠久的捕猎岁月中传下来的本能驱使巴克把公鹿从鹿群中赶出来。这不是个轻松的活计。他大叫着，在公鹿跟前打着旋儿，让他无法用那个大角和那让人害怕的大蹄子碰到自己，这蹄子一下就能要了巴克的命。在这个牙尖齿利的危险家伙面前，公鹿无法不理他，也不能继续前进，这让他非常恼火。他怒气冲天地冲向巴克，巴克不但狡诈地向后退，而且还装作软弱可欺，引诱敌人冒进。可是，他一离开鹿群，就冒出两三只公鹿向巴克发动进攻，使得首领可以返回鹿群。

野兽的耐心像生命一样执着，百折不挠，顽强不屈。豹子藏身等待猎物，蛇类在原地盘着，蜘蛛在网上待食，凭借这种耐心，可以无休止地一动不动。靠狩猎过活的动物需要这种耐心。巴克也是用这种耐心紧紧地跟随着鹿群，使他们前进受阻；使受伤的公鹿怒气冲天，气得发狂；让母鹿担忧着半大的鹿崽；使年轻的公鹿发怒。这种状况持续了整整半天。巴克像会分身术似的，围绕着鹿群发动进攻，像旋风一样用恐吓把鹿群封住，猎物没回群就又被赶了出来，他就这样慢慢地消磨猎物的耐心。猎手的耐心比猎物好。

慢慢地，白天过去了，太阳坠向西北方（秋天里那长达六小时的黑夜又到来了），渐渐地，年轻的公鹿不情愿再为这个使他们无法顺利前进的首领出力了。冬天快来了，他们必须赶往低地，可是这个拦路者誓不罢休，好像怎么也无法摆脱。然而，这个麻烦不属于鹿群，也不属于年轻的公鹿。自己的债自己偿，和自己的身家性命相比，首领是生是死和他们关系不大。最终，他们同意付过路费了。

暮色凄凉，老公鹿垂首站立，看着在渐渐暗去的光线中匆匆走去的同伴——有他的部下，有将他视为父亲的幼鹿，有和他交好的母鹿。这个吓人的家伙牙齿尖利且不留情面，在他面前上蹿下跳，阻止他走，他无法跟上去。他这一生争强好胜，经过无数大战，可最终却落到这个还没自己膝盖高的家伙手中。

从这时起，巴克与他的猎物昼夜不离，一片叶子和杨柳的嫩芽也不让他吃，一口气也不让他喘。路过流水潺潺的溪流，公鹿干渴得喉咙冒火，可巴克连喝水的机会都不给他。绝望时，公鹿常常一通狂跑，这时，巴克却没有拦他的打算，只是迈开步子跟上，不介意这样的把戏。公鹿要吃喝时，他就大力袭击；公鹿站着时，他就趴着。

公鹿的步子摇摇晃晃，越来越没有力气，他长着鹿角的大脑袋垂得越来越低，他鼻子触地，耳朵无力地耷拉着，一站就是很长时间；巴克却有很多的时间用来休息和喝水。巴克突然觉得事情要发生变化了，他紧盯着那只大公鹿，伸着红色的舌头直喘气。他能感受到这原野上有了躁动。麋鹿来到这片土地的时候，其他各类动物也随之而来。河流、森林和空气躁动不安起来，这是因为这些动物的出现。巴克得到这些消息只是凭着一种很微妙的感觉，不靠闻，不靠听，也不是靠看。他虽然没看见，也没听见，却很清楚脚下的这片土地不知怎么就发生了变化，其中有一些很奇特的动物在到处走动。他还是想把手里的事做完后再好好探究一番。

到第四天的时候，那只庞大的驼鹿终于被巴克放倒了，整整一天，巴克都没有离开公鹿半步，一会儿睡着，一会儿起来吃肉。养精蓄锐之后，他力气大增，转过身子向约翰·桑顿和营地的方向跑了过去。他急速地跑着，一连跑了好长时间，道路错综复杂，但他一点儿也没有迷路。他穿过了陌生的地方，一直跑回了家，巴克判别方向的能力让人类和他们发明的指南针汗颜。

巴克一边走一边感觉到大地新的动静。和整个夏天在这里生活的动物一点儿都不一样，这里还生活着另一种动物。这根本就不用通过神秘而微妙的方式得知。风儿在悄悄地私语，松鼠也在欢快地饶舌，鸟儿交头接耳地交谈着，他们都是说着这件事。好几次，巴克站住了，挺起胸深深地呼吸着早上新鲜的空气，想从空气里发现蛛丝马迹。巴克越来越感觉到压抑，他感到如果不是灾难已经降临，那么肯定是灾难即将来临。所以，当他穿过最后一道分水岭，朝山下的山谷直奔下去，向营地的方向前进时，就越来越小心了。

在离营地还有三英里远的地方，他看到一条新鲜的足迹，巴克的颈毛耸起，不停地颤动。巴克发现这条足迹一直通往约翰·桑顿的营地。他绷紧了每一根神经，对各式各样的蛛丝马迹保持着高度的警惕，脚步也变得越来越轻快——其实所有的这些迹象足以说明一切，现在他只需要一个结果。通过嗅觉，巴克觉察出了他一直跟踪过来的动物的踪迹。巴克发现，在森林里，小鸟都跑了，松鼠也藏了起来，四周悄无声息，他看到一段已经枯死的树干上有一只银灰色的动物一动不动地趴在那里，他就像一个树疤一样整个身子和大树连成了一体。

就像一个飘忽的暗影，巴克静悄悄地向前走。突然像是被一股强有力的力量揪住，巴克的鼻子像是被拽了过去。他闻着新气味终于走进了密林，看到了尼格。尼格侧着身子躺着，一支箭在他的身体上穿了一个洞，身体的两面还露着箭羽和箭头，他是死在自己拖着身子爬过来的地方。

又向前走了将近一百码，他看见了狗队里的另一条狗。这条狗正躺在大路中间做着临死前的挣扎。他是约翰·桑顿在道森时买来的。巴克从他身旁绕了过去，没做丝毫的停顿。营地里传来了高高低低像唱歌一样的声音，听起来十分嘈杂。巴克全身紧紧地贴着地面，悄悄地爬到空地边上，他发现汉斯像一头豪猪一样浑身被射满了箭，整个脸都朝下。这时巴克看见了杉树棚子那儿的景象，肩膀和脖子上的毛不由自主地竖立起来，一副怒不可遏的样子。那像雷一样的吼叫声听起来实在是让人害怕，尽管巴克还没有意识到，这大概是他最后一次让冲动的情绪压垮了机智和冷静，这也难怪，对约翰·桑顿深深的忠诚和爱让巴克发疯了。

那些伊哈特人正围着杉木棚子的废墟跳舞，只听得一声咆哮，一头野兽直扑过来，不错，那就是巴克，他们可从来没有见过这种模样的野兽。巴克掀起了一阵阵的暴虐旋风，那是挟裹着毁灭一切的怒火，这怒火席卷了所有在场的伊哈特人。巴克猛地跳到最前面的那个人的身上（这人是伊哈特人的头领），这人的喉咙被巴克撕开了一条大口子，刹那间，血管里的鲜血喷洒出来。巴克没有就此住手，而是一路狂吠地咬了过去，他又一跳把另外一个人的喉咙也咬烂了。巴克在这些伊哈特人中间既咬又撕，没有任何东西可以阻挡他的进攻。在持续而凶猛的快速厮杀中他似乎要毁灭一切，所有向他射来的箭都落空了。

印第安人乱作一团，因为巴克的动作快得简直让人难以置信，伊哈特人的射箭行为成了自相残杀。当巴克跳跃起来的时候，一个看上去还很年轻的猎手朝他投掷出了一支梭镖，却不想刺中了另一个猎手的胸膛；由于用力太狠，这梭镖竟然把那人穿了个透心凉。伊哈特人觉得天塌下来了，他们好像被鬼追着一样，大声叫嚷，吓得魂不附体地朝密林中逃窜。

现在，巴克像是恶魔一样，怒不可遏地对这些逃兵紧追不舍，在伊哈特人穿过树林时，巴克像猎鹿一样把他们扑倒。这一天对伊哈特人来说可是蒙难的日子。他们作鸟兽散，直到一个礼拜之后那些侥幸保住性命的人才从低一点儿的山谷中出来，盘点他们的损失。巴克追得不耐烦了，就返回了那片狼藉的营地。巴克看到了皮特，当初他一被惊醒就被杀死在毯子下。能够看得出来现在地面上还留有桑顿的痕迹，看得出来他曾经经过了绝望和挣扎。巴克低下头很仔细地嗅着，直到来到一口深水塘边。那条始终忠诚的斯基特趴在水塘旁边，她的脑袋和前腿泡在水里。淘金槽把水塘变得十分混浊，水底的东西都被遮住了，当然也遮住了约翰·桑顿。巴克跟着他的踪迹，直到这踪迹消失在水中。

一整天，巴克不是在营地里游荡，就是在水塘边发呆。巴克知道，死，就意味着生命的消亡，就意味着运动的结束，现在他清楚约翰·桑顿死了，心里非常难过和失落，这就像有一点儿饿却无法用食物填补一样。他有时停下脚步缓缓地走到伊哈特人尸体旁边，就忘记了痛苦；看着那些横七竖八的尸体，他感到十分的自豪——那是一种从来没有过的自豪。是的，巴克杀了人，那些人可是万物里的灵长啊，并且巴克还是冲着大棒和犬牙的铁律大开杀戒的。

巴克十分好奇地闻着那些尸体所散发出来的气味。他觉得杀人实在是太容易了，说实在的，要比杀死一条赫斯基狗容易多了。要是没有大棒、梭镖和弓箭，人哪里是他的对手？现在，只要没有大棒、梭镖和弓箭，巴克再也不会怕人了。

夜色已晚，圆圆的月亮从树梢上越过，慢慢地升上了天空，把银辉洒向了大地，直到第二天隐没在白昼中。夜色来临的时候，待在水塘边沉浸在悲哀之中的巴克一直在走神儿，那是他在感受森林中出现的新生命的动静，这种悲伤的感觉逐步压倒了伊哈特人激起的愤怒情绪。巴克直立起身子，一边竖起耳朵听着，一边用鼻子嗅。隐隐约约从很远的地方传来尖锐的吠声，接着，同样尖锐的吠声此起彼伏地呼应。随着时光流走，吠声越来越近，也变得越来越响亮。巴克又一次懂了：这熟悉的声音曾一直萦绕在他的记忆之中。这种声音夹杂着各种声调，这是呼唤，但听起来更加充满诱惑力、充满强制力。巴克一直是很固执的，但现在他愿意听从。对于他来说，约翰·桑顿已经死了，他和人类的纽带彻底断绝了。人类和人类的命令再也管不着他了。

就像伊哈特人一样，狼群在迁徙的鹿群两边捕猎活着的食物。他们穿过了密布的河网、树木丛生的地带，进入了巴克所在的谷地。月光就像洒下一道银流，空地当中站着的是巴克。他像一座雕塑，一动不动，一心等着他们的到来。当狼群看到体形魁梧、岿然不动的巴克，都害怕地停下了脚步，里面最强壮的一只狼冲着巴克跑了过来，巴克就像闪电一样迅猛地扭断了他的脖子，然后又像原来那样岿然不动了。那只被他咬伤的狼在痛苦地翻滚。又有三只狼不甘失败，向巴克发起了进攻，他们一个个地都被巴克打败了，被撕裂的肩膀和喉头都在流血。

很快，整个狼群围攻上来了。他们毫无章法，乱作一团，着急地要把巴克杀死，但他们越是这样着急，往往越是互相碍事，一片混乱。巴克有着惊人的灵活和速度，使他立于不败之地。他不停地以后腿为支点，左右旋转，然后放开嘴到处撕咬，同时环顾四周；他两边都戒备，构成了一道无法击溃的防线。即使这样，为了防止狼群把自己的后路抄了，巴克必须向后退，他跨过水塘，退到河滩里，直到能够背倚一堵高高的石头河岸。他顺着河岸一直跑啊跑，终于来到人类挖矿挖出的一个拐角，在这个拐角，巴克的左右和后面都有了屏障，他只须正面迎敌。

巴克做得棒极了，半小时后，狼群已经被打垮了。他们一个个吐着舌头气喘吁吁，在月光的照射下，他们尖利的牙齿显得白森森的，泛着可怕的白光。他们有的在水塘边舔着水，有的站立在那里，一直盯着巴克，还有一些抬起头趴在地上，耳朵不停地向前抿。这时，一只瘦长的灰狼带着小心，充满善意地凑上前来，他就是曾经和巴克跑过一天一夜的荒野弟兄，巴克认出他来了。他们的鼻子终于碰到了一起。灰狼轻轻地叫着，巴克也呜呜地叫起来。

这时，一只被咬得遍体鳞伤的老狼走上前来。巴克虽然把嘴巴闭上，准备咆哮，但也还是和他碰了碰鼻子。这只老狼蹲下来，仰起头，朝着黑暗的天空猛然发起了狼嗥，悠长而凄凉。听到这种声音，其他的狼也都蹲下来一起嗥叫。巴克也朝着夜幕嗥叫。嗥叫声此起彼伏。嗥叫声停止以后，巴克从角落里出来，狼群围着他粗鲁而又友好地喷鼻。巴克和这些荒野上的兄弟一起并肩朝前跑去，他们一边跑一边高声地嗥叫着，这声音传遍了整片森林。

　　关于巴克的故事已经结束了。没过几年，伊哈特人发现了森林狼种群的变化，他们发现有些狼鼻头和脑门上长出了一缕棕褐色的毛，还有一道白毛贯穿胸脯正中。狼群中那条领头的不一般的"魔犬"是伊哈特人谈论的重点。这条"魔犬"比伊哈特人还狡猾，他能把捕兽机里的猎物抢走，在冬天里从营寨里偷走食物，把他们的猎狗杀死，还敢和他们最勇猛的猎手搏斗。伊哈特人十分害怕这条"魔犬"。

　　即使这样，这个故事还是越来越凄惨：人们发现有的猎手被残忍地咬破了喉咙，雪地上都是狼的脚印，并且这些脚印比别的狼都大。那些猎手出去后就再也没能回来。每到秋天，当伊哈特人围猎鹿群时，他们是无论如何也不敢走近那座山谷的。伊哈特的女人在火堆旁总爱谈论魔鬼把这座山谷选为了宿营地，她们谈论起来都黯然神伤。

　　可是，每当夏天的时候，那座山谷都会有一只身材魁梧、毛皮华丽的狼来造访。他和其他所有的狼都不同。伊哈特人也认不得他。他单独从森林里出来，走到树林里的一片空地上。一个个腐烂了的鹿皮袋里流出一道道黄色的水，并且流向地下；这里的野草长得很高，覆盖了腐烂的植物，使黄色的水很难见到阳光。那只狼看到这幕情形，出神地站了一会儿，然后对着蓝天发出了一声声凄凉的嗥叫，就离开了。

　　他也不总是单独行动，每当漫长的冬夜降临的时候，狼群追着猎物一直追到比较低一点儿的山谷地带，人们总能够看到在洁白的月光和模糊的北极光下，他比狼群中其他狼更加庞大的身影在灵活地跳动着。他总是放开嗓子，高歌一首原始世界里的歌，那是狼群之歌。

北方的奥德赛

一

　　一首歌，被几架雪橇和挽具合奏了出来，再加上领头狗脖子上叮叮当当响个不停的铃铛声，永远不变的凄婉旋律；人和狗却不发出一点儿声音，他们累坏了。刚刚下了雪，路很难走。他们来自远方，雪橇上放着许多被撕开的鹿，冻得硬邦邦的。雪落在地上，还没有轧实，滑板紧贴路面，还是一直往后滑，那别扭劲儿，跟人有得一拼。天慢慢地黑了下来，可是他们没有帐篷抵御寒风。天空下，静悄悄一片，雪就这样缓缓飘落，不是一片一片的雪花，竟是晶莹透亮的小冰晶。天气相当暖和——只有零下十摄氏度——大家都没把这些放在心上。迈耶斯和贝特斯的护耳已经翻起来了，马尔穆特·基德竟然连手套也不戴了。

这些狗昨天下午就已筋疲力尽，现在不知哪里来了一股劲头，有些狗反应相当快，显得焦躁不安，似乎想要摆脱所有羁绊，同时又犹豫着，竖着耳朵，鼻子用力地吸气。慢慢地，它们就把怨气撒到了那些反应迟钝的同伴身上，极尽所能地咬它们的后腿，让它们跑得快些。那些受委屈的狗也被传染上了坏脾气，然后又传染给别的狗。没过多久，那架雪橇最前面的领头狗满足地高叫一声，把头伏在雪地里，用尽全身力气把领圈绷紧，身体向前倾。其他的狗也都照做，这样一来，后边的皮带收紧，拖索也紧了，一架又一架雪橇冲了出去。那些人不得不把舵杆抓牢，为了不被滑板压到，只好用尽全力加快脚步。他们高声吆喝，催促狗前行。那些狗也愉快地高声叫唤，作为回答。天色越来越黑了，他们拔足狂奔，脚步声啪嗒啪嗒。

"右拐！右拐！"他们一个接一个地喊着，雪橇依次迅速离开大路，就像顺风行进的单桅小帆船一样向前疾驶。

一口气奔了一百码，直到在一个木屋子前才停下。灯光从羊皮窗户纸上透出来，这是他们家。屋子里有育空地区特有的火炉，火炉的火很旺，火炉上是冒着热气的茶壶。只是这个房子现在已不属于他们了。站在他们面前的是六十只凶恶的大狗，它们一起疯狂大吼。这些庞然大物，迅速向走在最前面的拉雪橇的狗扑去。从打开的门里走出一个人，这是一个西北警察，身穿红色制服，雪没过了他的膝盖，这个警察看起来很公正，用狗鞭让那些疯狂的狗安静下来。接着，双方握了手，马尔穆特·基德在这个素未谋面的警察的带领下，进了自己的屋子。

本来应该出门迎接他们的人是斯坦利·普林斯，他是这个屋子现在的主人，他负责照料那个火炉和炉上的热茶，他此刻正忙于招待客人。这些客人形色不一，血统各不相同，却都是受英国女王差役做执法和邮递工作的，一行大约有十二人。长时间以来共同为女王做事，使得他们性格坚忍不拔。多次在雪野上穿行，使得他们拥有一身硬邦邦的肌肉，还有阳光赐予的黑色面孔，和一颗没有任何烦恼的心，向前凝视的双眼总是炯炯有神，充满光明与希望——他们现在是一类人了。女王的狗在他们的驱赶下，使敌人闻风丧胆；女王发给他们很少的粮食，他们却非常享受。他们参与了许多大事件，又见闻广博，他们的生活在常人眼里是不可思议的奇闻，他们却从不这么想。

他们彻底把这个木屋当作自己的家了。有歌声从马尔穆特·基德的床上传来，这首歌是很久以前来到西北地区的他们的法国祖先跟印第安女人结合时所唱过的，现在唱这首歌的正是很不文雅地躺在床上的那两个人。贝特斯的床也没有闲着，三四个身体健硕的押运员正躺在上面，他们此刻正盖着毯子，一边听人讲故事，一边搓着脚。讲故事的这个人曾经是沃尔斯利①的部下，在沃尔斯利攻打喀土穆时，他就在舰队服役。没过多久，这个人的口水说干了，一个牛仔就讲起了宫廷和王公贵妇的故事，这个牛仔曾经跟布法洛·比尔游历欧洲各国首都，他所讲的也是他所见的。有两个混血儿在屋子的角落里坐着，他们之前打过败仗，此刻正在修补雪橇上的皮带，嘴上还不忘谈论当年西北地区人们起义，路易·里尔称王的故事。

水旱两路上的危险事情，在他们说来都是平淡无奇的琐事，似乎让他们还记得这些事情的原因只是这其中有些引人发笑的谈资，从他们口中说出的都是些粗俗的玩笑。这些无名英雄的故事让普林斯听得入了迷。他们亲身经历了这些决定历史走向的不平凡的事情，可在他们看来

---

①沃尔斯利（1833—1913），英国侵略军陆军将领，曾于1884—1885年率军攻打苏丹首都喀土穆。

这些都稀松平常，仅作茶余饭后消遣之用。普林斯将自己视若珍宝的那些烟草拿来给他们享用，他们便毫不吝啬地将更多有趣的故事讲出来给众人听，一个又一个，就连很久之前的奥德赛式的故事也在其中。

故事会告一段落，顾客为自己装好烟草，躺入自带的毯子里。普林斯才想起要找他的老伙计基德，向他打听这些人的底细。

马尔穆特·基德正要脱下他的鹿皮鞋，见普林斯来问便边解鞋带，边回答道："首先，你应该知道那个牛仔的来头。跟他在一床的人有英国血统，这很显然。其他人嘛，恐怕连老天都搞不清楚他们是什么血统，他们长年待在森林里头。靠在门边的那两个人，是'木炭'①，他们是纯种法国人。而那个脖子上围绒线围巾的小男孩，从他的眉毛和下巴就能看出，曾经有个苏格兰男人进过他妈妈的帐篷。你听到过那个枕着长大衣的英俊小伙子说话吗？他爸爸或妈妈是法国人，他不怎么乐意那两个印第安人睡在他边上。你知不知道，当初里尔领导法国人起义的时候，并没有得到纯种印第安人的支持，他们的梁子从那时起就结下了。"

"在炉子边上的那个人，一脸倒霉相，我整晚都没有听到过他开口说话。我断定他一定不会说英语。"

"你的判断是错误的，他英语很好。我刚刚看到他听人说话的眼神了，你没有注意到吧？不过他的血统与这些人不同。这些人说起家乡话来，他就一脸迷惑了。很奇怪，我也看不出他的身份来历。我们来试探他一下吧。"

马尔穆特直直地看着那个身份不明的人，高声说道："往炉子里放

①指第一批到加拿大森林以打猎为生的法国移民。

两根柴！"

这个怪人立即遵从。

普林斯压低声音说道："我断定，他曾经在某个地方受过训练。"

马尔穆特·基德一面点头，一面将脚上的袜子脱下，蹑手蹑脚地从躺在地上的人群里穿过，走到炉子边上，将湿袜子与其他二十双同样的袜子挂在一起。

马尔穆特试探着问那个怪人："你预计到道森得多长时间？"

那个人细细看了几眼基德，然后回答道："得两天吧。我听说那里离这儿有七十五英里，是吗？"

他语调正常，也没有听出有什么不妥，但就是很怪。

"你之前来过这里吗？"

"没有。"

"去过西北边区没有？"

"去过。"

"你是在那里长大的？"

"不是。"

马尔穆特·基德在那些赶狗人面前大手一挥，连那两个躺在普林斯床铺上的警察也包括在内："噢，那你他娘的到底是从哪儿来的？你没有任何跟他们相像的地方。尽管我之前见过太多像你这样的脸了，可还是记不起来到底在哪里见过。你到底是哪里人？"

"我知道你是谁。"这个怪人的回答也很怪，马尔穆特·基德的注意力被他的回答引开了。

"你是说你见过我？你在哪里见过我？"

"在帕斯提里克，那是很久以前的事情了。我没有见过你，但我见过你的朋友，牧师。他向我打听你——马尔穆特·基德的下落。他还给了我粮食。没过多久我就离开那里了。你有没有听他说起过我？"

"啊呀！原来那个用海獭皮换狗的人就是你呀！"

那怪人敲出烟斗里的灰，点点头，把毯子盖在身上，没有要跟基德继续谈下去的意思。马尔穆特·基德只好将用铁罐头做的油灯吹灭，和普林斯挤在一起睡了。

"嘿，他是什么人？"

"我没有问到。他岔开了我的话，闭紧嘴巴不说话了，我搞不懂是怎么回事。不过他身上有许多吸引人的东西。有人跟我提到过他。那是八年前，沿海地区的人都觉得他有些不对头，他这人神秘兮兮的。在很冷的冬天，他沿着白令海峡走了好几千英里的路，从北边下来，走得很急，好像有催命鬼跟在他后边似的。谁也不知道他的来历，唯一确定的是他来自很远的地方。他还去过高洛温湾，瑞典牧师给了他一点儿吃的，从那里他还问到了到南方来的路。我们也是后来才知道的这些事情的。后来，他就离开沿海地带，渡过了诺屯海峡。天气非常恶劣，暴风雪不断，可这没有阻断他的行程；如果换作别人，我想他们都会被带回老家去；他没有遇上圣·迈克尔，直接在帕斯提里克上岸。他身边只有两只狗，其他的什么都没有了，我不知道他是怎么支撑着活下来的。

"他还有好多路要走，罗布神父看他很着急的样子，就送给了他些吃的，不过没有送给他狗，因为等我到了，神父出门也要用狗。这个怪人也知道没有狗，根本走不了，因此心急火燎了好些日子。那时候，有个极度吝啬的俄国商人在帕斯提里克，他有好几条狗要杀来吃。这个怪人就将雪橇上的海獭皮给了这个俄国人，换了狗。海獭皮非常贵重，跟金子差不多，这个你是知道的。这笔交易进行得很顺利，他如愿以偿，获得了一队行动非常迅速的狗来为他拉雪橇，他可以继续向南行进了。那个吝啬鬼毫不费力地得到了一批质量特别棒的海獭皮。我曾经看到过，那真是让人眼馋。我们为那个吝啬鬼算了笔账，他至少在每条狗身上捞到五百块钱。这并不是说那个怪人不清楚海獭皮的珍贵，他说的话不多，可从他说的话里也知道他不是个简单的印第安人。

"海上的冰消了以后，有人从奴尼瓦克岛过来，他们说见过这个怪人去找粮食，后来他就消失了。在后来的八年里，我再没听说过他的事情。但是现在他又出现了，他到底去了哪里？他到那里做什么去了？他为什么又要离开？他是印第安人，可是他去过那些不为人知的地方，并且似乎受过专业的训练。这对于印第安人来说是不常见的。这又是个北方的秘密，普林斯，交给你去解开了。"

普林斯回答道："感谢你对我的信任。可我手头有许多事情等着我去解决，我忙不过来。"

马尔穆特·基德已经睡着了。可是普林斯圆睁着双眼，毫无睡意，他紧盯上方，想要平复心中对奇异事件的兴奋与激动。没过多久，他也睡着了，可是他的脑子仍旧没有停止转动。他梦见自己也流浪在那些人烟罕至的雪地上，只有拉雪橇的狗陪他在没有尽头的路上狂奔，还梦到众人劳碌一生，最终死得悲壮。

第二天，天还没亮，为女王陛下做事的官差就出发前往道森了。可是当朝的官员手握民众命运，却不给这些为女王陛下卖命的忠实伙计一点儿喘息的空间。一个礼拜后，他们又带着运往盐湖的邮件，到了斯图尔特河边。为他们拉雪橇的狗换了一批，这个倒没有错，而那仅仅是狗。

这些邮差和警察本计划休息休息，多待几天再走；而且克朗代克是北方的新区，他们全都想要领略一下这个金沙满地、舞厅永远灯光闪耀的黄金宝地的风采。事实上，他们这次来跟上次来的情形没有多大区别，抽着烟，烤着袜子。但是，他们中已经有一两个按捺不住，想要放下公事，盘算着要去他们以前常待的老地方，这样的话就得翻过没有人烟的落基山，往东走，再穿过麦肯齐山谷，到契帕文地区，才能到达目的地。还有两三个人更是大胆，幻想着在退休后一起从那条路回家，同时还列出了计划，想象着这个冒险计划能够变为现实。这个事情，跟从小在城市里长大、热切渴望能够有机会到森林里度一个假期的性质一样。

那个用海獭皮换狗的人对他们的谈话毫不关心，可是他脸上的表情似乎显现出他此刻心底的不安。后来，他将马尔穆特·基德拉到角落里，说了一会儿悄悄话。没过多久，他们竟然戴上帽子和手套，到屋子外边去了。越来越神秘的情形，让普林斯更加好奇。从外边回来后，马尔穆特·基德拿出金沙，称了大概六十盎司给那个用海獭皮换狗的怪人。然后，赶狗队的领头人也掺和进来，还做了一些生意。到了第二天，那个怪人带着一点点粮食回道森去了，赶狗人却沿着河往北走了。

普林斯忍不住问基德这是怎么回事。基德回答说："我并不清楚这是怎么回事。总的来说，这个怪人很可怜，他不肯继续往下走是有什么原因的，那对他来说有非同一般的重要意义，他不愿意让别人知道。你应该懂得，做这样的事情跟当兵相似，之前签了协议的，要做完两年，现在还不到两年他就想走，所以得交些钱把自己赎出来。如果中途放弃做这件事情，他就不能留在这里了，可他又像疯了一样非常想要待在这里。他刚刚跟我说，他刚到道森就想这么干了，可是他在那里一个人都不认识。他身无分文，只跟我有过一面之缘。所以，他跟我借钱，想要用这些钱去办退职手续。之前他跟副总督商量好了的，只是缺钱。他答应我今年年底就把钱还给我，并且会提供给我一个发财的机会。他很清楚，有一个地方有很多金子，尽管他从来没有到过那里。

"你听我说！嘿，刚刚我们在外边，他简直要留下眼泪来了。他又是恳求，又是拜托的，跪在雪地里不起来，我实在看不下去了。他疯疯癫癫地说了好多话，接着还发誓，说他为了这件事情辛苦奔波了许多年，假如现在告诉他这件事情不会有结果，他真的会疯掉。我问他这是为什么，他一直不肯告诉我。他告诉我，上司很有可能让他在这条路的另外半段工作，那样的话他就不能在两年之内赶回道森了，所有的一切都来不及了。我长这么大从来没遇见过这样悲伤的可怜人。我答应借给他钱后，只好硬把他从雪地上拖起来。我安慰他，就当这金子是我投资的股金。你觉得他想这样做吗？你错了，老朋友！他用尽办法向我保证，他一定会把找到的东西全部交给我一个人，这将是一笔我做梦也想不到的巨额财富。他就是这个意思。他说了很多，一直在说这些。一般情况下，一个人拿着借来的钱而长年辛苦奔波，一旦发达起来，那他是不会把他的财富分给那些借给他钱的人的，就算是一半也不会。普林斯，你千万不能忘记，这里面一定有什么事情我们不知道，如果他还没有离开这里，我们一定还会知道他的行踪的……"

"假如他离开了这里呢？"

"那就算我瞎了眼，就当我把六十盎司的金子白白扔掉了。"

夜渐长，天气越来越冷，太阳时常躲在雪地南面的地平线下，跟人们玩捉迷藏游戏。没过多久，一月初的一天早晨，天很阴冷，在斯图尔特河下游有几只狗拖着沉重的雪橇，停在马尔穆特·基德的木屋子门前。马尔穆特·基德惊喜地看到了那个用海獭皮换狗的怪人，跟他一起来的还有一个高大健硕的男人，他到底是怎么样的人呢，真难以形容。他叫阿克赛尔·冈德森。人们只要提到好运、勇气和价值五百美元的一堆金沙，就不能不联想到他；人们围着营火而坐，说到胆量、力量和雄健的话题，总不可避免地要提到他。并且，跟他一起共苦难的那个贤惠的女人也是众人谈论的焦点，每逢没了可谈的话题，这个女人的故事又会让冷下来的气氛热烈起来。

前面提到的阿克赛尔·冈德森，上帝一定是在造他的时候，借用了他们古代塑像的高超手艺，为他设计了洪荒时代的巨人身材。他身高七英尺以上，一身黄金帝国国王造型，满身的金光闪耀，辉煌华丽，气派十足。无论是他的胸脯、脖子还是手脚，无一不是用巨人规格的鬼斧神工造就。这样的巨人体重自然非同一般，他脚上的雪鞋比常人的要长一码还多，以负担三百磅重的身体。他粗犷豪迈的面孔十分大气，下巴肥大，淡蓝色的双眼让人畏惧，从他的脸上就能对他嚣张跋扈的匪气略知一二。他那头像玉米缨子的黄头发上结满了冰霜，衬着那张脸，好像阳光从他的头顶一直照耀到他的熊皮大衣上。他从狗前面的一条小路上走过，大摇大摆，霸气十足，无不显露出他是常年在海上漂泊的豪侠。他将狗鞭倒拿，敲基德的木屋子的门，活脱儿就是北欧来的海盗到南方打劫、全力攻打城堡大门的样子！

普林斯揉面团的胳膊就跟女人的似的。他边揉面团，边斜眼偷窥这三位客人——毕竟这样的组合很少见到，这样的组合在他们屋子里出现更是难得。他对那个用海獭皮换狗的怪人——马尔穆特·基德称他为尤利西斯——仍不失兴趣，然而更能引起他的好奇心的还是冈德森以及陪伴在他身边的那个女人。在路上奔波了一天，她看起来疲惫不堪。自从她丈夫获得了寒带的金矿，大发横财之后，她就再没怎么没吃过苦，她的身体也变得柔弱起来。她浑身无力，将整个身子靠在她丈夫宽广的胸脯上，对基德的玩笑应对自如；她的眼珠是深黑色的，这样迷人的双眼有好几次看向普林斯，普林斯就一阵老大不自在。原因就在于，普林斯是个有正常生理需求的健康男子，在这里好几个月都见不到一个女人。再加上，这个女人是个印第安人，年纪比普林斯要大。但是，她跟他之前所见过的印第安女人大有区别。听他们的谈话，他听得出她的足迹遍布许多国家，当然包括他的故乡——英国；她几乎懂得白种女人所知道的所有事情，她甚至还通晓许多女人都不了解的事情。她可以一顿饭只用鱼干充饥，在雪地里搭床。她跟他们细细讲述餐点丰富的丰盛宴席，为他们介绍各种他们几乎忘光的菜名，引得他们肚子里的馋虫蠢蠢欲动，她就是要这样逗他们。她亲眼见过麋鹿、熊、小蓝狐，以及众多生长在北方海洋里的动物，对它们的习性也了若指掌；森林里和江河上的事情她无一不晓，雪地上有任何鸟兽留下踪迹，她都能一眼判断出来；她看到他们的宿营规则时眼里流露的赞赏被普林斯捕捉到了。这些规则用语幽默、简单明了，是贝特斯一时头脑发热写上去的，他总是改不掉他那些臭毛病。每次有女客，这块牌子上的字总是被普林斯翻过来对着墙的，可这个女人竟然会……不提了，总之事情已经到这一步，无法挽回了。

　　不管怎么说，这就是冈德森的妻子。她跟她的丈夫一样，在北方声名大噪，无人不知，无人不晓。基德跟他们有好多年的交情，跟他们吃饭时，基德毫不避讳地跟她说笑，普林斯也没有了刚刚见面时的尴尬，跟着基德畅快谈笑。她虽只有一人应战，一张嘴却毫不示弱。她的丈夫相比之下就显得笨嘴拙舌，只能在边上面带微笑为她加油鼓劲。他为得妻如此倍感幸福，她对他来说是什么东西都替代不了的，这从他的一举一动，甚至一个眼神里就能看得出来。在大家都在嬉笑斗嘴时，有一个人被排斥在外，这个人就是埋头默默吃饭的尤利西斯。他早早吃完饭，退出坐席，跟狗一起待在外边，而此时其他人都还没有吃完。但是，同伴们在他走后没多久也戴上手套，穿上皮外套，跟他到了外边。

那时候，好几天没有下雪。雪橇滑行在育空路冻得极其坚硬的冰道上，省力极了。尤利西斯驾的雪橇走在最前面，普林斯和那个非同一般的印第安女人共驾一架雪橇，跟在他后边，马尔穆特·基德和黄发巨人共驾一架走在队伍最后。

冈德森跟基德谈论着："老朋友，我觉得这件事情还是说得过去的，尽管这只是我的直觉。他给我看了地图，他说的话也很有说服力，尽管他从没有去过那儿。我之前在库特奈听人说过这张地图，不过那是几年前的事了。我原计划请你跟我们一同去，可是他这个怪脾气不允许任何人再染指这件事情，甚至威胁说，如果不听他的，他就不干了。不过，只要我从那里回来，我就会第一个通知你，我会让你拥有临近的几个矿，还要把筹建城市的地基分给你一半。"

他看到基德有打断他的话的意思，马上高声叫道："不，不！我是这件事情的主宰者，在事情没有办成之前，我有权利找个人来商量。如果这件事情成了，那我们就是开拓第二个克利普尔河的伟人啊！我的老伙计，你明白不明白？这可是第二个克利普尔河啊！你要明白，那不是砂矿，那可是石英金矿呢；假如我们的方向准确无误，我们就会得到整个矿区——那可是价值几百万，甚至几千万呀！你应该听人说起过这个地方，我之前也听说过。我们可以建一座城市，这样的话我们得多雇些工人来帮我们，凿人工河，开辟水上航道，把运输生意搞起来，再弄个开往上游的小火轮，或许，我们还得铺些铁轨——锯木厂、发电厂也不错。同时，我们办起自己的银行、商业公司——辛迪卡！哈哈！这件事情你可得保密啊！"

雪橇沿路行到斯图尔特河口时停了下来。一望无际的冰海，朝东部延伸过去。他们解下绑在雪橇上的雪鞋。冈德森跟他们一一握手，随后走在了队伍的最前面，他那双硕大无朋的雪鞋在鹅毛铺就的雪地上踏下去，为印第安女人所驾的雪橇铺了一条硬实的大道。他的妻子跟在最后一架雪橇后面，看来她对这种雪鞋的使用方法极为熟稔。人们愉快地相互告别，狗也被感染了，高声吠叫；那个用海獭皮换狗的怪人正在用鞭子驯服一只不听话的狗。

一小时过后，这队雪橇在走过的地方印上了一条长长的直线，像用黑色铅笔在雪白的大纸上画出来的似的。

二

好几个礼拜过去了，这天晚上，基德和普林斯正在研究从旧报纸上撕下来的一张纸，在这张纸上有一个棋谱。基德刚刚从波纳扎矿山上下来——这是他的矿，他原计划好好歇歇，然后把大把的时间用在打麋鹿上。整个冬天，普林斯几乎天天在冰天雪地里度过，他也热切盼望能在木屋子里舒舒服服地待上一个礼拜，享享清福。

"跳黑骑士，将他一军！不对，这不行的。下一步，你看吧……"

"让卒子进两步是什么意思呢？牺牲它换得主教的命不是更值得……"

"不要着急！你会出纰漏的，再说……"

"没关系！完全没有任何问题，放心走！这样一定可以的，你看看。"

这盘棋下得很带劲儿。敲门声响了两次，基德才说让门外的人进来。门被推开了，一团不明物踉踉跄跄地跌进屋里。普林斯看了一眼，不由得呆住了。他那受到极度惊吓的眼神，引得基德转头来看。就算基德见过许多大世面，这一次，他居然也被吓倒了。那个人蹒跚着朝他们走来。普林斯极不自在地向后退去，直到摸到了他用来挂手枪的钉子。

他小心翼翼地问基德："哦，上帝！他是什么？"

"不清楚。你看他这个样子，像是冻僵了，而且极度饥饿。"基德边回答边迅速转移到对面。他把门关好，回身警告说："小心！他精神不太正常。"

那个疯子走到桌子前面，盯着桌子上放着的油灯。他似乎很兴奋，大声叫喊着，传达着他很满足的信息。后来，这疯子——对，他是个人，猛地向后跳了一步，把腰间的皮裤扎紧，唱起歌来，这是一首水手起锚歌，每当遇到大的海浪，水手们转动着绞盘，嘴里就会唱起这首歌来：

> 顺水而行的美国船呀，
>
> 全身是力气的小伙子呀！用力拉！
>
> 你一定想知道谁是我们的船长！

全身是力气的小伙子呀！用力拉！

来自南卡罗来纳的江奈生·琼斯就是我们的船长，

用力拉！全身是力气……

　　突然，他的歌声停止了，"噭"地叫了一声，跟狼一样，摇晃着身子走向放食物的架子。他的动作非常快，在他们还没反应过来时，他的牙齿已经咬在一块生腌肉上了。他恶狠狠地跟基德争夺那块生腌肉，只是，他的蛮劲儿来去匆匆，很快，他就拱手让出了护在胸前的腌肉。基德和普林斯把他扶坐在桌边的一张凳子上，他毫不客气地将半个身子都压在桌子上。他们给了他一小杯威士忌，这时他的精神恢复了些。基德又给了他一小罐糖，他已经能用小勺子舀着往嘴里送了。过了一会儿，看他吃得差不多了，普林斯哆哆嗦嗦地将一杯淡牛肉茶端给他。

　　这个疯子的眼里不时流露出凶狠，同时闪烁着仇恨，这样的闪烁，在他每送一口食物进嘴，就来回往复一次。他脸上缺失了大片的皮肤。这张脸消瘦凹陷得不成人形。他的脸经受过一次又一次严寒的袭击，旧伤未好，新伤又袭来。他脸上的皮肤既干又硬，颜色黑得发紫，竟然还有露出红肉的状如锯齿的裂痕。他身上的皮衣脏破不堪，他一定曾经一侧身子贴着火睡过觉，这从他衣服上烧焦的痕迹上就能看得出来。

　　他那被阳光晒黑的皮衣上尽是被割过的痕迹，基德的手指向这些褴褛之处——那是饥饿的印记。

　　基德一个字一个字地问他："你——是——谁？"力求每个字都说得清晰可辨。

　　那个人似乎没有听到基德的问话。

　　"你的家在哪里？"

"顺风而行的美国船。"他带颤音地唱着答道。

"没错，这个叫花子是顺着河水从北边来的。"基德一边说，一边摇晃着他的身体，希望他能给出更明确的回答。

但是，基德还没有怎么碰他，他就尖着嗓子喊开了，一只手还放在腰上，看得出来，那里受伤了。接着，他将半个身子靠在桌子上，顺势慢慢站起来。

"她——不——肯——跟我——走。她笑我——像这样——她的眼里都是恨意。"

他的声音一声弱似一声，身体向后仰。基德抓住他的胳膊，大声问道："谁不肯跟你走？是谁？"

"恩卡，她是恩卡。她嘲笑我，打我，就像这样，后来——"

"什么？"

"后来——"

"后来怎么了？"

"后来，她静静地躺在雪地上，很久很久。就这样躺着，现在还是。"

基德和普林斯，两人大眼瞪小眼，不明所以。

"到底怎么回事儿？谁在雪地上躺着？"

"恩卡，她，她看着我，眼里都是恨，后来……"

"什么？什么？"

"后来她拿刀子刺我，像这样，一次又一次。可是她没劲儿了。我在路上走得也不快。那里有很多金子，非常多。"

"恩卡在什么地方？"据基德所知，恩卡应该有可能就在离他们不远的地方，她马上就要死去了。他拼命摇晃着那个疯子，不停地问他：

"谁是恩卡？她在什么地方？"

"她——在——雪——里。"

"然后呢？"基德狠狠地抓着他的手腕。

"要——不——是——有一——笔债——要——还，我——想——在——雪——地——里陪——她——的，还——债——对——我——很——重，有——一——笔——债——很——重——"他说的话连接不起来，断断续续，他将手伸向旅行袋，从里头拖出一个鹿皮小包，"五——磅——金——子——垫——款——马——尔——穆——特——基——德——我——要——还——债——"他的头耷拉到桌子上，很显然，他用尽了全身的力气，基德再不能将他扶起来。

基德镇定地道："他是尤利西斯。"他把装金子的小包扔到桌子上，"这样看来，冈德森和他的印第安女人都完啦。普林斯，我们抬他到床上躺着，盖上毯子。他还有故事没给我们讲呢，他还不能死。"

他们把尤利西斯身上的衣服用刀子割开，在他右胸口上有两处还没有愈合的刀伤，伤口已经冻得发硬了。

三

"我想要把我的故事讲给你们听，我觉得你们会理解我的。我要把这个故事完整地讲出来，这个故事涉及我自己、那个印第安女人，当然稍后也会谈到那个男人。"

　　用海獭皮换狗的怪人往火炉边上凑了凑。他好像失去过火种，所以
非常重视普罗米修斯送给人类的这个礼物。基德把油灯弄得亮了点儿，
并把它放得离怪人近些，这样怪人的脸就可以被清楚地看到了。普林斯
也凑过来，跟他们坐在一起。

　　"纳斯是我的名字，我是一个酋长，是老酋长的儿子。我出生在
我父亲的皮船里。那时海上一片死寂，不见任何光亮，太阳落下去后
还没有升上来。那晚，男人整晚忙着划桨，女人把海浪拍在船里的水
往外舀，肩并肩共同对抗暴风雨的袭击。我母亲的胸口全都是冰，咸
咸的，那是海水结成的。后来海浪渐渐停止了，随着停止的还有我母
亲的生命。但是，我随着狂风暴雨的到来，大声哭喊着来到世上。

　　"我的家在阿卡屯……"

　　"什么地方？"基德不知道这个地方。

　　"在阿留申群岛中有一个小岛，叫作阿卡屯。这个小岛比契格尼克
岛要远些，比卡尔达拉克岛还要远些，跟乌尼马克岛相比更是远了去
了。我们的阿卡屯，远离人类聚居的地方，在海的中央。在盐海里有
鱼，有海豹，还有海獭，我们当然没有放过利用这些资源的机会。我们
的皮舟就放在金色的沙滩上，在这片沙滩上有一长条岩石，离沙滩不远
的树林边上就是我们的房子，我们的屋子都是一家连着一家的。我们的
世界不大，人也非常少。有许多不认识的小岛在我们的东边，跟阿卡屯
岛一样。所以我们想当然地认为，世界就是这些岛组成的。

　　"我在族里显得与众不同。沙滩上躺着一条船，它残破到只剩扭曲
得不成形的船骨和被海浪冲坏的船板，这样的船在我们族里从来没有人
造出来过。如果我没有记错的话，在三面临海的岛的一角有棵大松树，
这棵树可以称得上是参天大树，在这之前我从未见过这样的树。我还听

说很久以前就有两个男人在那个地方转悠了好久，记不清太阳升起又落下多少次后，他们才离开。那条躺在沙滩上碎成一片一片的船就是他们从海外开来的。他们跟你们一样是白人，身体虚弱不堪。如果说他们是猎人家的小孩，那么此刻猎人一定没有捕到海豹，空手回到家后看到的正是这两个饿得奄奄一息的孩子。这个故事是很久以前发生的，老人们从他们的父母那里听来后又把这个故事讲给我们听。这两个白人刚开始适应不了岛上的生活，吃了鱼和油之后，他们的身体慢慢变得结实了，并且性情凶恶异常。后来，他们分别建了自己的屋子，娶了我们族里最美的女子，没过多久，他们都有了孩子。再后来，我爷爷的爸爸，就来到这个世上了。

"我刚刚之所以说我跟我们族里的人有些不同，是因为我身上流淌的还有海外来的身强力壮的白人的血。据我所知，我们岛上本来有自己的一套规矩的，不过在这两个白人来了之后就变了。他俩脾气很坏，经常争得不可开交，他们常常跟我们族里的人动手，慢慢地，再没有人是他们的对手。接着，他们就自己选自己做了我们的酋长，推翻了我们之前的规矩，新规矩规定孩子属于父亲一方，而不属于母亲一方，之前的老规矩可不这么办。新规矩还说，父亲的一切由第一个出生的儿子继承，父亲的其他孩子都要自寻出路。除此之外还有其他的许多规矩。他们教会我们许多捕鱼和捉熊的技术，让我们多抓住许多熊；他们还领导我们储存许多物品，这样饥荒突至的话，我们还可以应付自如。这是那两个人对我们的贡献。

"可是等到这两个从海外来的人坐稳酋长宝座后，就相互争斗不休。其中一个白人——我的祖先，用刺海豹的鱼叉在另外一个白人身上刺了一道很深的伤口。于是，这样的争斗延续到了他们的子孙后代。他们的后代一直相互斗争、相互仇视，直到我这一代每家只剩一个传人时，这种敌对情绪仍旧没有化解。我这一方的传人就是我，另一方的传人是个女孩，名叫恩卡。恩卡跟母亲同住。一天晚上，她的父亲和我的父亲一起出去打鱼，都没有回来；后来他们的尸身被潮水冲到了沙滩上，两人依旧是扭打成团的样子。

"对于我们两家的世仇，大家都非常惊讶。年纪稍大的老人都边摇头边谈论说，如果我们有了孩子，我们的孩子还会继续这样相互仇视、相互伤害。在我很小的时候就听到老人们这样说，慢慢地我也相信了他们的话，在心里把恩卡默认为仇人，在我看来，恩卡将来有了孩子，她的孩子也会跟我的孩子继续斗下去。这件事情每天在我的脑海里浮现，等到我长大成人时，我向他们询问：'我们是怎么一步步走入这样的局面的，不能不打吗？'他们的回答是：'我们怎么会知道，我们只知道你们世代如此。'死了的人曾经打过仗，他们活着的后代还要继续这种争斗，这真是一件奇怪的事情。怎么会这样呢？我百思不得其解。众人全都认为这件事情理当如此，而那时我还很年轻。

"后来，他们又建议我快点儿结婚，如果不这样，恩卡的孩子就会先我的孩子一步长大成人。我是酋长，我有很大一笔财富，我祖先曾经给过他们祖先恩惠，我备受大家的尊敬，所以我的婚事说简单也非常简单。每个女孩子都想要做我的妻子，我却看不上她们。这样一来，老人们和那些姑娘的母亲都催促我早做决定，因为好多优秀青年给恩卡的母亲送去聘礼；假如我的孩子后恩卡的孩子一步出生，我的孩子一定会死得很难看。

"可是，我还是找不到中意的姑娘，直到我打鱼回来的那个黄昏。那时，太阳向西沉落，斜射的阳光照在我的脸上。几只皮舟顺着风在白色浪花的簇拥下划向岸边。就在那一瞬间，我看到恩卡正在一只皮舟上坐着，她看了我一眼。她一头黑云一样的头发在风中飘动，浪花打湿了她的脸。阳光正对着我的眼睛射过来，我当时还很年轻。可这是怎么回事，我只一下就全知道了，我想这就是一见钟情吧。她划着桨让皮舟向前行去，转而又回头望向我，那样的眼神，只有恩卡才会有，我知道这就是爱情，我的爱人就在眼前。我们的皮舟在海浪里滑行，很快就将那些行动迟缓的大皮船抛在后边，就在这时，我们周围传来一片欢呼声。她划桨的速度非常快，我的心像一片满帆，不过，我还是被她甩在后头。没过多久，风大了些，海浪翻滚，皮舟穿行其中，正如海豹般身形矫捷，我们在一片波涛汹涌中，在金色阳光的照耀下，向金色海岸飞驰。"

纳斯的身体几乎要离开凳子了，他弯着腰，手上做着划桨的姿势，想要为我们再现当时的情景。好像在炉子后边的就是那只在风中飘摇的皮舟，还有在空中飞舞的恩卡的那一头乌发，风声也钻入了他的耳里，海水的咸味也涌进了他的鼻孔。

"她还是上岸了。她一边大笑一边跑着从沙滩上穿过，直奔回她和她母亲住的屋子。那一晚，我在心底萌生了一个伟大的计划，我想全阿卡屯的人都会为我而感到骄傲。说干就干，月亮在夜空中升起来时，我来到恩卡母亲的屋子前，门口堆满了好东西，都是雅希一奴希放的，很明显这个健壮的猎人想要娶恩卡做老婆。在这以前还有其他几堆东西，是别的小伙子放的，不过没过多久就都被迫搬回原处了，尽管小伙子们堆在恩卡母亲门前的东西一次比一次多。

"月亮和星星挂在天上，我仰头大笑，随后回到我的房子，这里存放的都是我的财产。我把我的财产一点点搬到恩卡母亲屋前，直到它们看起来比雅希—奴希的还要多，搬这些财产花费了我不少工夫。那里有扎好口、装满油的二十张毛皮和四十张海豹皮，有许多晒干的和熏的鱼，还有十张我春天在森林里打来的熊的皮。住在我们东方的人跟住在更东方的人交换来的玻璃珠子、红布还有毯子，我都跟他们换来，堆放在了恩卡母亲门前。雅希—奴希的那堆东西不禁引我发笑，任他们哪个年轻人的财产也没法跟我的相提并论，因为我是阿卡屯的酋长。我的先辈们创下了许多功绩和荣誉，留下许多规矩，人们世世代代都知道他们的大名。

"天刚蒙蒙亮，我就来到海滩上，时不时地偷看我堆在恩卡母亲屋前的那堆东西。我的聘礼没有被动过的痕迹。一大群女人围在一起悄悄谈论，不时发笑。这让我迷惑不已，难道还有谁比我送的聘礼还多吗？不可能的。就在这天晚上，我又搬了些东西放在那堆东西上面，连那只做工精细、全新的皮舟我也一并放在恩卡母亲门前。奇怪的是，第二天仍旧没有人动它们。这引得人们议论纷纷，它们成了人们的笑柄。竟然让我在所有族人面前受这样的奇耻大辱，我很没面子，恩卡母亲可真是个狠角色。于是，那晚我又在原来的东西上加了更多的东西，就连我那条在海里的大皮船也被我拖了去，这条皮船抵得上二十只皮舟。果然，有一天早上，我的东西消失了。

"然后，我就忙着结婚啦。住在海东边的人都赶来参加我的婚宴，因为我把婚宴办得特别精彩，并且来宾都有礼物。用我们的历法来说，恩卡比我早出生四个太阳。尽管我还是个不成熟的小伙子，但是我是酋长，而且是酋长的儿子，所以这些都不算什么。

"不过，一艘船从海上冒出来，船帆在海风的吹拂下越来越大，船越来越近，越来越近。船上的人围着抽水机忙个不停，这艘船的排水口流出许多水。有一个身材健硕的男人立在船头，他一边观察水面深浅，一面指挥人们干活儿，声音可以和雷声相媲美。他有一双跟海水颜色相近的淡蓝色眼睛，头发是黄颜色的，跟南方种植的水稻很像，仿佛海狮的鬃毛，又像是水手手中编绳子用的马尼拉黄麻。

"前几年，许多来自远方的大船从这里经过，不过只有这次靠岸了，而且是在阿卡屯岛。婚宴被迫中止，妇女和孩子都躲回家去了，男人们手握长矛，背着弓箭，等候那些外来入侵者的到来。可是，船靠岸后，那些人却忙作一团，对我们视而不见。潮水退去后，他们就把船侧翻，原来船底有个大洞需要修补。虚惊一场，婚宴继续，妇女们也走出了屋子。

"没过多久，潮水又涨上来了，那艘双桅帆船被他们拖入水深的地方，抛锚，后来他们也加入我的婚宴。他们看起来很和善，还带了礼物给我们；于是，我把他们当作我的客人，给他们安排了座位，也分发了婚宴礼物作为纪念，不仅仅是因为这是我的大喜日子，更因为我是阿卡屯的领袖。那个魁梧健壮的男人也来参加我的婚宴了，他那巨人般的身材，让人不禁担心他一跺脚就能震得地动山摇。他双臂环抱在胸前，视线从未离开过恩卡，直到太阳落入群山后边，星星探出了脑袋，他才离开。他刚走，我就带着恩卡到我自己的家里。宾客在我家狂欢，妇女们都逗弄我们，像在其他所有的婚礼上一样。不过我们并不介意。闹了一会儿，众人就各回各家了，屋里只剩下我和恩卡。

"人们嬉闹的声音还在耳边环绕，那群远道而来的客人的领袖就到了我家里。我们一起喝他带来的几个黑瓶子中的东西，气氛很融洽。那时的我还不够成熟，而且一直住在世界的边缘。于是，在当时的情况下，我热血沸腾，心也变得轻飘飘的，仿佛一堆泡沫飞到了悬崖上。恩卡睁着大大的眼睛，眼里有些受惊的样子，她就这样静悄悄地一个人坐在屋角的一堆皮子上。那个黄头发巨人的眼睛直勾勾地盯了恩卡很长时间。过了一会儿，他的伙伴带了许多阿卡屯没有的东西进来，他们把这些东西放在我面前。那堆东西里有闪闪发光的斧子，还有钢刀，各式各样的枪支，各种火药、子弹和炮弹，还有各种小巧精致的东西，更多的是我见所未见的稀奇宝贝。他用手语告诉我，这些都是给我的。我心里正想着，他这样慷慨的人一定不是普通人；然而，接下来他却用手语告诉我，他要带走恩卡。他想让恩卡跟他一起上他那艘帆船。你们懂不懂？先辈们好斗的热血在那一刻涌上我的心头，我抄起矛，想要戳穿他。可刚刚喝的黑瓶子里的东西令我浑身无力，他抓住我的脖子，狠狠地将我的头撞在房间的墙壁上。我被他打得没有了一丝力气，双腿绵软得跟刚落地的婴儿没有什么区别。他把恩卡强行拖拽出我的屋子，恩卡凄厉地呼救，双手不停地挥舞着，想要抓住房间里的某件东西，那些摆在屋子里的东西被弄得一片狼藉。他用孔武有力的双臂抱起恩卡，恩卡就拼命撕扯他的那头海狮鬃。奇怪的是，他放声大笑了起来，就像正处于发情期的雄性海豹。

"我爬到海滩上呼喊我的族人帮我，可是他们畏惧那群海外来客。只有雅希—奴希英勇地站出来帮我，然而那些人用船桨拍他的头，直拍得雅希趴在海滩上，再也不能动弹。后来，他们把船帆扯起来，嘴上高歌着，借着风力将船驶离了阿卡屯岛。

"他们走后，众人站出来议论说，这样一来阿卡屯岛上就再不会有流血冲突发生了，也不失为一件好事。我没有说任何话。在一个月圆之夜，我在皮舟上装上鱼和油，朝东方走去。我到了许多岛，见了许多人。直到这时，我才发现这个世界原来并不像我所生活的世界边缘那样，它很大。他们听不懂我说话，我就用手语跟他们交流，但是他们回答说从未见过什么双桅帆船，也没见到过一头黄发的巨人，他们的手一直指着东方。我在外面住的地方非常怪异，吃的东西也是稀奇古怪的，见到的也都是些不认识的人。许多人把我当疯子，拿我开玩笑。但是，有些年龄稍大的人告诉我要乐观，并且祝福我。有些女人在听到我叙述那艘双桅船、我的恩卡和那群强盗时，流下泪来。

"就这样，我在汹涌澎湃的大海上穿行，经历了狂风骤雨，到达了乌纳拉斯卡岛。在那里我见到两艘双桅帆船，但它们并不是我要找的那艘。我继续向东行去，世界也越变越大。我又经过了乌纳莫克岛、科迪亚克岛，还有阿托格纳克岛，在这些岛上，我还是没有打听到有关那艘船的任何线索。有一次我到了一个地方，那里有许多岩石，在山里有人们凿的许多大洞。在这里我又看到了一艘双桅帆船，人们正在往那艘船上装他们挖到的石块，我确定它依旧不是我要找的那艘。我觉得他们往船上装石头的行为简直太幼稚了，因为世界上哪里都不缺岩石。他们给我食物，同时也让我干活儿。等到船上的东西装得差不多了，船长就给我结了工钱让我离开。我向他打听他们去哪里，他给我指了南边。我用手势告诉船长，我愿意跟他一起走。刚开始他只是笑笑，没有说话，后来他就把我留在了船上，因为船上正好缺人手。趁此机会，我跟着他们学习语言，和他们一起拉锚索，在海上突起狂风时帮忙把船帆收起来，同时还和他们轮流掌舵。事实上，这些事情对我来说都是小菜一碟，因为我的先辈就是航海的白人，跟他们一样。

"我原想，只要我找到了他的族人，我就可以找到他了。有一次，陆地在我们眼前出现，我们的船穿过海峡向港口驶去。我原以为，这里的双桅船也不过十艘而已。但是，事情并不跟我所想的一样，在几英里的码头上排列的都是这样的船，一艘紧挨着一艘，像许多聚在一起的小鱼。我踏上这些船的甲板向船上的人询问是否见过那个黄头发巨人，船上的人却都放声大笑，他们说的话都不一样，原来他们不是一个地方的人。

"后来，我走到城市里，仔细看每一个过往的路人。没想到这里的人竟然跟浅滩上的鳖鱼似的密密麻麻，数也数不清。嘈杂的声音吵得我耳鸣，乱七八糟的景象使我头昏脑涨。接下来的路我一直这样走来，有些地方飘着歌声，洒着暖暖的阳光，还有种满庄稼的平原，此外在我经过的许多大城市里，我见到男人们的生活过得跟女人似的，他们口中没有真话，眼里只有金子，良心都败坏了。我在外面流浪的时候，族人却生活在自以为是全世界的小小天地里，每天打猎捕鱼，自满自足。

"可是，我永远都记得那次打鱼回家时恩卡看我的眼神。我坚信，总有一天，她会出现在我面前。以前，她经常顶着灰暗的夜色去幽静的小道上散步，我常常被她的样子吸引着，好多次穿过长满庄稼的田地，清晨的露珠弄湿了我的衣服。我从她的眼里读出了她对我的爱意，我只从恩卡那里见到过这样的眼神。

"作为一个流浪汉，我走过了上千座城市。我所遇到的人，有和气的，给我食物吃的，也有人骂我、嘲笑我，但是这些我都隐忍着没有还击，依旧走在不熟悉的路上，看各种不熟悉的风景。再怎么说我也是个酋长，并且还是酋长的儿子。我给人做苦工，那些黑了良心的莽汉竟然也敢雇用我这样身份尊贵的人，他们还从伙伴的血汗和辛苦中榨取金子。可是，对于我要找的人，依旧毫无线索。我只好像一只回家的海豹一样回到了海上继续漂泊，巧的是，在一个港口我竟然打听到了蛛丝马迹。这个港口虽然还在北方，却是另外一个国家的，据说，这个一头海狮鬃毛的家伙是个猎海豹的，他那时正在海上航行。除此之外，再没别的了。

"就这样，我乘上了一艘猎海豹的双桅帆船，跟我同船的还有几个好吃懒做的西瓦希人。我们的船向北方行去，跟他的船的航行方向一致，这时北方正值海豹捕杀旺季。我们在海上一待就是好几个月，在这几个月里我们疲乏极了。我们在一起谈论的很多事情都是有关船队的，也提及那个黄头发巨人的残忍行为，可是我们从未在海上遇到过他。我们的船还在向北走，到普里比洛夫群岛才停下，在这里许多海豹被我们杀死在沙滩上。我们把它们装上船的时候，它们的身体还有余温。我们尽最大努力往船上装这些海豹，直到装得船上的排水口流出海豹的油和血，甲板上也没有了站立的位置。然后，有一艘船在我们后边穷追不舍，还向我们开炮。但是，我们拉起船帆，船很快就躲进了大雾里，卷起的浪花被我们甩在后边。

"有人说，就在我们被大炮追赶慌忙逃窜时，那个黄头发巨人的船正好在普里比洛夫群岛登陆。他刚到岸上就去那里的工厂，不许工厂里的工人轻举妄动，然后吩咐其他人从工厂仓库里搬一万张生皮到他船上。这件事情是我道听途说的，不过我觉得应该是真的。我在海上航行时从未见过他，但他的蛮横行径传遍了整片北方海域，致使那儿的三个国家都想将他捉拿归案。

"我还得到了恩卡的消息，她被许多船长赞美。她从不离开那个黄头发巨人。我从他们口中得知，她现在过得非常好，她已经适应了他的生活方式。我却不这么认为，我相信她心里还惦记着那群生长在阿卡屯小天地里的族人。

　　"好长时间过去了，我再次来到那个与海峡很近的港口。刚到那里，我就听到有人说他已经穿过大洋，去俄国海域以南比较温暖的海东岸猎海豹去了。此时，我已经是个专业水手了，我跟白人一起开船，紧跟在他后边去猎海豹。那是个新区，没有多少船，我们的船守在海豹群边上一整个春天，我们一直在把它们往北边赶去。过了一段时间，母海豹怀孕了，它们都跑去其他海域了，船上的人都心有怨气，也有些恐慌。因为那里常下雾，每天都有小船失踪的事件发生。水手们都不愿去冒险，船长只好把船再开回去。但是，我清楚那个黄头发巨人不会被这样的事吓住，他一定会紧盯海豹群，一路跟着它们到人迹罕至的俄国岛屿。所以，我独自一人趁值班水手不注意，悄悄划着一只小艇，在夜色中朝那个温暖的长岛划过去。我划着小艇一路向南，到了江户湾①，那里也有一群天不怕地不怕的家伙。吉原有好多身材好和脸蛋很漂亮的女孩子，可我不能在那里多做逗留，恩卡还在海上颠簸，她跟着那个人守在海豹群附近，我得去找她。

　　"江户湾的人来自天南海北，他们不信仰神，没有家人，在他们的船上挂的旗子都是日本旗。我们结伴而行，到了铜岛沿岸，这里是一片富庶之地，我们的船舱里堆的都是皮子。我们来的时候这里没有人，等到我们要走时还是一样。过了一段时间，刮了一阵狂风，吹散了大雾，我看到一艘双桅船飞快地向我们开过来，紧随其后的是艘火力凶猛的俄国战舰。我们挂起船帆，借着强劲的风力飞速逃离，然而那艘双桅船离我们越来越近，它每前进三英尺，我们却只前进两英尺。那个满头黄发

——————
　　①日本东京湾的旧称。

的巨人就站在那艘船的船尾。他满脸骄傲地笑着，正用横木压着船帆。我一下子就看到我的恩卡就在他边上——俄国军舰刚开炮，她就被他送到舱里去了。

"我刚才提到，那艘船的速度比我们这艘船快，在浪花的翻滚中，我们看到了它绿色的舵，我们很危险了，随时都可能被俄国战舰击中。我一边咒骂，一边稳稳地掌着舵。我们都很清楚，只要那艘船超过我们，在我们被俄国战舰炮轰时，他就可以趁机逃走。我们的桅杆被军舰发射的炮弹击中，在风中飘摇，像负伤的海鸥，他却开着船溜掉了，船上还有我的恩卡。

"我们被抓住了。船上的海豹皮让我们无法辩驳。因此，我们被他们押到俄国的一个港口，转而又被弄到一个破败的盐矿做苦工。好多人受不了，累死了，还有一些人……这些人还活着。"

纳斯把盖在肩上的毯子掀开，给我们展示他的伤痕，一条条鞭痕清晰可辨，那些肉都纠结在一起，看了着实让人心痛，普林斯赶紧把他的毯子重又盖好。

"在那里我们待了好长时间，偶尔有人向南边逃去，可是他们还是被捉回去了。有了前车之鉴，我们这些从江户湾来的在晚上实施逃跑计划时，斗败看守后，一路向北行去。那一片广袤的土地上遍布沼泽，还有密布的森林。寒冬降临了，地上有很多积雪，谁也不知道往哪里走。我们走在没有边际的大森林里，几乎筋疲力尽。就这样我们坚持了好几个月——那时的景象，我不敢回忆，那地方没有什么东西充饥，我们经常是躺在地上不知道哪天就再也起不来了。好长时间过去了，我们终于走到了冷风拂面的海边，见到了大海，不过此时我们的队伍中只有三个人了。这其中有一个人是来自江户的船长，他脑子里印着这片区域的地图，他还知道一条从这片陆地通向另外一片陆地的冰路。路很长，在他的带领下，我们又走了很久，不知道过了多久，只剩我和他两个人了。我们终于走到了可以通向另一片陆地的地方，我们邂逅了五个陌生人，他们是当地土著，有很多狗，也有很多皮子，可我们没有任何可以跟他们交换的东西。所以我们跟他们在雪地里打起架来。最后他们五人都死了，船长也死了，狗和皮子就都归我一人。然后我就踏上了满是裂痕的冰面。我从裂开的冰缝掉到海里，在海水里泡了很久，最后一阵强有力的西风和一个大冰块救了我，它们合力把我送上了岸。再后来，我就到了高洛温湾，也就是帕斯提里克，还见到了那个神父。后来，我一直朝南走，又回到了我刚开始流浪所到的阳光温暖的城市。

　　"事实上，海洋已经不能供给我足够的东西了，出去猎海豹收益小，风险大。偶尔碰到一支船队，我去打听是否见到黄头发巨人，他们给的回答让我很失望。所以，我不再在海上漂泊了，我跑到有树木、房子和山的地方去。我走了许多路，也见识到了许多以前没有遇到的事情，我甚至学会了读书写字。在我看来，这未必不是一件好事，恩卡现在一定也学会这些了，我们见面的那天，会有那样一天……你们懂得的……如果真有那天……

　　"我四处漂泊，跟小渔船似的，没有舵，只能在有风时张起帆快行。但是我的眼睛和耳朵很灵敏，从来没有放松警惕。我时常去拜访那些去过很多地方的人，我知道只有这些人才可能告诉我我想知道的消息，我相信他们一定会知道些什么的。恰巧，我遇到一个人，他刚从山里出来，手上的几块矿石上有许多豆子颗粒大小的金子。从他那里我知道了更多有关黄发巨人的事情。他见过他们两个，而且认得。他告诉我，黄发巨人获得了大笔财富，他们现在就在他的金矿附近居住。

"那个地方人烟稀少，距离这里路途遥远，不过那个地方还是被我找到了。在那里的人们没日没夜地工作，他们已经好久没有见过太阳了。但是现在还不是时候。他们又离开那里了，据说去了英国。听说他们是想找些财大气粗的伙伴一起创办公司。我看到一座像是古代的王宫的屋子，他们之前就住在这里。夜里，我悄悄地从窗户溜进去，想要看看他到底是怎么对她的。我走进一个又一个房间，似乎只有国王和王后才会住这样的屋子，简直美极了。众人都说他把她当作王后，很多人都心存疑惑，她究竟是什么来头？她不是纯种阿卡屯女人，她身上有外来民族的血统；谁也不清楚她的真正来历。没错，她是王后，但我是酋长，这是一代代传下来的，我为了她付出了许多珍贵的东西——皮子、船，还有玻璃珠子。

"但是，为什么说这么多废话呢？我曾经是水手，我知道船在海里怎么走。我跟着他们到了英国，随后又到了其他好多国家。偶尔我会听到别人谈论他们的事情；有些时候报纸上也会报道他的事情，然而我却没有亲眼见过他们，他们有的是钱，赶路比我快多了，我可没有那么多钱。没过多久，霉运降临在他们头上。有一天，他们的财产一缕烟似的溜走了。那时候报纸上登的全都是有关他们的新闻，后来又没了他们的任何消息。据此，我推测，他们一定是又到了那个可以掘出许多金子的地方。

"但是，当前，他们没了财富，世界上的人就不认可他们了。我在一个个宿营地间流连，甚至到了北方的库特奈。在那里我听说他们曾经到过，但是又有什么用呢，他们还是走了。那里的人有说这个方向的，有说那个方向的，还有人说他们到育空河那边去了，所以我一会儿走这里，一会儿走那里，到处都走遍了，直到我厌倦了这个没边没沿的世界。在库特奈曾经有个西北人跟我一起走过一段路，那条路非常不好走，他受不了饥饿的折磨，即将死去。他之前曾走过一条从未有人走过的路，跋山涉水，一直走到了育空河那边。后来，他知道自己死去的日子快到了，就把一张地图给了我，并且告诉我哪里有金子。他发了誓，让人不得不信。

"那个时候，所有人都向北去。我身无分文，卖了自己，给别人赶狗。剩下的事情你们就都知道了。我是在道森见到他们的。恩卡完全不认得我了，当初我只是个小伙子，而她生活在那样优越的环境中，她记不起我这个曾经为她付出过许多的人，也是情有可原的。

"是啊！是你帮了我，让我提前脱离苦海。我辗转回到道森，想要将我盘算已久的计划付诸实施。我等这一刻已经等很久了，现在他们在我的可控范围内，我不急于立即就着手。我刚刚也说过了，要用自己的方式解决这件事。我回顾我的一生，想到我所经受的一切苦难，还有我在俄国海边大得无边无际的森林里所忍受过的饥饿与严寒。你们看到了，在我的带领下——他、恩卡，我们一起向东走去。去那个地方的人非常多，却没有几个能活着回来。那个地方黄金遍地，堆在这些黄金边上的还有累累白骨，人们都恶狠狠地诅咒那里。

"这条路很长很长，之前从未有人走过。我们带了很多狗，它们吃的自然也多；我们雪橇上的空间有限，只能带一小部分东西。由于不得不在河面上的冰解冻之前赶回来，所以我们在沿途的好几个地方藏了粮食，这样我们的雪橇的负担就能轻一些，我们也不会在回来的路上饿死。我们在麦克奎森搭了一个小屋子来存放我们的粮食，屋子建在我们在那里遇到的三个人住处附近；在马育我们又造了个棚子放粮食，在那个地方有十二个正在打猎宿营的佩利人，他们是翻过南边的分水岭才到这边来的。跟他们分别后，我们还一直往东走，一路上除了我们三个人，剩下的只有昏昏欲睡的河、死气沉沉的树木，还有北方的寂寥雪原。我之前提到过，这条路从来没有人走过，自然难走。好多时候，我们一天下来也不过挪动了不到十英里的路程，就算是这样的速度，也把我们整得够呛。夜晚，我们都沉沉睡去，跟死尸没什么两样。他们怎么也不会想到我就是纳斯——阿卡屯的酋长，我现在找他们复仇来了。

"这时我们搭的用来放粮食的棚子比之前要小了。每到晚上，我就按原路潜回放粮食的地方，把粮食挪到新的位置藏好，并制造粮食被黑獾偷走的假象。这件事情做起来并不困难。在这条路上，还有些地方水流比较急，在它上边结的冰长年受流水冲刷，所以冰层很薄，走在这样的地方很容易就掉下河去。我就掉下去过，我们那架雪橇和狗都掉了下去。这对他和恩卡来说都不是什么好事，不过这样的事情以后再也没有发生过。可惜了我那架满载粮食的雪橇，狗也是最肥的。他却不觉得这是什么损失，哈哈大笑，因为他的生命力很旺盛。从那以后，他对剩下的狗总是很吝啬；再后来，他们中有些就成了同伴口中的食物。他还声称，这样也好，我们回去时也省力不少，我们可以边走边吃藏在路边棚里的粮食，如果带着粮食和雪橇，它们反而会成为我们的累赘。他说得很有道理，我们的粮食确实少得可怜，就在那晚，我们终于到达了目的地，最后一只狗也死在工作岗位上。我们看到了遍地黄金和累累白骨，被那些死在这里的人咒骂过的地方就在我们眼前。

"地图上标得很清楚，这个地方就在群山环抱中，要走到那里去我们必须在结了厚厚的冰的分水岭的峭壁上凿出一条道路。我们幻想着在分水岭的后边有能通向山谷的斜坡，可现实那里是一片白雪覆盖的宽广平原；在我们四周都是高耸的山，这些山顶积满白雪，峰顶直冲云天。这里原本没有什么平原的，这里应该是山谷才对，在这片平原当中，不论是大地还是积雪都向下沉去，好像一直沉到大地的心脏。幸好我们曾经是水手，不然，我们见到这样的情形一定会晕头转向的。我们站在这个让人眼晕的山边，想从中找条出路。在这里有一面是有些坡度的斜面，它跟飓风中竖起来的甲板没有什么区别。除此之外，我们别无选择。我搞不懂为什么那个坡会是那样，可事实上它就是那样的。

"黄发巨人说：'这是通往地狱的路，我们出发吧。'就这样，我们继续走了下去。

"有座小木房子建在谷底，是很久以前有人用从山上滚落下去的原木建造的。那座木屋子已经很旧很旧了，从地上现存的几块桦树皮上所写的遗言和咒骂的话里，我们看得出这里曾经有好多人来过。他们死得很凄惨、很孤单。有一个被坏血病折磨死了；有一个是被同伴夺走了粮食和弹药，最后饿死；还有一个是被一只脸上长白斑的灰熊拍死的；第四个本来想要找些猎物来果腹的，可还是没能逃过饿死的命运……其他诸如此类的还有很多，他们的死因差不了多少。一句话，为了得到那些金子，他们最终长眠在金子旁边。木屋子的地板上堆满了这些人挖出来的金子，到处都是金灿灿一片，和人梦想的情景十分相像。

"话说回来，那个黄发巨人被我从老远的地方带来，此刻却不失镇定，依旧很理智，他对我们说：'现在我们没有任何东西可以充饥，对于这里的金子我们只能看，摸清它们的来历和储量。为避免我们被这些金子迷惑，让我们失了理智，我们必须在搞清楚这些问题后马上离开。

这样我们还可以下次再来，同时多带些粮食，全部的金子就都归我们所有了。'

"接下来，我们检查了这个矿脉，矿脉贯穿了整个谷壁，跟人的脉络挺像。我们测了测它的高度，又自上而下画出大致形状，然后在周围打下许多木桩，又在桩上刻了字，以此证明这个矿归我们所有。那时，我们都没有吃东西，膝盖抖得厉害，肚子空空的很难受。所以我们后来爬上那个大峭壁，沿原路返回了。

"走到最后，我们两人一起搀着恩卡走。我们一路跌跌撞撞，总算是走到了最近的那个放粮食的棚子跟前。粮食都不见了。我没有留下任何蛛丝马迹，他认为东西被黑獾偷走了，不停地咒骂上帝和那些黑獾。但是，恩卡非常坚强，她一脸笑容，将手放在他的手心。我将脸转过去，我怕我会克制不住想要揍他的冲动。她说：'我们生堆火，坐下来休息休息好了，等明天一早再起身出发。我们现在可以先把鹿皮鞋煮来稍微垫一下。'然后，我们把鹿皮鞋最不紧要的部分切下来，煮了很久，把它们嚼碎了咽下去。第二天一早，我们谈论了我们此刻的处境。下一个粮食棚离这里还有五天的路程，必须找些小动物来充饥，不然我们都得完蛋。

"'我们去抓些动物回来。'他建议。

"'是得这么做，你说得对。'我在边上附和。

"然后，他安排恩卡在火堆边上休息，我们就出去打猎了。他想要找麋鹿来，而我就去我藏粮食的地方。我不能吃得太多，不然会被他们发现我的体力还很强。那晚，他摔了好多跤才返回火堆旁。我只好假装体力不支的凄惨样子，磕磕绊绊，就像每走一步都用尽了最后的力气。最后我们吃了鹿皮鞋，才不至于完全没了力气。

　　"他这个人非同一般。他的精神支撑着他那巨型的身体到最后一刻；除非为了恩卡，他从没有放声大哭过。第二天，他去打猎，为了亲眼见证他死去，我跟他一起去。一路上他好多次躺下来休息。那晚，他好几次眼看着就要死去了，可是第二早晨醒来，他竟然只虚弱地骂了几句就又支撑着向前走去。他走路的姿势像极了醉汉，好多次我都以为他不行了，可他有倔强的精神支撑着，一天又熬过去了。他找到两只松鸡，可他不往自己嘴里送。要知道松鸡不用吃熟的，生的也可以吃的，吃了它们他就可以活过来了，然而他没有这么做。他的心里始终将恩卡排在第一位，他转身向恩卡等我们的地方走去。他没有力气站起来行走，只好手脚并用地在雪地上一点点地挪。我站在他面前，看到他眼里死亡的气息。就算这时吃下那两只松鸡也不晚，可他把枪丢掉，用嘴叼着那两只松鸡，像狗一样爬。我直着身子在他边上走。他爬一段就累得动不了了，在他停下来喘息的空当儿就会看向我，我知道他在想什么，他一定不明白为什么我还能这么有精神。尽管他无法说话了，可我能看得到他的嘴唇在动，只是发不出声音来。我刚刚夸他不是普通人，其实这种情况下我还是起了怜悯之心，但是过去的一切在我眼前浮现，还有我在那片大森林里所受的苦难，我一想起来就不由得又狠下心来。并且，恩卡原本就是我的妻子，我为了她付出了不计其数的兽皮、船和玻璃珠子。

　　"我刚刚提到过，我们就这样穿过了白雪覆盖的森林，周围一片死寂，水汽很足的海雾压在我们身上，让我们的呼吸也成为负担。过去的种种在我脑中回旋着，一幕接着一幕交替出现；我看见阿卡屯的金色沙滩，满载而归、归心似箭的渔船，还有那排盖在森林边上的屋子。那两个海外来的白种人当上了阿卡屯的酋长，为族人立了许多新规矩。他们一个是我的祖先，一个是恩卡的祖先。啊哈，雅希—奴希也在我身边走着，他的发丝里掺杂着发潮的黄沙，他仍旧拿着那支被折断的长矛。我看到恩卡给我的赞许的眼色，我觉得报仇时机刚刚好。

"我刚刚提到过，我们就这样穿过了森林，直到鼻子里闻到营火的烟味。我弯腰抢过他口里衔着的那两只松鸡。他将身子侧过来，停顿了一下，我看到他眼里满是狐疑，被他的身体压住的那只手缓缓地向别在臀部的猎刀伸过去。我先他一步夺过那把刀，接着对他放声狂笑。就算到了这个时候，他还是没有搞清楚出了什么状况。为了让他死得明白，我给他表演喝黑瓶子里的酒，表演在雪地上堆了好多东西……就这样，我演完了那天晚上我婚礼上发生的所有剧情。我没有说一个字，他却全懂了。但是他脸上并没有显现出惧色。他嘴角挂着轻微的冷笑，眼里盛着冰冷的怒气，因为我给的刺激，他似乎重新有了力气。这条路并不算很长，可路上那么多雪，他爬着倍感艰辛，速度慢极了。后来有一次，他趴着休息了好长时间，我帮他把身子翻过来，我看着他的眼睛。他时而远眺，时而眼睛失神。待到我把他放开，他又挣扎着向前爬行。走走停停，我们好不容易走到了恩卡面前。恩卡快速奔到他身边，他嘴唇微动，却没有发出声音，然后他手指向我，想让恩卡认出我来。后来他一直在雪里躺着，静悄悄地过了好久。他就这样躺着，直到现在还是这样。

"我为恩卡烤松鸡，在这过程中我没有说一个字。后来我用阿卡屯方言跟她说话，她听后眼睛瞪得老大，脊背挺得直直的，看得出来她十分惊讶。她已经很久没有听人说家乡话了。接着她问我的身份，还问我怎么会说这种话。

"我告诉她，我就是纳斯。

"她反问：'你？是你？'她爬到我的面前，仔细盯着我看。

"我再次重复说：'的确是我，没错。我就是纳斯，阿卡屯的酋长，我是酋长家的最后一个人，你也一样，是你们家的最后一个人。'

"她放声大笑，那笑声极其恐怖。我以我再经历一次这辈子的苦难作为赌咒，我再不想听到那样的声音。在那沉寂的雪夜，只有那个笑声恐怖的女人和死神与我为伴，我的心彻底冰冻。

"我担心再笑下去她神经会错乱得一塌糊涂，于是跟她说：'来！你吃点儿东西吧！有了力气，我们还要赶路，毕竟这里离我们的阿卡屯还很远。'

"可是她不理会我的话，把脸埋进他的黄头发里，笑得更加凄厉可怖，直笑得天快塌下来了。我设想过好多次我们重逢的场面，我以为她一见到我就会高兴极了，马上想起我们之前的种种。

"我将她的手用力握在手心，提高了音量：'快点儿走吧！回去的路不仅远，还很黑。'

"'去哪里？'她好不容易止住了狂笑，直起身子问我。

"'回阿卡屯呀！'我回答她。我在心里想着她听到我的话会非常开心。可她的表情跟他的非常相像，嘴上带着轻微的嘲弄与不屑，眼里都是冰冷的怒气。

"'好，我跟你走，你牵着我的手，我们一起回到阿卡屯去。我们一起住在脏兮兮的茅草房子里，吃鱼和油，生个胖小子——我们就心满意足了。我们得意地忘乎所以，忘记了这个世界的存在。这真是太好了，太好了。来！让我们抓紧时间出发。我们一起到阿卡屯去。'

"她一边用手抚摸他的黄头发，一边不怀好意地笑着。我从她眼里看不到默默相许的神色。

　　"我不懂为什么这个女人这样古怪，只好默不作声地坐在那里。我想起那天她被他拖走时，凄厉地尖叫呼救，她那样疯狂地、不顾一切地撕扯他的头发。可现在她反而充满怜爱地抚摸着他。我想起这些年我所受的苦和我损失的财产，这一切都是为了她，我不甘心，我紧紧地抓住她，就像当年他抓走她那样。她却瑟缩着往后退去，像不愿离开小猫的母猫，拼尽全力，顽强抵抗。我们扭作一团，滚到了火堆的另一边，离开了那个男人。我把她放开，她坐在那里，静静听我讲话。我把我所经历的所有事情都讲给她听，我告诉她我在陌生的海洋和国家所经历的各种事情，还说了我多年挨饿，为了找她累得全身困乏。我还不忘告诉她，我对她当初看我的那种眼神着迷到无法自拔。我把这些年来所经历的种种都跟她讲了，就连那天我跟那个男人之间发生的经过，加上我们年轻时的种种，全告诉她了。我边说，边注意到她眼里又流露出当年那默然相随的温柔，没错，让人着迷，像是黑暗过后的第一缕阳光。她眼里有女人的柔情，有悲悯，还有爱情，我帮她找回了心和灵魂。我似乎又变回当初那个小伙子，这样让人怦然心动的神色，不正是那时候恩卡奔跑在沙滩上，一边笑着一边跑向她母亲的屋子时的神色吗？这一抹温柔，让我忘乎所以，我以为是时候了，之前所有的辛劳都值得。我感觉到她在呼唤着我，示意我将头放在她的胸口，抛弃所有的烦恼。她朝我张开双臂，我扑向她。然而，她眼睛里忽而又闪烁着仇恨，她抽出了我腰间别着的刀，用力地刺了我两刀。

　　"'你是猪！是狗！哈哈！'她冷笑了起来，一把推开我，我被她推得躺倒在雪地上。她却奔回了那个巨人的尸体边上。

　　"她用刀刺了我两下，我刚刚说过了。然而，她饿得厉害，非常虚弱，根本没有力气杀死我。尽管我想要永远闭上双眼，跟他们两个人一块儿长眠在那个地方。我的生活跟他们的生活交叉在一起，因此我走过无数陌生的道路。可是，有一笔债压在我的心头，让我不能安然跟他们一块儿长眠。

"那么长的路，天气又冷，粮食也没剩多少了。那些佩利人找不到麋鹿，就抢光了我藏的粮食。麦克奎森的那三个白人也跟佩利人一样，抢了我的粮食吃，但我从他们的屋子路过时，看到他们身上干巴巴的，已经死去了。后来发生什么事情我一点儿印象也没有了，一直到我见到你们，看见食物和火——这样大的火。"

他说完最后一句话，满脸艳羡地俯身向火炉靠去。油灯映照下的影子长时间跳动不止，像是在演绎一出悲剧。

"那么，恩卡在哪里？"普林斯大声嚷嚷，他的心依旧笼罩在纳斯所讲的故事里。

"你是说恩卡啊？我给她松鸡，她怎么也不肯吃。她就那样一直搂着那个男人，把整张脸都埋在他的黄色头发里。我怕她冻着，于是把火挪得靠近她一点儿，她却躲开了。我又在她身边生了火，但那又有什么用呢？她始终不肯吃东西。现在，他们还相拥着躺在雪里呢。"

"接下来你有什么打算呢？"基德问那个怪人，不，纳斯。

"我没想过。阿卡屯那样的小地方我是不想回去了，我不愿再回到世界的边缘去居住。我活着还有什么意义？我也许能走到康斯坦丁队长那里，让他给我戴上手铐和脚镣，然后把我送上绞刑架，那样我就能安安稳稳地长眠了。不过……那样也不太好，怎么说呢，我还没有想好。"

普林斯激动地说："但是，基德，这是犯罪呀！"这话不失坚定果决。

　　基德立即打断了他："小声点儿！好多事情是我们的智慧所不能及的，不能用我们的标准来衡量。发生这样的事情，到底是谁的过错，很难说得清楚，并且这种事情不是我们能解决的。"

　　纳斯跟火炉的距离更近了。屋里静悄悄的，一幅又一幅画面在每个人的眼前接连闪过。

寂静的雪野

　　"卡门最多撑不过两天。"梅森将一块冰吐出，愁苦地观察着这个可怜巴巴的牲畜，接着，他又把卡门的脚拉到自己嘴边，将它脚趾中间结得十分牢固的冰块一口咬掉了。

　　他做完这件事后，把卡门推到一边，说："我还没有见到有狗取如此稀奇古怪的名字后，还能派上大用场的。它们多数会被繁重的担子压垮，然后一天天地衰颓下去，直到死为止。你瞧瞧那些名字起得较为得体的狗吧，比如西瓦希、卡西亚，再或者是哈斯基，它们犯过毛病没？老兄，我告诉你，没有！你看看苏克姆，它——"

　　忽地，那只精悍干瘦的畜生跳了起来，它那两排洁白的牙齿差点儿将梅森的喉咙咬住。

　　"你要咬我一口吗？"他拿起了狗鞭的手柄，朝着这畜生的耳朵后面狠狠地打了一下。那条狗立即滑倒在雪地里，轻微地颤抖着，从牙齿的缝隙里流出了几滴黄口水。

"我说，你瞧，就凭苏克姆那个精神劲儿！我敢打赌，不超过这个星期，它必定会吃掉卡门的。"

马尔穆特·基德细心地将放在火上烘烤的面包翻了个个儿，说道："我倒是敢同你打一个截然相反的赌。在半道上，我们也必定会把苏克姆吃掉的。露丝，你觉得呢？"

这个印第安女子正将一块冰放到咖啡里面，以便把沫子沉下去。她看了看马尔穆特·基德，又看了看自己的丈夫，再看看那几条狗，并没有做出任何回答。这事用不着回答，一看就明白。粮食只够他们凑合着吃六天，狗食一点儿也没有，而前方却有两百英里没人走过的路要走，当然找不出其他的办法了。两男一女围着火堆，开始吃他们少得可怜的午饭。他们的几条狗依旧套着皮带卧在那里，当人们一口口地吃掉那些宝贵的食物的时候，它们眼睁睁地瞧着，显得十分嫉妒。

"从明天开始，中饭不吃了。这些狗——我们得留神，它们变凶残了。它们也许一瞅准机会，就会将人扑倒的。"马尔穆特·基德说。

"先前，我曾做过美以美会①的主席，还曾在主日学校当过老师。"梅森牛头不对马嘴地说完这句话后，就只顾盯着自己那双冒着热气的鹿皮靴发呆，直到露丝给他斟咖啡时，才猛然惊醒。

"感谢上帝，我们依然还有不少茶！那茶树，之前我在田纳西州，还亲眼看着它长大。现在，我别无所求，只要有人给我一块热腾腾的

---

①美国北方基督教新教卫斯理宗教会。

玉米面包就行！不要担心，露丝，你不会再挨饿太久了，也用不着穿那双鹿皮靴了。”

露丝听到这几句温暖的话后，愁苦和烦恼立刻消散不见了，眼里饱含着对她的白人丈夫的深情厚意。梅森是她遇到过的第一个白种男人，也是她认识的男人中，第一个对待女人比对待牲口要稍好点儿的男人。

她的丈夫又接着说——用的是唯有他们自己才明白的混杂的暗语："露丝，等干完这件事后，我们就到'外边'去，就坐白人的小船到盐海去。那片海非常险恶——总有跳上跳下的巨浪，就像是一座座大山。并且，到处是无边的海，遥不可及，太远了啊。"他掐着手指，算了一下时日，接着说，"你在那片海上，得待上十天、二十天，甚至是四十天。漫漫长路，到处都是海，那可恶的海啊。然而，在海的那边却是一个大村子，那里的人多得就像明年夏天的蚊子一样。那里的房子也很高，大概可以达到十棵甚至是二十棵松树的高度。哈哈，真棒！"

讲到这里，他再也讲不下去了，看了看马尔穆特·基德，似乎想得到他的救援，然后又接着用手势费力地比画着，将二十棵松树一棵棵地叠加上去。马尔穆特·基德则带着快乐讥嘲的神情微微地笑了一下。露丝显得十分惊奇，睁得大大的眼睛中流露出快乐的神情。尽管她半信半疑，觉得自己的丈夫大概是在开玩笑，但是他那颗热情而周到的心确实让她这个不幸的女人感到了快乐。

"接着，你进入——一个箱子里，瞧！你就这么上去了。"他还打了个比喻，把自己的空杯子往上一抛，随后娴熟地将它接住，喊道，"啪！你又下来了。哈哈，神奇的魔法师！你来育空堡，我去北极城——相隔二十五天的路途——全部用长绳连接——我握着绳子的一边——我说：'露丝，露丝，喂！你还好吗？'——你说：'喂，你是我的丈夫梅森吗？'——我说：'是啊。'——你接着说：'这里没有苏打粉了，我烤不出好面包了。'——于是我说：'去储藏室看看，在面粉的下边。再见。'你去了储藏室，找出许多苏打粉。你依旧在育空堡，我还在北极城。哈哈，神奇的魔法师，可真了不起！"

这个神话把露丝逗得笑了起来，她笑得那么天真，使得那两个男人也跟着大声地哈哈笑了起来。突然，狗又打起来了，这个关于"外边"的神话，也被这阵撕咬吼叫声给打断了。等到梅森和基德把这些狗拉开之后，露丝已将雪橇捆扎妥当。一切准备就绪，马上又要上路了。

"快走！你这个秃子！嘿！快啊！"梅森熟练地挥舞着鞭子，套在笼头中的狗低声地叫起来了，他又迅速将雪橇舵杆朝后边顶了一下，雪橇就立刻破冰起动了。紧接着，露丝也出发了，她跟的是第二支狗队；马尔穆特·基德在帮助露丝上路后，他也押着第三支狗队上路了。尽管基德身体强壮，蛮劲十足，甚至可以一拳打倒一头牛，但是他十分怜爱这些狗，不忍心打它们一下。这一点是极其少见的，特别是对于一个赶狗的人来说——不，他甚至会因为看到它们吃苦受累的样子而伤心地流出眼泪。

"来吧，赶路吧，你们这些可怜的畜生，你们的脚一定很疼吧？"他尝试了多次，雪橇仍旧拉不起来，他只好又唠叨了几句。不过这份耐心到底没有白白浪费，尽管这些小东西疼得呜呜直叫，它们还是急切地追上了自己的同伴。

他们一句话也没有说，前面艰辛的路不容许他们再干其他多余的事情。也许在这片北极地区开路，是这世界上最为艰苦的工作了。然而，倘若谁能够用不说一句话作为代价，就可以在这条冰冷而残酷的路上度过一整天，或是在前人开辟的道路上继续走下去的话，那么他就算是一个幸运儿了。

的确，在所有令人痛苦的人类劳动中，开路也许是最为艰辛的工作了。你只要走上那么一小步，那个大网球拍般的雪鞋就会深深地陷进积雪里，直至那积雪没过你的膝盖。接着你得用力把腿提起来——还得笔直地向上提，只要稍有差错，你定会走霉运的。你一定要把雪鞋提到离开雪面的半空中，并向前踩下去，然后再将你的另一条腿直直地提升到半码高的地方。第一次干这事的人，即便是侥幸没有被自己的雪鞋绊倒，跌进那不知深浅的积雪中，也定会在走完一百码的路程后，累得精疲力竭。倘若有个人能一整天不被绊一下，我想在他爬进被窝的时候，总会产生一种别人无法理解的心安而又自豪的心情。至于在这冰天雪地中赶了二十天路的人，我想就算是上帝见了，也要对他刮目相看的。

下午慢慢过去了。在寂静的雪野上，弥漫着阴森可怕的气息，使得任何一个沉默的旅人都会心惊胆战地埋头赶路。大自然有众多的办法让人类相信人生是多么的短暂——比如，凶猛无比的暴风，变化莫测的浪潮，隆隆不息的雷声以及地震带来的动荡——然而，最恐怖、最使人失魂落魄的，还是这冰冷而残酷的寂静的雪野。所有的一切都死一般的寂静。天空晴朗，但天色如黄铜一般；纵使是发出极细微的声音，也如亵渎神明一般；人也变得胆怯异常，甚至是听到自己的声音也会觉得毛骨悚然。在这片死气沉沉的冰冷荒原上，只有这一丝生命之火在跋涉前进。他一想到自己是如此的大胆，马上就会因恐惧而哆嗦起来，他会觉得自己的生命犹如一只小小蛆虫，微不足道。许多千奇百怪的念头蜂拥而至，似乎万物都想要道尽自己的秘密。这让他产生了对死亡、对宇宙、对上帝的种种恐惧，但同时，这又使他对复活、对生命燃起了希望之火，开始重新思考并信仰那些崇高而不朽的力量。但这不过是一个囚徒无谓的挣扎——到了这一刻，人也只能听从命运的安排了。

这一天就这样悄悄地流逝了。后来，那条河拐了一个大弯，梅森带着他的那群狗，准备走近路，穿过了一个极其狭窄的地方，但是那队狗面对高高的河岸开始畏惧不前了。尽管马尔穆特·基德与露丝一次次地用力推着雪橇，它们还是滑了下来。这群狗已经饿到了极点，它们既虚弱又可怜，几乎用尽了自己全部的力量。最后，人与狗只能同心协力，拼命地向上，再向上！终于，雪橇被拉到了岸上，稳住了。但是，带队的狗拉着后面的一群狗，突然又向右冲去，直接撞到梅森的鞋面上。后果可想而知，梅森被撞倒了，其中的一条狗也被撞倒在地。接着，雪橇又一摇一晃地滑了下去，他们又被拖回到原地。

嗖！嗖！梅森的鞭子狠狠地抽到了那队狗的身上，尤其是那条被挤压倒地的狗。

"梅森，别打了，"马尔穆特·基德央求着，"瞧瞧，这个可怜的家伙，只剩下一口气了，等等，不行将我的那队狗也一起套上去吧。"

梅森镇定自若地先把鞭子收起来，等到基德的话音刚落，他立刻又将长鞭扬了过去，朝前方甩了一下，将刚刚触怒他的那个畜生全身都缠住了。于是卡门——它就是卡门——马上蜷缩起来，哀痛地叫了一声，身体一倾，便倒在雪地上了。

　　卡门快要死了，这一刻的景象十分凄惨。但在这漫长的旅途中，这仅仅是一幕小小的悲剧。露丝担心地回过头来，瞧着这两个男人。马尔穆特·基德尽管流露出责难的神情，但他还是忍住了，弯下腰把卡门身上的皮带切断。大伙都没有再说一句话，将两队狗合并成一队，从而战胜了困难。他们的雪橇又向前开进了，而那条快死的狗也孤零零地尾随在后。只要狗还能向前走，它就不会被枪毙，这是给它留下的最后机会——假如它可以走到宿营的地点，或许那边就会有一条狗被打死。

　　这一刻，梅森不由得想起了刚才发脾气的举动，心里已经有些懊悔，但是他的性情太固执了，不愿意承认自己的过错，只是一个劲儿地在队前苦苦地赶路，从没有想到自己已经大祸临头了。在阴翳的山坡下面，长着一片茂密的树林，他们要想到达目的地，必须得穿过这片树林。在距离这条路五十多英尺的地方，长着一棵又高又大的松树，它已经在那里矗立了好几百年的时间，并且在几百年前，似乎它已经注定要有这样的下场——或许，这个下场同时在梅森生命中也是不可避免的。

　　雪橇队伍停了下来，狗群卧在雪橇的周围，一声不吭地休息着。梅森弯下腰，系着自己鹿皮靴上松开的鞋带，然后抬起头来环顾了一下四周的景象。这是一片寂静的树林，没有一丝风过来打扰结满白霜的树木；林外寂静而冰冷的一切，冻结了这片大自然的美景，并且不时地敲打着它颤抖哆嗦的嘴唇。一声微微的叹息惊醒了沉寂的天空——但是并没有谁真正听到这叹息的声音，它不过是从心底冒出的一种感觉，这感觉就像是凝滞的时空里即将发生某件事的征兆。终于，那棵大树，在无数岁月、无数冰雪的摧残下，上演了整个悲剧中最为悲壮的一幕。这一刻，大树快要倒下的断裂声惊醒了梅森，他本想跳离这片险境，但不料还没等他站直，树干就已砸在他的肩膀上了。

突如其来的危险，迅如闪电的死亡，在马尔穆特·基德看来，已经是司空见惯的事情了。他立即发出指令，投入行动之中，尽管这时松树针叶的抖动还没有完全停止。那个印第安女人，同她的白种姐妹迥然不同，她既没有被眼前的不幸吓得昏厥过去，也没有因此痛哭流涕，尽管她丈夫痛苦的呻吟声令她悲痛异常，但是，她还是忍住了心中的痛楚，听从基德的命令，马上将全身压在一根匆忙做成的杠杆的一端，从而减轻了树的重压。马尔穆特·基德抢起一把斧头，用力地砍着树。那冻得僵硬的树身，在钢刃的劈砍下，发出了清脆的声响，同时伴随着这个疲惫樵夫"呼呼"的喘息声。

后来，基德终于将他那个可怜的同伴放进雪里了，尽管在不久之前，这个同伴还是一个完全健康的人。现在，他又看了看露丝脸上默默无语的悲痛，以及那融杂着绝望与希望的眼神，这一切似乎要比他同伴的痛楚更加令他难以忍受。他们几乎没有说一句话。长期在北极地区生活的人，早就明白空谈无用，行动才是硬道理。无论是谁，只要在这零下六十五摄氏度的冰天雪地中躺上那么短短的几分钟，就必定活不成了。所以，他们首先用树枝搭了一个地铺，然后割下雪橇的皮带，将那个不幸的梅森裹好，放在了上面，还从那棵带来一切灾难的树上折下一些树枝，在他身旁生起了一堆火。接着，他们为了将篝火的热量尽可能多地转移到梅森身上，用一块帆布做了一个简单的屏风，在梅森的身后撑了起来。这样的生存技巧，只要是领受过大自然教诲的人，都十分清楚。

但是，只有遭遇到死亡威胁的人，才清楚自己什么时候将要死去。那棵高大的树木把梅森压得惨极了。即便是大体地观察一下，也能够得出这样的结论。他的脊背、右腿以及右臂全都折断了，下半身完全麻木，大概内伤也十分严重。只有偶尔发出的呻吟声，证明他还活着。

毫无希望，也没有任何办法。残酷而冰冷的黑夜静静地流走了——在这无可奈何的等待中，露丝只能用自己民族那种坚忍不拔的精神死死地硬撑着；而在马尔穆特·基德青铜色的脸上，又新画上了几条象征着苦难与艰辛的皱纹。相比之下，梅森受的苦痛反而要少些，因为他杂乱的思绪已经踏进了田纳西州东部的大烟山区，回到了自己的童年时代。他满口都是梦话，最令人心酸的是，他老是用自己忘记多年的南方口音，说起自己偷西瓜、捉狐狸以及在湖里游泳时的情形。这些话，虽然露丝不懂，基德却很明白，听后不由得心酸感动——这正如那些远离文明社会多年的人，无意中听到了文明世界的种种事情后，不由得从心底生出一种感动。

次日清晨，梅森终于清醒了过来，马尔穆特·基德低下头，倾听他轻轻的细语。

"假如算到下次冰雪融化的时侯，我们就已经认识四年了。你还记得我们初次见面的情景吗？当时，我不是很喜欢露丝。她还算漂亮，也有一些吸引力，但是到了后来，不知为何，我老是在想她。她是一个好老婆，每当遇到困难，她总是同我一起承担。假如讲到我们这次旅途，你也清楚，我想谁也比不上她。你还记得她那次怎么蹚过河水，给我们捎来消息吗？——还记得我们在努克路凯脱一起挨饿的情形吗？——还有她那回顶着冰雹般的枪林弹雨，穿越麋鹿角湍流，把我们从岩石上救下来的情景吗？我说的是真的，她确实是一个好老婆，比我从前的那个强得多。你难道不知道我结过婚吗？我从来没有跟你说过这件事吧？是的，从前在我的家乡，也就是美国，我结过一次婚了。我到这里来，正是由于这件事情。我们还是一块儿长大的朋友呢！我告别家乡，就是为了给她制造一次离婚的机会。现在，这个机会终于被她逮到了。

"但是，这同露丝一点儿关系也没有。我本来想挣点儿钱，然后同露丝一块儿到'外边'去，不过现在已经太晚了。基德，你别把她送回娘家去，这样会让她十分难受的。想一想吧！——她同我们吃干果、面包、豆子还有腌肉，大概已经有四年了，难道还要她回家吃鹿肉和鱼吗？她已经习惯过我们这样的生活了，她知道这种生活比她娘家的要好，如今让她一个人回去，这对她也是不好的。我说基德，你得好好地照看她——你为何不愿意呢？——我不说这些了，你总是逃避她们——你还从来没有跟我说过你为何要到这里来。你要好好地照看她，并且尽快把她带回美国去。但是，你一定要记住，假如她想回家，你就把她送回去吧。

"我说基德，还有露丝肚子里的孩子，他让我们的关系更加亲密了。也许他是个男孩，这是我所希望的。想想吧！基德，这个孩子，我的亲生骨肉，他绝对不能留在这里。万一是个女孩，不，这绝对不可能。你把我的皮货卖了，它们至少能值五千块钱，我在公司里也有相同数目的钱。把我们的股合到一起来干吧。我敢保证，我们申请要买的那块高地一定会出金子的。还有我们的孩子，一定要让他受很好的教育。对了，基德，最最关键的是，千万别让他回到这个鬼地方，这里不适合白种人居住。

"基德，我最多撑不了两三天了，我已经走到头了。你们要继续朝前走，你们要继续朝前赶路！记住，要照看好我的老婆和孩子——唉，上帝啊！但愿他是个男孩！你们不要再守着我了——我是一个将要死的人，求求你了，赶快上路吧。"

马尔穆特·基德却恳求说："让我们再等三天吧，三天后也许你会好转的，可能会出现一些意想不到的事情的。"

"不能再等了。"

"就等三天。"

"你们现在就赶紧走吧。"

"两天。"

"基德，你不要再说了。这完全是为了我的老婆和孩子。"

"那么就一天。"

"不行，不行！你们一定要……"

"就等一天。凭着这些粮食，我们能够应付得了，说不定还能打到一只小鹿呢。"

"不行……好吧，就等一天，一分钟也不要超过。还有，基德，你不要忘记给我来一枪，扣一下那个扳机就行，这事你明白，因为我不想在这冰天雪地里孤独地死去。想一想吧！我的亲生骨肉，我今生今世可再也见不着他啦！

"把露丝叫过来，我要同她道别了。我得告诉她，不能为我耽搁了行程，要让她想一想我们的孩子。假如我不同她说，我想她是不会跟你走的。再见吧，老朋友，再见。

"基德！我曾经在小山谷旁边的坡上铲出四十美分的金子，你一定要到那里打个洞，再挖一挖。

"还有，基德！我对不起——这你知道——我对不起卡门。"梅森这时说出了他生命终点最后几个微弱的字句。基德把头贴得更近了，以便可以更清楚地听到这临死前的忏悔。

在这片寂静的冰雪大地上，露丝守在她丈夫的身旁，轻轻地啜泣着。马尔穆特·基德套上了雪鞋，穿上了外套，把一支来复枪夹在腋下，走到树林深处去了。在冰冷的北极荒原上，这种不幸的事，他也曾遇到过，却从来没有像现在这样让他无法果断地做出决定。说得抽象点儿，这只不过是一个极为简单的算数题——用一个注定要死的人换取三条可能生还的生命。但是，现在他没有主意了。在这几年里，他们齐心协力，在路上、河上、矿山里，一起面对着旷野、饥荒以及洪水所带来的死亡的威胁，结成了生死之交。他们简直太亲密了，尽管露丝插在他们中间，会让他隐隐地产生一丝嫉妒。不过现在，这份情谊即将被他亲手割裂开了。

他一个人在死寂的树林中苦苦地寻找着，期盼着可以找到一只小鹿，只要有一只就足够了，可是雪野上冰冷的一切似乎把它们赶跑了。天渐渐地黑了下来，这个筋疲力尽的男人，依然是一无所获，只好怀着沉重的心情朝着帐篷慢慢地走去。突然，露丝的尖叫和狗的狂吠声让他加快了前进的步伐。

他一冲回宿营地就看到一群狂叫的狗把露丝围住了，而她拿着那把斧头胡乱地砍着。这些异常饥饿的畜生打破了主人定下的铁的法则，开始一个接着一个上来抢夺粮食。他马上抓起步枪，加入了这场血腥的战斗。于是，就像残酷的原始时代那样，这出自然淘汰的老戏又在这里重新上演了。斧头与步枪以单调的方式，时上时下，这边击中，那边又落空。那些身手敏捷的狗，发狂的眼睛射出一种极其凶残的光，龇着牙，口水一滴滴流下，一个接一个地飞扑上来。人与兽，为了各自的生存，展开了一场殊死搏斗。最后，那群败下阵来的狗，慢慢地爬到火堆旁边，忍受着伤口的疼痛，对着夜空的星星不时地嗥叫，似乎诉说着自己的这段悲惨遭遇。

所有的干鲑鱼都被狗吃掉了，只剩下大约五磅的面粉，但前面还有两百多英里的路要赶。马尔穆特·基德把一条死狗的肉割了下来，它的脑袋已经被斧头敲碎了，但它的身体还有一点儿温度。

基德非常认真地藏好了每一块肉，只把没用的杂碎和狗皮丢给其他的狗吃，而在不久之前这些狗还是它的同伴。

早上又有新乱子发生，那群狗又开始相互撕咬了。那条只剩一口气的小家伙——卡门，已经被它的伙伴扑倒在地。基德用鞭子抽打着它们，它们也毫不理会。最后，这些狗把它的骨头、皮、毛以及所有的一切都啃得所剩无几后，才慢慢地散去。

马尔穆特·基德在那里埋头苦干着，耳边又传来了梅森的声音。梅森仿佛又回到了田纳西州，见到了他年轻时的朋友，并且同他们你拉我扯，争执不休。

基德利用从附近找来的一些松树的枝干，很熟练地干起活儿来，露丝则在一旁看着他。他准备搭一个棚子，就是猎人为了存储兽肉用的那种棚子。猎人搭这样的棚子，是为了防止狼或狗抢夺他们的食物。他挑选出两株小松树的树梢，然后将它们先后面对面地弯了下来，等到快接触到地面时，就用鹿皮带牢牢地把它们捆紧。随后，那些狗也被他打得驯服了，它们被分别拴在了两架雪橇的前面，全部的行李也都装到了上面，只把梅森身上的皮褥子留在一边。随后，他又裹好并捆紧了这些皮褥子，将两头的绳子绑在弯下的松树上。这样，只要用力一砍，松树就会松开，他的身体也会随之被弹到半空中。

露丝是个可怜的女人，她从刚出生起，就被迫地接受了许多服从式的教育，这种教育直到现在还在灵魂的深处束缚着她。比如，要服从造物主的意志，像这类的律法还有很多，这是她们那边的女人绝对不能反抗的。而这一次，她面对丈夫的遗嘱，自然又是默默地接受了。那一刻，在基德的应允下，她才放声痛哭起来，最后又用心酸的一吻送别了自己的丈夫——她的本族完全没有这样的习俗——随后，基德把她带到了第一架雪橇面前，给她套上了雪鞋。她呆呆地、无意识地拿起狗鞭，握着雪橇舵杆，喊了一声，就又朝着前方赶路了。而基德又返回到已经昏睡过去的梅森的身旁。随后，等到露丝的身影消失在白茫茫的冰雪中时，他蹲在火堆旁，等候着、祈求着，祈求他的同伴早些断气。

在寂静的雪野中，一个人独自待着，那些痛苦的事情还不由得从心底冒出来，那可不是一件好受的事。但倘若是在昏暗的寂静里，就不会如此的凄惨了。昏暗虽然也死死地笼罩着你，但同时给了你一种保护，一种无法言说却又袭上心头的淡淡的同情；然而，在这片阴冷的天空下，这片一眼望不到头的白色的寂静，却给人一种冷漠无情的感觉。

两个小时缓缓地逝去了，梅森仍然没有死去。到了正午，太阳隐在南方的地平线下，迟迟不肯露面，只是把它红色的火光映照在天空里面，向这片冰冷的世界表示了一下，就快速地收回了。马尔穆特·基德似乎被一种可怕的力量惊醒了，他拖着沉重的步子，走到了他的同伴身旁。然后，他茫然地望了望四周的一切，这片寂静的雪野仿佛在嗤嗤地笑他，不禁令他毛骨悚然。终于，一声干涩尖冷的枪声惊醒了这片沉寂已久的天空，梅森也被随之弹到他的空中墓穴去了。马尔穆特·基德疯狂地鞭打着他的那些狗，奔向了前方漫长的路途，最后，他的身影也渐渐地消失在这片寂静的雪野上。

马普希的房子

　　从外形上看，"奥雷"号显得很笨重，但它在小风里行驶就显得利落多了。只有开到拍岸的海浪刚退去的地方，船长才肯将它的锚抛入水中。环状的希库鲁珊瑚岛有一百码宽，周长有二十英里，它低低地浮在水面之上，只比涨潮时的水平面高出三到五英尺。在水平如镜、广阔的礁湖底上，有许许多多珠蚌；从"奥雷"号的甲板上，越过细长的环状珊瑚岛望去，可以看见有许许多多的潜水员在那边干活儿。但是，礁湖的入口很难航行，连一艘双桅船也开不进去。假如遇到顺风，行驶得较快的单桅船，或许可以勉勉强强地通过那条浅而曲折的航道，然而像"奥雷"号这样的双桅船就只能停靠在外边，派它的小艇进去了。

　　"奥雷"号十分巧妙地放下一只小艇，六个只围着红腰布的棕色皮肤的水手跳了上去。他们握起了桨，开始朝前划动。掌舵的是一个年轻的小伙子，他身上穿着欧洲人常穿的那种雪白的热带装。但是，他并不完全是欧洲人。他拥有一双闪烁的蓝眼睛，里面还暗藏一种金黄色的光辉；他的皮肤是白色的，在太阳光里，隐隐地含着一些波希米亚人的金黄色，他就是劳乌尔——亚历山大·劳乌尔。他的母亲玛丽·劳乌尔是个有钱的女人，有四分之一的外来血统，她独资拥有六艘同"奥雷"号相仿的双桅商船，而且亲自经营。亚历山大·劳乌尔是她最小的一个儿子。这时，他们的小艇冲过了港口入口处的一个漩涡，驶进了汹涌奔腾的大浪里，继续地颠簸前进，费了好大的劲儿才划到了风平浪静的礁湖之上。接着，劳乌尔从船里跳了出来，踏上了这片白色的沙滩，走到了一个高个子的土著面前，并同他握了握手。这个当地人非常魁梧，但右胳膊只有短短的一截，白白的骨头在肉的外面裸露着，有几英寸长。他这条与众不同的残缺胳膊，说明他曾遭遇过一条残暴无情的鲨鱼，而今的他已经结束了潜水捞珠的水手生涯，在生活的重压下逐渐蜕变成了一个为了小利而逢迎拍马的人。

他一开口就说："你听到过吗？马普希搞到了一颗珍珠——多么好的一颗珍珠啊！这样的珍珠，不要说是希库鲁岛，就是在全保莫塔群岛，甚至是全世界，也都不曾有人捞到过。赶快把它买下来吧，现在那宝贝还在他手里呢！是我最先告诉你的，你可别忘了。想把这宝贝弄到手，你用不着花多少钱，他是一个十足的傻瓜。你有烟吗？"

劳乌尔跟随着这个当地人，沿着沙滩，向露兜树下的一个茅屋走过去。劳乌尔是他母亲公司里的一个经理，他的工作就是到全保莫塔群岛收购珍珠、椰子干和贝壳。

他虽说是经理，却很年轻，缺乏估价珍珠的必要经验，这已经是他第二次干这种差事了，但还是忧心忡忡的。可是，当他看到马普希拿过来的那颗珍珠时，虽然不由自主地产生了许多惊讶的情绪，但还是将这种情绪成功地给抑制住了，脸上尽力保持着一种生意人漫不经心的神色。这颗珍珠确实让他吃了一惊。它大概有鸽蛋那么大，浑圆浑圆的，乳白色的光辉中，隐隐约约地反射着它四周变幻不定的色彩。它简直就像是活的一样。他从未见到过如此奇美的东西。等到他从马普希那里拿到珍珠，放在手心里观赏的时候，这颗珍珠的分量也使他感到惊讶。所有的一切都明白无误地说明——它确实是一颗好珍珠。然后，他又用袖珍放大镜将它仔仔细细地检查了一番。没有一丝瑕疵，它纯净得似乎要跳离他的手掌，同那无色无味的空气融为一体。放在阴暗的地方，它会散发出轻柔的光辉，犹如月光。它是那样晶莹剔透，当劳乌尔把它放到一杯水中时，人们几乎很难找到它。并且，它是如此迅速地一沉到底，可见它确实是分量十足的。

他十分巧妙地装作毫不在意的样子问道："好吧，你想要什么价钱呢？"

"我想要……"马普希终于开口了，与此同时，在他的身后，就在他那张黑脸的旁边，还有两个妇女和一个小女孩的黑脸，她们点着头表示同意。她们的头朝前探着，眼睛闪闪地发着贪婪的光，流露出了压抑已久的渴望。

马普希接着说道："我想要一所房子，白铁的屋顶和八角挂钟是必不可少的。房子得纵向三十六英尺长，周围得有条走廊。在屋子的中央还要有一个大房间，当中就放着一张圆桌子，那座八角挂钟就挂在这间房的墙上。对了，还得在这个大房间的两边，造上四间卧室，每边两间，每间卧室里还要有一张铁床、一个洗脸架、两把椅子。在房子的后

· 173

面还得有一间顶好顶好的厨房，厨房里要有罐子、锅子和炉灶。还有最关键的一点，你得把这房子盖在我们的法卡拉瓦岛上。"

劳乌尔简直无法相信自己的耳朵，问道："难道就这些吗？"

马普希的老婆特法拉开口补充道："还要有一架缝纫机。"

马普希的老娘璐瑞又加了一句："别把那个八角挂钟给忘了。"

马普希说道："没错，就这么多了。"

年轻的劳乌尔终于笑了。他十分开心地笑了半天。但是，他一边笑着，一边心里嘀咕着，他生平从不曾考虑过盖房子的事，这种事在他的脑子里只是些琐碎而模糊观念，可是现在他不得不去考虑这件事情了。于是，他开始估算着去塔希提岛购买材料的路费，那一大堆材料的费用，返回法卡拉瓦的路费，将材料搬上岸与建造房子的费用。他稳妥地估算一下，大概一共需要四千法国银元，也就是两万法郎。这可无法办到。他怎么知道这颗珍珠到底能值多少钱呢？两万法郎可不是一笔小数目——况且这还是他母亲的钱。

但马普希摇摇头，他身后的三个人也随他一起摇了摇头。他又说："我就要一所房子，一个纵向三十六英尺长、周围有走廊的房子——"

劳乌尔打断了他的话，说："好啦，好啦，你们要的那所房子，我全明白，可是办不到。不过，我愿意出一千块智利大洋。"

四个人默不作声地摇着头，表示着自己的不满。

"那我再加一百智利大洋，行不行？"

"不，我要房子。"马普希说。

劳乌尔问道："房子有什么好的？飓风一来，还不是被刮倒？这一点，你难道不明白吗？我听船长拉斐说，这样的天气，过不了多久就会刮一场飓风。"

马普希说道："飓风是不会刮到法卡拉瓦岛的，那里的地势要高得多。而这个岛，没准儿会刮上一场。无论什么飓风来了，都会把希库鲁岛刮得一干二净的。我的房子要盖在法卡拉瓦岛，它要纵向三十六英尺长，周围还得有条走廊……"

劳乌尔不耐烦地听着马普希把房子的情形又一字不差地讲了一遍。几个钟头过去了，由于马普希的妻子和母亲，以及他女儿纳库拉的坚决支持，这个年轻的经理根本无法把那个关于房子的固执念头从马普希心中拔掉。劳乌尔又听马普希把他所要房子的详细情形讲了好多遍，就在他讲到第二十遍时，劳乌尔从敞开的门口向外望去，看到了"奥雷"号的第二只小艇正朝沙滩靠拢过来。水手们都没有把桨放下，表示要他赶快离开这里。"奥雷"号的副船长跳到沙滩上，向那个胳膊残疾的当地人问了一句，然后就急忙朝劳乌尔奔去了。天顿时黑了下来，一片黑压压的云把太阳遮住了。劳乌尔朝着礁湖那边望去，飓风将要到来的征兆已经显露出来了。

副船长一见面就说："船长拉斐告诉你，要赶快离开这个鬼地方，他还说，要是这里有珠蚌，我们可以以后再来买。气压表已经跌到二十九点七了。"

一阵狂风肆无忌惮地掠过了他们头顶的露兜树，刮到了后面的几个椰树上，五六个熟透的椰子被重重地卷到了地上。紧接着，雨就从远处铺天盖地移过来了，随着狂风一路怒吼着向这里逼近，蒙蒙的雾气也跟随着风从礁湖水面腾腾地升起。当劳乌尔正要拔腿跑的时候，稀稀拉拉的雨点已经打到树叶上了。

他又说道："马普希，一千块智利大洋，是现款，另外再欠你两百块智利大洋。"

"我要房子……"马普希又开始说了。

"马普希！你真是个傻瓜！"劳乌尔大声地喊了一句，好让马普希真真切切地听到这句话。

他跑出了屋子，跟着副船长拼命地向他们的小艇赶去。他们无法看见那只小艇。热带的骤雨几乎遮住了他们周围的一切，他们只能看见脚下的沙滩和礁湖里不知疲倦地侵蚀着沙滩的小浪。一个人突然从滂沱大雨中钻了出来，原来正是那个胳膊残疾的呼鲁—呼鲁。

他对着劳乌尔的耳朵喊："那珍珠弄到了吗？"

"马普希，他是个傻瓜！"他大声地回答了一句后，滂沱大雨就把他们淋得看不见彼此了。

半个小时过后，呼鲁—呼鲁站在珊瑚岛上朝海的那边望去，看见"奥雷"号吊起小艇后，就朝着大海远处驶去了。他还瞧见，就在"奥雷"号的附近，有一艘双桅船正乘着狂风向这边驶来，当到达礁湖的入口处时，它就把锚抛入水中，放下了一只小艇。他认得这艘船，它就是混血儿托里基的"奥洛亨纳"号。他是个商人，并且担任着船上的经理，毋庸置疑，现在他正待在那个小艇的尾部。这时呼鲁—呼鲁突然想起了马普希去年还向托里基赊过一批货，直到现在还欠着，一想到这里他就幸灾乐祸地笑了起来。

暴风雨终于过去了。灼热的阳光火辣辣地晒了下来，礁湖又风平浪静了。但是周围的空气黏得犹如树胶，沉重地压着人的肺部，让人呼吸都感到困难。

呼鲁—呼鲁问道："托里基，你听到过这个消息吗？马普希搞到了一颗珍珠。不要说是希库鲁，就是在全保莫塔群岛，或是在世界的任何一个地方，也都不曾有人捞到过这样的珍珠。马普希是个大傻瓜。再说，他还欠你一笔款呢！是我第一个告诉你的，这你可别忘了。你有烟吗？"

托里基听完这话后，就马不停蹄地朝马普希的茅屋走去了。尽管他是十分霸道的人，但是相当愚蠢。他毫不在乎地瞧了一下那颗奇特的珍珠——仅仅是瞧了一眼，然后，他就毫不在乎地把它装到了自己的口袋里。

他说："伙计，你的运气还不错，这或许是颗好珠子。我可以给你算一笔账。"

马普希惊皇失措地开始说："我要一个房子，得纵向三十六英尺长——"

"你奶奶个三十六英尺！"这个鲁莽的家伙接口骂道，"你要把债还清楚，这才是你应该要的。一千二百块智利大洋是你欠我的。不过，现在算你还了我了。这笔账终于算清了。这还没完，我还会为你记上两百块智利大洋的账，这回是我欠你的。假如我到了塔希提，这珠子能卖个好价钱，我会再给你记上一百块智利大洋的账——这样，我还给你三百块智利大洋。不过，你要记清楚，这得是珠子卖个好价钱的前提下。我没准儿还会亏本呢。"

马普希交叉着两只胳膊，苦恼地低头坐着。这宝贝算是给人抢走了。那所房子没得到，仅仅是还清了一笔债。珠子没了，房子的愿望也就落空了。

特法拉说道："你真是个傻瓜。"

他母亲瑙瑞说："你真是个傻瓜，为什么要把珍珠给他呢？"

"我没办法啊，我欠着他的钱呢。况且他知道我有这颗珍珠。你们也听见了，是他跟我要的。我从来没告诉他，他早就知道了，是别人跟他说的。我又欠他的债。"马普希为自己辩解道。

"马普希真是个傻瓜。"纳库拉也在学舌。

她是个十二岁的小女孩，还不怎么懂事。马普希这次总算逮到一个发泄的机会了，用力打了她一耳光，打得她趔趄了一下，随后，瑙瑞和特法拉就开始号啕大哭，继续照她们一贯的方式责备他。

这时候，在岸边瞭望的呼鲁—呼鲁又瞧见了一艘他所熟知的双桅船在礁湖口外面抛锚了，然后也放下一只小艇。这艘双桅船就是"希拉"号，是李微的船。李微是一个德国籍犹太人，还是最大的珍珠商人。船的名字起得非常妙，因为在那里，"希拉"就是人们所熟知的盗贼和塔希提渔民的守护神。

那个其貌不扬、肥头大耳的胖子李微刚登上岸，呼鲁—呼鲁就问道："你有没有听说过这个消息，马普希搞到一颗珍珠。不要说是希库鲁岛，就是在全保莫塔群岛，在全世界，也都不曾有人见过这么好的珍珠。马普希真是个傻瓜。他竟然把它卖给了托里基，才得了一千四百块智利大洋——我在外面偷听到了他们的谈话。托里基也是个十足的傻瓜。你可以再用很便宜的价钱从托里基手里再买过来。是我第一个告诉你的，你可别忘了。你有烟吗？"

"这个托里基在哪儿？"

"他在船长林奇家里，正喝着苦艾酒呢。他在那里已经待了一个小时了。"

在李微和托里基一起喝着苦艾酒，争论着珍珠的价格的时候，呼鲁—呼鲁又赶去偷听了，最后他听见李微竟以两万五千法郎的惊人价格买到了那颗珍珠。

正在这个时候，"奥洛亨纳"号与"希拉"号逼近了海岸，然后像发了疯似的发起了信号枪。那三个人一起跑出了屋子，向远处望去，刚好看到那两艘双桅船正迅速地掉头离开海岸，同时收下船头的三角帆与主帆，乘着那将船身吹得倾斜的暴风，朝着前方浪涛滚滚的海面快速地驶去了。紧接着，它们就被大雨遮没了。

托里基说道："暴风刮过之后，它们会再回来的，不过，现在我们最好先离开这里。"

船长林奇说道："依我看，大概是气压表又降低了。"

林奇是个年纪较大的白胡子船长，不过现在他已经老得无法再干这一行了。他有比较严重的哮喘病，而希库鲁是调养这种病最合适的地方，所以他就一直住在这里。这时他走进屋里，瞧了一下气压表。

"好家伙！"林奇船长大叫一声，屋外的两个人听见之后赶忙跑了进去。只见他呆呆地站在那里，眼睛直直地盯着指针，气压表已经降到二十九点二了。

于是，他们又焦急地跑到了外边，观察了一下天色与海面。暴风已经刮过去了，可是天空仍旧乌云密布。他们又朝远处的海面望去，那两艘双桅船的风帆已经张满，后面还跟随着另外一艘双桅帆船，正一同朝着这边赶来。紧接着，风向一转，它们的帆索都松掉了，五分钟过后，风又猛然转到了相反的方向，同时也使这三艘双桅船的风帆在瞬间扭到了相反的方向。当它们的帆扭动的时候，就是岸上的人也看得清楚，帆的下桁上的滑车立刻就松了，于是船索也跟着散了。这时侯，滚滚的大浪一片接一片地涌了过来，拍打着海岸，发出响亮而深沉的声响，气势咄咄逼人。突然那令人战栗的闪电在他们的眼前一闪，阴暗的天空在瞬间被点亮，随后就是一阵狂吼般隆隆不停的雷声。

托里基与李微焦急地朝着他们的小艇狂奔过去，而在后面的李微一路摇摇晃晃的样子十分像一头惊慌失措的河马。就在他们的小艇划到珊瑚口的时候，刚好同迎面驶来的"奥雷"号擦肩而过。在"奥雷"号的小艇上，劳乌尔正站在船尾一面掌着舵，一面给划船的水手打气。

他由于无法摆脱那颗珍珠留给他的深刻印象，所以这才匆忙地赶回来，准备满足马普希那所房子的要求。

就在他上岸的时候，突然一阵狂风夹着豆大的雨点密密麻麻地猛打过来，遮得他什么也看不清，直到他同呼鲁—呼鲁迎面撞到了一起，才清楚地看见了对方。

呼鲁—呼鲁大声地嚷道："你来得太晚了，马普希把珍珠卖给了托里基，得到了一千四百块智利大洋；而托里基又将它卖给了李微，得到了两万五千法郎。我想李微会把它带去法国的，在那里估计可以卖到十万法郎。兄弟，你有烟吗？"

劳乌尔心里的那块石头顿时放下了，那颗珍珠在他心里激起的惊叹与烦恼终于烟消云散。虽然他没能得到那颗奇异的珍珠，但是他也用不着再为此事劳心费神了。不过，他并不相信呼鲁—呼鲁的话。尽管马普希很有可能以一千四百块智利大洋的价格把它卖掉，但那个李微，对珍珠如此内行的人，竟然会用两万五千法郎的价格把它买走，这简直让人无法相信。于是，劳乌尔决定去找林奇船长，向他打听这件事的来龙去脉，可是等他赶到了这个老船长的家里时，却发现他正睁着大大的眼睛直直地望着气压表。

"你快瞧上面的气压是多少。"老船长林奇心急如焚地问道，他擦了擦眼睛，又向那个气压表望了过去。

劳乌尔说道："二十九点一，我从没有见过这样低的气压。"

老船长哼了一声，又接着说："可不是！我从小到大一直同大海打交道，到现在已经足足五十年，我还从没有见过这样低的气压。快听！"

他们在那里站了一会儿，只听见惊涛拍岸的声音，隆隆地震撼着屋子。他们来到了外面。暴风已经刮过去了。他们看到"奥雷"号就停在一英里之外的地方，它在巨浪中疯狂地摇摆起伏，尽管这时已经没有风了；而那滚滚的巨浪声势浩大地从东北方涌了过来，凶猛地撞击着珊瑚海岸。这时，小艇中的一个水手指着礁湖口无奈地摇了摇头。劳乌尔向那边望了过去，只见汹涌起伏的波涛，激起了白白的浪花。

他说："林奇船长，我看今天晚上我只能和你一起过夜了。"然后，他又转过身，让那几个水手把小艇拖到岸上，也叫他们找个安身的地方。

"已经降到整整二十九了。"老船长报告道，他又去看了一次气压表，出来时两手抱着一把椅子。

他坐了下来，注视着海上的景象。太阳从云层中探出了头，使天气变得更闷热了，天空仍旧是死寂的一片。然而，海浪的声势却逐渐变大了。

劳乌尔心烦气躁地嘟囔着："我真搞不懂这些浪头是怎么来的，这里又没有风，可是你瞧，瞧那个浪头！"

一个有几英里长的浪头，正在以排山倒海的气势猛撞着这座脆弱的环形珊瑚岛，犹如地震一般撼动着它，这让林奇船长大为吃惊。

"好家伙！"他惊叹地叫了一声，从椅子上欠起身来，然后又坐了下去。

"可是没有风，"劳乌尔又开始固执地说了，"假如浪随风一起来，那还是能理解的。"

船长阴沉地回答："用不着操心，风随后就来，到那时，够你受的。"

两个人阴沉无语地坐在那里。在不知不觉中，他们的皮肤里已经渗出了无数细小的汗珠，这些汗珠汇聚成许许多多的水点，随后又汇成了一条条小河，流淌到了地上。他们都十分难受地喘着气，而那老头子的呼吸尤为困难，也更加痛苦。一个浪头猛然冲了上来，没过了沙滩，涌到了椰子树的四周，又退了下去——那海浪几乎冲到了他们的脚边。

"已经越过了高潮水位，"林奇船长说，"可是我在这里住了有十一年了。"

他看了一下表："三点钟了。"

一个女人和一个男人，后面跟随着一大群孩子与狗，凄凉地走了过去。当他们走到屋子的那边就停住了，然后在那里踌躇了许久，才一起坐到了沙地上。几分钟后，又有一家人从相反的方向过来了，男女老少带着各式各样的生活用品。不久，在老船长的屋子周围，像这样的人就聚拢过来好几百个。船长问了一个刚过来、抱着吃奶孩子的女人，才得知她的屋子刚刚被冲到了海里。

这里是几英里内地势最高的地方，在它左右两旁的很多地方，惊涛骇浪正冲击着这座小小珊瑚岛的细环，波浪一直涌到了环内的礁湖里。珊瑚岛的周长是二十英里，在这二十英里中没有一处的宽度超过三百英尺。现在，正好是打捞珍珠的旺季，附近的一切小岛，甚至像塔希提那样远的地方，都有很多人来这里打捞珍珠。

林奇船长说："现在，这里的男男女女、老老少少一共大概有一千二百人，不过，到了明天早晨，真不知道还能剩下多少。"

劳乌尔问道："但是为何不刮风呢？——这个我倒是很想知道。"

"别急，别急，小伙子，马上就会使你头疼的。"

正当林奇船长说话的时候，一个大浪猛地冲到了珊瑚岛上。海水翻腾到了他的椅子下，足足有三英寸深。很多女人都吓得低声啜泣起来了，而那些小孩子都紧紧地握着手，瞧着滚滚而来的惊涛巨浪，恐惧地大声哭起来。原来在水中慌张乱跑的猫和鸡，这一刻也都像商量好了一样，爬的爬，飞的飞，一起到船长的屋顶上去避难了。一个保莫塔人提着一篮子刚刚出生的小狗，爬到了一棵椰子树上，并且把篮子系在了离地面大概二十英尺的地方。母狗则在树下的水里，急得又蹦又跳，狂吠哀嚎。

但是，太阳仍旧光芒四射地照耀着大地，天空仍旧是死寂的一片。他们坐在那里，望着远处排山倒海的浪头和那上面颠簸起伏的"奥雷"号。林奇船长目光呆滞地瞧着这片汹涌而来的无情大浪，直到他再也瞧不下去时，才用手把脸遮住，不让自己再看到这幅惨淡的景象。随后，他就回到了屋里。

他回来后，轻声地说："二十八点六。"

接着，他就取来一圈细绳子，套在了胳膊上。他将它每隔十二英尺截一段，把一段给了劳乌尔，一段自己留着，然后又把其余的分给了那些哭泣的女人，劝告她们各自找一棵树赶快爬上去。

一阵微风从东北方吹来，轻轻地拂过劳乌尔的脸，这似乎让他清醒过来了。他远远地望见"奥雷"号已经把帆索整顿好，准备掉头离开这里。他为什么没有留在船上，为什么来到这个鬼地方，对此他感到懊悔不已。不过，不管怎样，他相信自己总是能逃脱厄运的。可这座小小的珊瑚岛——一个浪头迅猛地扑过来，似乎将要把他一同带走，他连忙挑好了一棵树。随后，他又想起了气压表，就赶忙跑回房间。刚好，他碰见了也为此事赶回去的林奇船长，于是，两人就一同进了屋。

老船长说道："二十八点二，这个小岛快要出事了——这是为什么呢？"

空中似乎被某种东西疾驰的声音充满了。房子也东摇西晃地抖个不停，一阵巨大的隆隆声几乎要穿破他们的耳朵。窗户都在轧轧作响，震碎了上面的玻璃；一阵狂风迅猛地刮了进来，使他们几乎无法站稳。只听见砰的一声，对面的那扇门关上了，弹簧锁瞬间被震断了，白把手也被甩到了地板上，碎成了好几块。四周的墙壁就像是一个突然被吹胀的气球，一下子鼓了起来。这时一个浪头拍打在屋外的墙壁上，发出砰砰的声音，就像是有谁在打枪。林奇船长看了一下表，已经是四点钟了。他穿上了一件厚的粗花呢裤子，把气压表从钩子上摘了下来，然后装到一只大口袋里。又是一个巨浪猛烈地撞击房子，它那单薄的身子一歪，在地上转了四分之一圈，向下一沉，地板就向下倾斜十度左右。

劳乌尔先奔了出去。刹那间，狂风就把他吸住了，立刻卷走了他。他发现风开始朝东刮了，于是他一使劲儿就扑到了沙地上面，蜷缩起来，一动不动。随后，林奇船长也跑了出来，他就像一捆稻草似的被风吹了过去，趴到了他的身上。而在这时，小艇上的两个水手已经抱紧了一棵椰子树，但是当他们看到那两个陷入窘境的同伴后，就立马离开那里前来搭救。他们背对着风，将身体弯曲到无法再弯曲的程度，一英寸一英寸艰难地爬过来。

老船长由于关节僵硬，无法爬树，那两个水手也只能把几根短绳子接到一起，准备将他吊到树上去。他们就这么几英尺几英尺地往上吊，最终把他吊到了离地面五十英尺高的树顶，并捆在了上面。劳乌尔只是把他那段绳子缠在周围的一棵树的树干上，站在那里张望。风势极为可怕。他从不曾想到会刮起如此厉害的风。突然，一个浪头猛撞到珊瑚岛上，一直冲到了湖里，弄得他膝盖以下全都湿透了。太阳早已隐去，天空是一片铅灰色的薄暮，笼罩着下面的一切。几点雨横扫过来，犹如铅弹，打在了他的身上。一个浪头涌了过来，咸咸的浪花溅到了他的脸上，就像是有人打了他一个巴掌。他的两颊顿时传来一种火辣辣的疼痛感，眼睛更是疼得流出了眼泪。而现在，已有几百个当地人爬到了树上。换作从前，他看着这一簇簇在树上结着的"果实"，或许会被逗得笑出来，不过现在，这个从小生活在塔希提的劳乌尔，也只能弯起身来，抱紧树干，双手死抓着树皮，两脚紧紧地踩着树身，不顾一切地往上爬了。到达树顶后，他看到那里有一个男人、两个女人和两个孩子。那个小女孩还紧紧地搂着一只猫。

他在树的高处向林奇船长挥了挥手，那个刚毅的老船长也挥着手示意。然后，劳乌尔又抬头向天空望去，天色已由铅灰变为漆黑，漆黑一片的天空逼得太近了，近得就像压在他的头顶上，让他胆战心惊。不过很多人依旧待在地上，他们一群一群地聚集在树干的周围。有几群人正在虔诚地祈祷，还有一个摩门教的人正对着一群人不停地说教。这时劳乌尔的耳旁突然响起了一种有节奏的、古怪的声音，低得就像远处的蟋蟀所发出的极其微弱的叫声，仅仅就响了那么一会儿，可是就在这短短的时间里，他若有若无地听到了那来自天堂的乐章。他朝四周扫了一眼，瞧见在另外一棵树的旁边，有的人是一大堆共同拉着绳子，也有的人是彼此互相拉着绳子。他还看出他们的脸与嘴唇的动作如出一辙。虽然他无法听到这一切，但知道这些人一定是在唱赞美诗。

风势仍旧在不断地增大。这已经不是他生平所遇过的任何一次大风所能比拟的了，所以仅凭感觉，他已经不可能估算出风力的大小了。尽管如此，他还是能感到风势在增大。在离他不远的地方，风甚至把一棵树连根拔起，树上的人也都被甩到了地上。一个浪头立刻就冲上了沙滩，在上面仅仅是扫了一下，那些人就消失得无影无踪。这一切变化得如此之快，几乎就是一眨眼的工夫。他还看见在那泛着白色浪沫的礁湖上浮出一个黑色脑袋和一个褐色肩膀。但是转眼间，就不知他们到哪里去了。其他的树也被风一棵棵拔了起来，像火柴棍一样乱七八糟地倒在了地上。这次他终于领教了风的威力，这种威力让他大为震惊。他所待的那棵树，也在疯狂地摇摆着，似乎已经大祸临头了，那个女人一边号哭着，一边紧紧地抱着小女孩，而小女孩仍然紧抱着她的猫。

搂抱着另一个孩子的男人碰了一下劳乌尔的胳膊，朝远处指了指。他朝那边望了过去，只见在一百英尺以外的那座摩门教堂，就像是喝醉了酒一样，摇摇晃晃地飞了出去。它已经远离了地基，被狂风巨浪抬着、推着，朝着礁湖冲去了。然后，一片惊涛骇浪赶上了它，冲撞到了它的身上，瞬间把它甩到了五六棵椰子树上。在椰子树上躲避的一大群人也像熟透的椰子一样重重地砸到了地上。大浪退去后，只见他们全都躺在地上，有的一动不动，有的仍然在扭动、抽搐着。这让他突然想到了蚂蚁，这着实令他感到奇怪。不过现在，他已经感觉不到惊骇了，甚至连恐惧都忘记了。当他看到又一个冲上来的大浪将这群人的残骸从沙滩上冲得无影无踪的时候，他甚至还认为这一结果是理所当然的。紧接着又冲过来一个浪头，比起他之前见到的都要大，忽地一下就把教堂冲进了湖里，让它随着风漂到了远处的湖面上，隐隐约约地可以看出，它的一半露出了水面——这让他忽然想到了挪亚方舟。

他寻找着林奇船长的屋子，谁知它早已失去了踪影。这一切变化得确实太快了。他看到，在那些还没有折断的树上，已经有许多人溜到了沙滩上。风势变得更为凶猛了。他所在的那棵树就是一个很好的例证。它已经不再前后左右地摇摆了。与此相反，它甚至还是比较稳当的，因为风已经把它刮成了一个直角，它只是在那里一个劲儿地震荡着，这就像是琴簧或音叉那样不停地震荡，但是这种震荡使人想吐。最糟糕的是，这种速度实在是太快了。即便是它的根还能挺得住，但在这样危急的情况下，它是不会维持太久的，一定会被无情地折断。

他朝那边望去，一棵树已经折断了。不过，他并没有看到它是怎样折断的，那里仅仅剩下了半截拦腰折断的树干。假如不是亲眼所见，那一刻出事时的惨状，他是永远无法知晓的。人绝望的哀号声和树断摔倒的砸地声，这些声音在这片狂吼般的风浪声里显得微不足道。他朝着林奇船长的方向望过去，刚好就看到那里出事了。他看到那棵树不声不响地被风折断了。被折断的树连同老船长和艇上的三个水手一块儿朝湖的方向飞去，但并没有落到地上，而像麦秸那样在空中飞着，飞了一百码后才摔落到湖里。他奋力地睁着眼睛，深信自己看到林奇船长在同他挥手作别。

劳乌尔再也等不及了。他碰了碰那个当地人，做了一个让他下地的手势。那人也表示赞同，但是那些女人早就被吓瘫了，所以他只好待在她们的身边。劳乌尔将绳子缠在了树上，然后一点点地往下溜。这时，一股咸咸的水泼在了他的头上。他屏住呼吸，死死地抓紧了那根绳子。当水退去之后，他就在树身背风的地方缓了一口气。虽然他把绳子系得更牢了，但是一个浪头冲过来，他马上就被淹没了。一个女人也从树上溜了下来，和他待在一起，但是另一个女人、那个当地人和那两个孩子，以及那只猫，却仍旧待在上面。

劳乌尔已经察觉到了，那些靠近别的树的人正在一刻不停地减少着。现在，他看得出这些无声无息的变化就发生在离他不远的地方。在他身旁的那个女人已经越来越没有力气了，而他得用尽自己的全部力量才能抱得住这根树干。每当他从大浪里冒出头来，他总会十分惊奇地发现自己仍旧待在原地，也十分惊奇地发现那个女人仍旧在那里。不过后来，当他露出头来，他发现就剩下自己一个人了。他又朝上面看了看。树的上半截已经不见了，留下来的下半截也在不停地颤动。现在，他终于从刚刚的险境中脱离出来了，树根仍旧很牢固，而这棵树招风的部分已经被削走了。于是，他又奋力朝上爬去，但是由于这时他已经精疲力竭了，所以只能一寸一寸地慢慢向上爬。一波又一波的海浪不住地拍打在他的身上，最后他才爬到了海浪打不着的树干上方。随后，他就将自己牢牢地绑在树身上，鼓足勇气去面对漫长的黑夜以及无法预知的一切。

他四周是无边无际的黑夜，这让他感到一种未曾有过的孤独。有时候，他甚至觉得现在就是世界末日，而他不幸地成为这个末日里最后一个活人。风势仍在增强。他估计了一下，就在大约十一点的时候，那时的风凶猛得简直令人难以置信。它几乎变成了一头凶残可怕的怪物，一种凄厉的吼叫，一堵踏平一切、继续前进后又踏平一切、再继续前进的巨墙——漫无边际的巨墙。他甚至觉得自己已经变成一种虚无缥缈的东西；他觉得真正动的是他自己；一种神秘的力量正以无法思量的速度操纵着他穿过那无边无际的固体。风已不再是川流不息的空气了，它仿佛变成了水或水银那样能够触摸到的东西。他突然有一种感觉，似乎自己的手只要一伸进风里，这个怪物就会像从死鹿身上撕肉一样，一块一块地把他撕下来；他觉得自己似乎可以抓住风头，像攀登悬崖那样来攀登它。

有时，风把他逼得喘不过气来，他根本无法呼吸，因为这样风就会肆无忌惮地冲进他的鼻孔和嘴里，会让他的肺像气泡一样快速地充起来，每逢此时，他马上就会觉得身体里好像装满了严严实实的泥土。然而，只有当他把嘴唇紧贴在树身上时，他才能略微地喘息一下。同时，风还不住地吹打着他的身体，让他更加感到筋疲力尽。他现在已是身心疲惫了，不再看什么，也不再想任何东西，他的神志徘徊在昏迷与清醒之间。这样昏昏沉沉的脑海中，只冒出了一个念头："原来这就是飓风。"这个唯一的念头若有若无，就好像在颤抖中时隐时现的温暖火光。有时候，甚至从昏迷中清醒过来时，他又想："原来这就是飓风。"接着，又昏迷过去。

飓风最为凶猛的时候是从夜里十一点到凌晨三点，而马普希和他的家人所依附的那棵树，大概就是在晚上十一点钟被刮跑的。当马普希被甩到湖面上的时候，他仍旧紧紧地抓着自己女儿纳库拉。在这种凶猛无情风暴的冲击下，也只有南海的一些岛民才可能活得下去。他所依靠的那棵露兜树一刻不停地在大浪中起伏翻腾；为了能让纳库拉的头和自己的头露出水面呼吸，他有时要紧紧地抓住树干，有时又要迅速地换换手。但是，因为那横扫而来的大雨和那飞溅不停的浪花，空气里已经到处都是海水了。

从礁湖的这边到对岸的沙地，大约有十英里的路程。那些被冲过礁湖、大难不死的可怜人到达对岸后，十分之九都会被漫天飞舞的木头、树干和各种残骸打死。他们往往在气息奄奄、筋疲力尽之后，被甩进这片肆无忌惮的暴风雨的捣臼里，被捣成一团肉泥。但是马普希的运气倒还不错。他恰恰是那十分之一的幸运儿，这完全是天赐的侥幸。他从湖水中挣扎到对岸的时候，身上被弄伤一二十处，伤口不停地流着血。他的女儿纳库拉左臂被折断，右手的指头也被砸烂，受伤的前额与面颊已经露出骨头。马普希用一只手牢牢地抓住一棵还没有被风刮倒的树，支撑着，另一只手紧紧地抱着自己的女儿，奋力呼吸着。冰凉的湖水不停地涌上来，没过他的膝盖，有时甚至会淹到他的腰部。

等到三点钟的时候，飓风的威力终于减弱了。到了五点，周围仅有一股疾风在吹着。六点钟时，风息全无，太阳光芒四射，海浪也退了。而在那仍旧激荡不停的湖边，马普希看到了很多无法登上沙滩的人的尸身。毋庸置疑，瑙瑞与特法拉必定也在其中。他沿着沙滩一边走着，一边仔仔细细地察看，终于找到了他的妻子，只见她半个身子露出水面，半个身子淹没在水中。他坐倒在沙滩上，不住地大哭起来，发出了有如野兽般的声音，像原始人一样悲伤地痛哭着。突然，她的妻子艰难地动了一下，哼了几声。他靠近看，发现她不但活着，而且没有受一点儿伤。她只不过是在那里睡觉。她也同样是那十分之一的幸运儿！

据那个摩门教的人与一个宪兵的调查，前一天晚上有一千二百人活着，而现在只有三百个人保住了性命。岛上所有的茅屋和房子都被吹倒了。整个珊瑚岛，竟找不到两块仍然能叠在一起的石头。岛上大约只有五十分之一的椰子树没有被刮倒，剩下的那些也都是残缺不全的，并且树上连一个椰子也没有留下来。那些积雨水的浅井，也全都灌满了海水，一点儿淡水也找不到。有的人抛开了那些倒下来的椰子树，把树心挖出来吃。有的人好不容易从礁湖中捞出几袋面粉，结果它们早已湿透了。随后这些人又在沙地上零零散散地挖了很多小洞，并把白铁屋顶的残片盖在上面，然后钻到里面休息。那个摩门教的人做了一个简单的蒸馏器，可是要想靠它来蒸出三百人喝的淡水，简直是一件不可能的事情。到了第二天的傍晚，劳乌尔在礁湖里洗澡时，突然发现口渴略微减轻了。于是，他就向大家宣告了这个好消息。随后，三百个男女老少，都齐齐地站到了湖里，通过他们的皮肤来吸收一些水分。这时候，死尸就在他们的身旁漂浮着，或者沉在水底被他们踩着。等到第三天，大家才把死去的亲人一个个埋好，然后坐在沙滩上焦急地等待着那些前来搭救他们的汽船。

　　与此同时，璐瑞一个人也历经了一番苦难。她自从被飓风卷走，同家人离散后，首先抓到的是一块粗糙的木板，这块木板把她扎得满身是刺，弄得她遍体鳞伤，然后她就随着一个大浪腾空越过了珊瑚岛，进了波涛汹涌的大海。在海上，她在滚滚巨浪的冲击下丢掉了那块木板。她是一个将近六十岁的老太婆，在保莫塔群岛长大，而且一辈子都生活在海边。她被冲到海里的时候，已经到了晚上，周围不是漫无边际的黑夜，就是波涛起伏的大海，但她还是一路勇敢地向前游着。为了呼吸，她拼命地在这片冷血无情的大海中一刻不停地挣扎。突然，一个浪头过来，把一个硬邦邦的椰子打到了她的肩膀上。不过，这让她立刻想出一个主意，于是她抓住了那个椰子。随后，在一个小时内，她又抓了七个椰子。然后，她把它们绑到了一起，做成一个救生圈，虽然这东西可能会帮她渡过危难，但同时也可能把她砸成肉酱。她的身体非常胖，特别容易受伤，但是她对付飓风是相当有经验的，所以她一边祈祷鲨神保佑她免遭鲨鱼残害，一边等着风势减弱。但到了三点的时候，她就昏昏沉沉的什么也不知道了。后来，她被冲上岸，才渐渐地清醒过来。然后，她又把皮开肉绽的手脚插在沙滩里，迎着倒流的海浪，一寸一寸地撑着向前爬，爬到远处的高地时，她才终于从海浪的手心里逃脱出来。

　　她十分清楚自己到了什么地方。这里必定是塔科科达，没错，就是那个小岛。这里既没礁湖，也没人烟。而希库鲁还远在十五英里以外，虽然她瞧不见，但知道它就在南面。时间在一天一天地流逝，她靠那几个椰子来维持基本的生存，它们曾经帮她浮在浪涛中，漂洋过海来到这里，而现在又成了她唯一的食物。这些硬邦邦的椰子既能吃又能喝。但她并没有尽量地吃，也没有尽量地喝。她不知道自己何时才能被搭救，甚至不知道自己是否还能被搭救。每次，当她看到远处救生的汽船在海平面上冒着浓浓的黑烟时，她的心中就不由得生出一丝希望的曙光，不过，她还能指望有哪一艘愚蠢的救生船会愚蠢地开到这个杳无人烟的塔科科达呢？

　　她所面临的绝不仅仅是食物的匮乏和孤零零的寂寞，她还受到那些死尸的摧残和折磨。一个又一个不断涌上来的浪头，将一具又一具死尸冲到她所在沙滩的周围。她决定把这些死尸拖到海里，让鲨鱼撕咬并吞掉它们。随后她就一刻不停干了起来，直到耗尽了她最后一点儿力气。就在她筋疲力尽地坐在那片沙滩上休息时，这些死尸逐渐堆积成了一个恐怖阴森的半圆形，她尽量远远地避着它们，但在这块小小的沙地上，她几乎无路可退。

就在第十天，吃完了最后一个椰子，她已经渴到了极点，整个人都萎缩了。她想再找几个椰子，于是一边在沙地上艰难地走着，一边用疲倦的眼睛四处搜寻。但结果令她很失望，这里到处都是冲上来的死尸，连一个椰子也没有。按理说，漂浮到海中的椰子要比死尸多得多。最后，她只能打消这个念头，筋疲力尽地躺在沙滩上。她现在所能做的，仅仅就是静静地等待，等待着死亡的来临，除此之外别无他法。

不知过了多久，她从昏迷中醒来，睁开双眼朝四周看了看，一具死尸头上的沙红头发出现在她的眼前。这具死尸随着浪头，一会儿冲到她这里，一会儿又被拉了回去。后来，海浪把它冲得翻过了身，她才发现他的脸已经没了。这种沙红头发她似乎在哪里见过。一个小时过去了，她已经没有多余的心思去辨认它到底是谁了。现在，在她的世界里，仅有一个孤零零的自己和那在前方等着她的死亡。因此，这个阴森森的东西到底是谁，同她毫无关系。

又一个小时过去了，她似乎突然想到了什么，于是慢慢地从沙地上坐起来，盯着这个沙红头发的死尸。这时一个巨大的浪头已经把它冲到了普通海浪打不到的地方。是的，她没有看错，这是李微，那个德国籍犹太人，在整个保莫塔群岛上，只有他一个人长着这种沙红色的头发，正是这个人买了那颗珍珠后坐着"希拉"号把它带走了。不过现在看来，这个珍珠贩子的商船，也就是那个供奉着盗贼与渔夫保护之神的"希拉"号，已经完蛋了。

她爬到了那具死尸旁边，仔细地打量了一下，它的衬衫已经被撕烂，腰部缠着一条放钱的皮带。她屏着呼吸，解开了皮带上的一个个搭扣，想不到很轻易就弄开了。然后，她手里拖着那根皮带，急忙爬过沙滩。她把皮带上的口袋一个接一个地打开，里面空无一物。就在她打开最后一个口袋时，发现它就躺在里面。它就是那个死尸的主人这一趟买到的第一颗也是唯一的一颗珍珠，不过现在它又回到了马普希家人的手中了。她为避开皮带的臭气，又爬了几英尺，然后细细地打量起它来。没错，就是那颗珍珠，先前是马普希捞到的，后来又被托里基抢走了。她把它放到手里掂量着，估算了一下它的分量，随后又温存地把玩着它。但是，它的什么内在美，她一点儿也看不出来，她对此也毫不关心。每当她想到它、看见它、摸着它时，她的脑海中总是会浮现出对那所房子的一切精致构想，比如纵向三十六英尺长，周围有条走廊以及那座必不可少的八角挂钟等。她一想到这所房子，心中就充满了希望，就充满了继续活下去的勇气和力量。

她从短裙上扯下来一条布，将那颗珍珠牢牢地拴在脖子上。现在她心中只有一个念头，就是要活下去，她要找到椰子继续活下去。于是，她沿着沙滩一步一步地走着，嘴里不时地发出艰难的喘气声。她那双疲倦的眼睛四处搜寻着，很快她就找到了一个椰子，然后又是一个。她凿开了其中一个，尽管里面已经发了霉，但她还是喝干了它的果汁，吃尽了它的果肉。她又走了一会儿，发现了一只已经破损的独木舟。独木舟独舷侧的平衡架已经不见了，不过她还是信心满满，不到一天时间，她就找到了那副平衡架。她心想，那颗珍珠一定是个护身的法宝，她每找到一样东西都是一个好的兆头。黄昏的时候，她朝大海望去，看到了一只半沉半浮的木箱子正慢慢地朝她漂来。于是，她马上过去把这只箱子拖到沙滩上，在里面找出了十听鲑鱼罐头。她抓起了其中一听，走近了独木舟，朝着它使劲地敲着，打算把它敲开。不久她就敲开了一条缝，然后吸干了里面的汁。后来，她又花了几个小时，一边敲，一边挤，一块块地把鲑鱼挖了出来，直到把它们都吃光。

她又等了八天的时间，希望能过来一艘救生船。在此期间，她想把那副平衡架绑到独木舟上，可是没有绳子。于是，她就拿她吃的那些椰子的纤维，还有她短裙上剩下的一切，编成了一条绳子。她想把这只严重破损的独木舟修补好，但要把它修得完全不漏水是根本不可能的，她只好将一个椰子壳做成了瓢，当作舀船里水的工具。不过，最让她头疼的是没有船桨。于是，她找来一块铅皮把自己的头发全都割了下来，又用这些头发编成了一条绳子。最后她用这条绳子把木箱上的一块木板牢牢地拴在了一个三英尺长的扫把柄上。为了能拴得更牢靠一些，她甚至还用牙在扫把柄上咬了很多缺口。

等到第十八天，救生船仍旧没有来。到了半夜，她就趁着大浪推舟入海，准备回希库鲁。她原本是个相当胖的老太婆，不过，这次不幸的经历已经耗干了她身上的每一寸脂肪，让她瘦得皮包骨。她要对付的那只独木舟非常大，得靠三个身强体壮的男人来划才行，但她所能依靠的只有自己骨瘦如柴的身体和那个粗糙简陋的船桨。可是偏偏这只独木舟总是漏水，她得花上三分之一的时间把水舀出去。虽然天已经大亮了，但她仍旧没有看到希库鲁。回头望去，塔科科达已经隐没在蓝色涌动的海浪中了。太阳火辣辣地照在她裸露的身上，烘蒸着她身体里本就不多的水分。现在，她只剩下两听鲑鱼罐头了，它们是她食物和水分的唯一来源。当渴到极点时，她只是在罐头上面敲几个小口，把里面的鱼汁吸干。她已经没有时间去挖里面的肉了。尽管她拼命地朝南划，但一股向西的海流让她不时地朝西漂去。

中午刚过，她从独木舟上站起来，终于望到了希库鲁。那许许多多茂盛的椰子树已经不见，她只看到零零散散、远远相隔的几棵树。这景象给了她很大的勇气。她没料到自己能回到这里，这么近地看着她的希库鲁。不过海流还是不停地把她向西推去。她逆着海流朝前划着，每隔一段时间就要把桨再次绑紧，因为桨上系绳子处的划痕早已磨平，这就让她花了很长的时间。另外，她还不得不把船里的海水舀出去，这使她在三个小时里总要有一个小时无法划船，而这时她只能被海流冲得朝西漂。

黄昏时分，希库鲁就在她的东南方三英里左右。远方升起了一轮明月，等到八点，陆地又出现了她的东面，离她大概只有两英里了。她又拼命地划了一个小时，但是陆地似乎仍旧在很远的地方。她的桨太不中用，独木舟也太大，在舀水上花费的精力和时间也太多了；另外，她的身体也十分虚弱，已经快支撑不下去了。尽管她已用尽了全力，但她的独木舟仍旧不住地朝西漂去。

她向鲨神做了祈祷后，就跳到海里游了起来。在水里，她变得灵活多了，精神也恢复了许多，独木舟马上就被她丢到了后面。她游了大概一个小时后，陆地明显近了许多。随后，她的眼前出现了非常可怕的一幕：突然，有一片大鳍破水前进，游到了离她不到二十英尺的地方。她鼓足了勇气，向它游了过去；它却缓慢地游开了，又转到了她的右边，绕着她兜了个圈。她死盯着这片鳍，朝前游着。等到看不见它时，她就把脸朝下贴在水面上，留神观察着。她看出来了，这个怪物懒得很。毋庸置疑，那场飓风过后，它一定是吃得太饱了。假如特别饥饿的话，它一定会将她吃掉的。这条鲨鱼大概有十五英尺长，她十分清楚，只要被它咬上一口，就会立刻被撕成两半的。

但是，她已经不能再浪费时间了，希库鲁就在她的前面，而她的身心已经疲惫到了极点。无论她游不游，海流总要拖着她远离陆地。过了半个小时，那条鲨鱼的胆子渐渐变大了，游动的圈子也慢慢地缩小，正一步步向她逼近，甚至它游过来的时候，还总是用它那贪婪的眼睛斜瞥着她，它似乎已经看出——这个年迈的老太婆根本无法伤到它。她也十分清楚，它早晚会不顾一切地猛扑过来。于是她决定先下手为强。她现在有这种想法，简直就是在拼命。她这么一个老太婆，孤苦伶仃地漂浮在这波涛汹涌的大海里，又饥又渴，艰难、痛苦无时无刻不在啃食着她脆弱的生命；她所面对的是海中的一只老虎，但她别无选择，只能先冲过去，用那无所畏惧的勇气征服它，让它不敢靠近。因此，她一边游，一边等待着机会。后来，它终于悠闲自在地朝她游来，等到离她只有八英尺左右的时候，她就突然佯作攻击姿态，迅猛地朝它冲了过去。这一招果然奏效了。它发了疯似的，把尾巴一甩，飞快地逃走了，但它那犹如砂纸一般的皮却蹭了她一下，把她从肩到肘的一块皮给蹭掉了。它游得非常快，终于消失不见了。

在盖着白铁屋顶残片的沙洞里，特法拉和马普希正躺在里面激烈地争论着。

"假如你早点儿照我说的做，把珍珠藏起来，谁也不告诉，那它就不会被人抢走了。"特法拉责怪着他，她不止一千次这样说过。

"但是，我打开蚌壳时，呼鲁—呼鲁就在我身旁——我不是已经千百次地告诉你了吗？"

"是啊，我们住不上那所大房子了。今天，劳乌尔还跟我说，假如你没把那珠子卖给托里基——"

"那是托里基抢去的，我没卖。"

"他说了，假如你没卖了那珠子，他会出五千块法国大洋，那可等于一万块智利大洋！"

马普希解释说："他母亲是懂珍珠的，他曾经同她商量过。"

特法拉抱怨说："可现在珠子丢了。"

"它让我还清了欠托里基的那笔账。不管怎样，我到底还是得了一千二。"

她大叫起来："那个托里基早死了，他们都不曾听到过他那艘双桅船的消息。那艘船已经同'希拉'号和'奥雷'号一块儿完蛋了。托里基难道会给你那三百块的欠款吗？不会的，因为他早就死了。就算是你没把珍珠给他，难道今天你还欠他一千二百块吗？根本不会！托里基已经死了，你总不能还债给死人吧。"

马普希说道："但是李微也没有付现款给托里基，他只给了他一张可以在帕彼特兑现的纸条。李微现在已经死了，当然也付不出了，而托里基的那张纸条也跟着他一起完了，而那珠子自然也跟着李微一道没了。特法拉，你说得没错。我的珠子丢了，也没得到任何东西。不早了，我们睡吧。"

突然，外面传来一个声音，似乎有人在痛苦地、用力地呼吸。马普希举一只手倾听着，另一只手摸到了那张由芦席充当的门帘上。

马普希喊道："谁在外面？"

"瑙瑞，"外面答道，"我的儿子马普希在哪里，你知道吗？"

特法拉被吓得大叫一声，抓住了马普希的胳膊。

她被吓得牙齿直打战，颤抖地说："有鬼！有鬼！"

马普希的脸也变成了蜡黄色，十分可怕。他浑身瘫软地靠在特法拉身上。

"好婆婆，我认识你儿子，他就住在礁湖的东边。"他尽量掩饰自已的音调，支支吾吾地说着。

他又问："老婆婆，你是从哪儿过来的？"

"从海那边。"回答的声音十分凄苦。

"果然如此！果然如此！"特法拉尖叫一声，身子不住地颤抖着。

"特法拉从什么时候开始睡到别人家里了？"隔着芦席，瑙瑞的声音传了进来。

那声音又说："我的儿子，马普希，怎么不认识他的老娘啦？这又是从什么时候开始的？"

他叫道："没，没有，我没有——马普希他没有不认您，我也不是马普希。马普希他住在礁湖的东边。"

纳库拉大声地哭着，从床上坐了起来。芦席摇动开了。

马普希问道："你要干什么？"

瑙瑞回答说："我要进来了。"

说着，芦席就被掀开了。特法拉吓得准备往毯子里钻，但是她被马普希一把拽住了，他想着拉住点儿什么才成。他俩一面吓得牙齿打战，全身发抖，一面把眼睛瞪大，盯着那正在掀起的芦席。只见瑙瑞爬了进来，浑身湿透，连衣裙也不见了。他俩急忙往后滚，争着把女儿的毯子夺过来蒙住头。

那个鬼十分凄苦地说道："你总可以给你老娘弄点儿水喝吧？"

特法拉用颤抖的声音命令说："给她来点儿水。"

"给她来点儿水。"马普希急忙把这个命令推到了纳库拉头上。

于是纳库拉被他俩从毯子里踢了出来。过了一分钟，马普希偷着看了那个鬼一眼，它正喝着水。当它把那只颤抖的手贴近他的手掌时，他感觉到了它的分量，终于才彻底相信它不是鬼。随后，他就爬了起来，顺手把特法拉也拖了起来。几分钟过后，大伙儿就开始听瑙瑞讲她那段悲惨的遭遇了。不久，特法拉也打消了偏见，相信她婆婆确实还活着，因为她提到了那个李微，并且还把那颗珍珠放在了她的手心里。

特法拉说道："明天一早，你就能把这珠子卖给劳乌尔，得到五千块法国大洋了。"

瑙瑞表示不赞成，说道："那我们的房子呢？"

特法拉回答说："他会把那房子盖成的。他还说过盖房子只须花四千块法国大洋，剩下的那一千块法国大洋，也就是两千块智利大洋，那是他欠我们的债款。"

瑙瑞又问道："那房子是纵向三十六英尺长吗？"

马普希回答道："没错，纵向三十六英尺长。"

"中间的那个房间有没有挂着一座八角挂钟？"

"有，另外，那张圆桌子也得有。"

瑙瑞称心如意地说："好吧，快给我拿点儿吃的来，我饿了。吃完了，我们就睡觉吧，我也累了。明天一早，我们再详细地把房子的情况好好谈谈，然后再把珠子卖了。那一千块法国大洋一定要跟他要现款。同那些商人打交道，现钱总比赊账可靠。"

女人的刚毅

　　深沉忧郁的眼神，来自四周布满冰霜的双眼，这样一双眼睛，嵌在狼一样的脑袋上。帐篷的门帘就是被这样一颗头顶开的。

　　帐篷里的人不约而同地用不悦的语调大声咒骂："呸，你这个倒霉鬼！哈！呼！"这条狗刚进到帐篷里就挨了贝特斯手中铁皮盘子的狠狠一击，它赶紧退了出去。路易斯·萨沃埃将门帘重新固定好，在走到火炉边上暖手之前，当然不忘把那只平底锅一脚踹翻。帐篷外冰天雪地，酒精温度计承受不住零下六十八摄氏度低温的压迫，在两天前爆掉了。不知道这样寒冷的天气什么时候是个头儿。反正自那以后的天气越来越让人难以忍受。在这样的情况下，让谁出去享受寒气，或者离开暖和的炉子都是非常残忍的事情。偶尔也会有些调皮的人不服，出去与严寒抗争，最后的结局都一样，把肺给搞坏了。这样一来，就会干咳不止，尤其是闻到煎咸肉的气味的时候。等到稍微暖和点儿的季节，春天或者夏天，人们用火为那个人造一个洞穴，然后把他的尸首塞进去，并用植物覆盖在最上面。也许到世界末日，这个完整的冰人会重新活过来，倒不失为带给后代的一个不小的惊喜。有些人不认为存在这种惊喜，对于这种情况克朗代克无疑是一个非常受欢迎的埋葬地点。然而，这并不是说，它是一个宜居的天堂。

就算是在帐篷里也能感觉到外边冷极了，因为里边也不那么暖和。在这里，要说家具，只能是火炉。大家都对这件宝贝礼遇有加。地上除了装满雪的鹿皮袋，以及一顶帐篷等极地必备用具，还有一些锅碗瓢盆。除此之外，当然少不了铺在积雪上的松枝，松枝上还铺着动物皮毛做的褥子。尽管炉子里的火烧得很旺，离它有三英尺远的一块冰还是跟刚从河底取出来时一样坚不可摧。帐篷外迫人的寒气压得帐篷里的热气直往篷顶冒。炉子正上方烟囱穿过帐篷的一圈帆布干燥得没有一点儿水汽，干燥帆布的外围一圈帆布正冒着热气，再外面是一个湿淋淋的水圈。除此之外，厚厚的浓霜附在篷顶和四壁，把帐篷内装扮得跟水晶冰宫一样洁白、闪耀。

一个面容憔悴、一脸胡楂的年轻男子躺在皮毯里，不知道梦到了什么，痛苦地呻吟着；他疼痛的叫喊声有增无减，而且愈来愈响。最后，他坐起来勉强支撑着，将毯子抓在怀里，神经质地瑟瑟发抖，似乎要逃离那张满是刺的床。

"他抽搐了，帮他换一换姿势。"贝特斯用命令的口吻说道。

立刻有六个人执行了这一命令，他们把那个年轻男子胡乱折腾了一通，费大力气把他的身子捶打了一番。

年轻男子把身上的毯子揭开放在一边，坐起来，嘴里还含含糊糊地咒骂："什么鬼路，该死！这十多个月，我去过多少苦地方，全国都跑遍了，还觉得自己再苦的地方也受得了，没想到到了这个破地方，却变成了真正的雅典人，女人味十足。"他卷起一根烟，往火炉边上凑了凑，"我从来不抱怨。我完全能受得了这样的苦，只是这样的事情让我觉得脸上无光。我现在停留在可恶的三十英里站上，我算是完啦！身体僵硬不堪，脆弱酸痛，跟娇生惯养的公子哥儿一样，连五英里路走来都觉得费劲儿。啐！真丢脸！哪位贡献一下火柴？"

贝特斯递了一根有火星的木棍给他，用长者的身份劝诫道："年轻人，不要这么浮躁，总有一天你会适应它的。痛苦得快要死掉了？我第一次走这条路时跟你一样。冷？我跟你一样，有许多次我从冰洞里喝足了水，总要花费十分钟的时间站立起来，因为全身的关节都被冻得硬邦邦的，疼得要死。还有所谓的抽搐！我记得我那时抽搐得很厉害，帐篷里的人一齐上阵把我收拾上好半天才能让我缓过劲儿来。你这新来的还挺厉害，是条硬汉。过不了多久，你就会跟我们这些老手一样了。好在你身形较瘦，不然就跟那些身强体壮的人一样，从哪里来直接回到哪里去了。"

"什么？胖？"

"是的，又高又壮。在雪地上行走可并不是大块头的强项。"

"我从来都不知道呢。"

"从来都不知道？千真万确，绝无虚假。身强体壮的人做体力活儿是把好手，可要是讲耐性坚持，高而壮就不管用啦！越是身材高大的人越是不能坚持，只有身形短小灵活的人才能真正坚持下去，跟一只瘦狗盯住骨头是一样的道理。讲耐力可不是大块头的强项！"

路易斯·萨沃埃急不可耐地打断道："是的！你说得真对！我有一

个朋友，壮得跟水牛似的，有一次所有人都急匆匆地赶去硫黄河时，有一个名叫朗·麦克范的小精猴跟他一起，就是那个每天都笑个不停、顶一头红头发的爱尔兰小伙子。他们日夜兼程，不停地走啊走。那个大高个在雪地里躺了好久，因为累得厉害。那个小精猴踹了大高个一脚，大高个就哇哇大哭起来，像个小孩子一样。要找到合适的词来形容大高个的哭相还真是难。这一大一小，一胖一瘦，不知道走了多久，总算是赶到了我的木屋子里。相信一路上大高个没少挨小精猴的踹。他在我家躺了三天才爬起来。他是我见过的最高大健壮的人。他就是太胖了，跟你说的一样。你说得没错。"

普林斯说："那阿克塞尔·冈德森又怎么说呢？"阿克塞尔·冈德森来自斯堪的纳维亚，是个大高个，死得很凄惨，普林斯对他印象深刻，怎么也忘不掉。这个采矿工程师用手朝神秘的东方指了指，其实也不甚明确到底指的是哪里，说道："他应该就在那片土地下，被埋在那里。"

贝特斯接着说："那些捕杀麋鹿的猎人中，或者说那些到海边去的人中，他是最为健壮的一个。但是，他是个特例。他的妻子恩卡，大家记不记得？大概体重不过一百一十磅，满身的肌肉，不见一丝肥肉。可她比她的丈夫更有耐力。她细致入微地照顾他，为了他，她受尽各种磨难。这个世上只要她想做的，她都能做得到。"

工程师有些急了，反驳说："顶多是她对他的爱在支撑着她。"

"我不是这个意思。这——"

食品箱上坐着的一个人打断了他们的对话："嘿，朋友们，你们说的男人的肥肉、女人的坚忍，甚至爱情，说得都在理。只是，我想起了很久以前当这里还鲜有人迹、荒芜破败时发生的事情。有三个人同行，其中有一个又高又壮的男人，还有一个女人，另外那个人就是我了。尽管那个瘦小的女人不够健壮，但是她非常有毅力，比那个男人厉害多了。那天天气冷极了，去往海滩的路也非常难走，因为地面被厚厚的白雪覆盖着。大家都饿极了。如果一个男人称赞一个女人的爱情是伟大的爱情，那该是多高的赞誉啊！"

他说完，抡起斧头劈了一大块冰，用淘金的锅在火炉上煮碎冰块，把冰化成水喝。众人往一起靠了靠，就连全身抽搐不止的年轻男子也加入众人的行列，他试图让自己紧绷的身体放松一些。

"伙伴们，我的身体里流淌着西瓦希人的血，但我的心是清明的。之所以会这样，首先，我的祖先功不可没，另外，我的朋友们也有很大的功劳。在我很小的时候，就听说了一个伟大的真理。我听说，土地属于你们和你们这类人。西瓦希人死在冰天雪地里，像鹿与熊一样，只能怪西瓦希人没有能力抵制你们的进攻。我现在跟你们中的每一个人一样，在这么暖和的地方，跟你们待在一起，并且坐在你们的炉火旁边。我这一辈子遇到过许多事情。我跟许多不同种族的人打过交道，和他们一起去过许多地方，亲眼目睹过许多怪事。我学着像你们那样来认识人，看待事情，思考问题。每次我开你们中任何一个人的玩笑，你们都不会在意；同样，我肆意赞美我的族人时，你们也不会有什么异议，比如'赛特卡·查理眼光有问题，说的话也不靠谱，因为他是西瓦希人'，这样的话你们从不会说，是不是？"

在场的其他人都在喉咙里发出一种极其隐秘的音，以示附和，同意查理说的话。

"她的亲人把她交给我，同时他们从我这里得到了一笔钱作为补偿。他们的契尔凯特图腾就竖立在一个海岬上，因为他们是海边的人。

我没有关注过她。跟所有第一次见陌生男子的小姑娘一样，她非常敏感、害羞，总是低着头。所以我从来没有注意过她长什么样子。我要长期漂泊在河上，得有一个人来为我划船，还要帮我喂狗，这种状态要持续很久，我没有心思想别的。还有啊，我的毯子我一个人盖有些大。我就把她买了下来，她的名字叫作帕苏克。

"我是个给政府办事的人，也许之前我已经说过了。要是我之前没说，现在你们也都知道了。我和帕苏克一起，带着我的狗、雪橇还有干粮，搭上了一艘军舰。这艘军舰一路向北，到了白令海边上才停下来让我们登陆，我们包括我、我的狗，还有帕苏克。由于我为政府办事，政府给了我一笔钱、几张标有秘密地点的地图和几封密封得极好的信件。再大的风雪也不会使这些信件的内容泄露出去，这是要交给一艘北极捕鲸船的信。这艘船被麦肯齐河上结的冰困住了。如果没有见过我们的育空河，我会以为麦肯齐河是世界上最伟大的河。

"这都是无关紧要的闲话，我要讲的故事，跟我在这里提到的捕鲸船和我在麦肯齐河上度过的难忘的时光都不相干。冬天渐行渐远，随着白昼时间的加长，天气越来越暖和了，雪地表面结了一层冰，我和帕苏克走在冰面上，朝南走，向着我们的目的地——育空河。要不是太阳给我们指明方向，我想我们在这样糟糕的路面上行走一定会迷路的。那时，这里还很空旷，什么也没有，我们撑着篙，划着桨，逆流而上，直到四十英里站。在那里我们再次靠岸，我们心情好极了，因为我们再次见到了白人。那年冬天很不好过，天气特别冷，天也灰蒙蒙的，我们难以忍受这样的糟糕状况，饥荒也来捣乱。四十磅面粉加二十磅腌肉是公司主管发给我们每个人的全部食物，没有豆子。狗一直没有停止吠，大家都在饿肚子，脸上现出很深的皱纹，身体健硕的人变得虚弱，身体不好的人直接就死了。有好多人患了坏血病。

"之后的一个晚上，我们在一个铺子里聚集，货架上空荡荡的，使我们空空如也的肚子更感饥饿。为了让那些能活到春天的人有蜡烛可用，我们把蜡烛藏了起来，就着炉火发出的微弱黄光压低声音悄悄说话。经过讨论，我们认为得让外面的人知道我们的困苦，所以我们中必须有一个人去海边放出这个消息。众人知道我去过许多国家，所以谈话进展到这里，大家的目光齐刷刷地扫向我。我自告奋勇：'我愿意走这一趟，前提是你们要把最好的狗和粮食给我。因为海岸到汉因斯教区的七百英里路很不好走，每跨一步都要穿雪鞋。还有，帕苏克必须与我同行。'

"他们满足了我所有的要求。不过，有一个高大魁梧、肌肉发达的美国人站起来要求跟我同行。他夸口说自己对穿雪鞋走路非常在行，也去过许多国家。他甚至许诺说，要是我死在半路，他可以代替我完成未完成的任务。他说话的语气非常自信，让我不得不信服。那时我对美国人的作派不怎么熟悉，当时我还不够成熟。我怎么也想不到善于放大话的人都是空壳子。我更不知道真正会做事的美国人是不会随便说空话的。就这样，我们——我和帕苏克，加上朗·杰夫，三个人一起出发去执行任务了，随行的还有最强壮的几条狗和最优质的粮食。

"你们都穿行过无人走过的雪地，还亲自拖过雪橇，对大堆冰块司空见惯，既然这样，对于路上如何辛苦我就不多做介绍了。我们每天的速度都不一样，有时十英里，有时三十英里，不过走三十英里的时候比较少。尽管我们带的粮食是大家所能拿出的最好的，事实上也不怎么样，并且我们从一开始就得省着吃。同理，所谓最健壮的狗根本谈不上优秀，为了让它们继续往前走，我们费了好大力气。当我们走到两百英里时，我们的三架雪橇只剩两架。那些死去的狗全都成为活下来的狗的美餐，所幸，我们没丢下什么行李。

"我们渴望听到一声招呼、看到一缕炊烟，非常渴望，可一路上都没有。在佩利我们停了下来。杰夫咳得厉害，困乏不堪，我想要把他留在这里，顺便再补充点儿粮食。那儿的公司主管也病得很厉害，脸皮薄得像一层透亮的纸，他的地窖也面临即将空空如也的悲惨遭遇；他带我们参观了传教士可怜的粮窖和他的堆了很多石头在上面的坟墓，这样就不会被狗刨了。那儿还有许多印第安人，不过，他们中没有一个老人或者小孩，很显然，他们没有几个能活到春天。

"没办法，我们只得饿着肚子，怀着沉重的心情，继续走接下来的五百英里路。我们所走的通往汉因斯教区的路上到处是死一般的沉寂。

"当时，就算是中午，也看不到一丁点儿太阳的影子。那是一年里最黑暗的日子。我们拼命地赶着那些狗，不分昼夜加紧赶路。因为这样的天已经很好了，冰块比较小，路比较好走了一点儿。在四十英里站没有雪鞋根本别想前进一英里，前面我已经提到过了。我们脚上被雪鞋磨出好多伤口，冻疮被磨破，结痂，怎么也不好。终于有一天，杰夫在我们都套上雪鞋后放声大哭，像孩子一样。因为这些冻疮折磨得我们都非常痛苦，杰夫实在受不了了。我吩咐杰夫乘比较轻便的雪橇在前面领路，可是杰夫只顾舒服而脱下雪鞋。这样一来，那些狗都陷到了杰夫的鞋踩出来的洞里。狗的皮快要被骨头给戳破了，这当然对它们不好。为此，我严厉批评了杰夫，他光嘴上答应，可实际上想怎样还怎样，以至于逼得我不得不用狗鞭抽他，他才穿回雪鞋。他像个孩子，我想这应该归功于严寒带给他的苦楚和他的一身肥肉。

"知道帕苏克在做什么吗？杰夫趴在火炉边哭得不成样子时，她总是在为我们准备吃的；早晚为我套上雪橇和解开雪橇。她每每走在最前面，轻轻踩在雪上，尽量使路平整些。她总是很为那些狗着想。怎么评价帕苏克呢？我说不好——我从没把她做的事情看作多么伟大的举动，在我看来她的所作所为都是理所应当的。有许多比这个更重要的事情让我去想，并且，我不清楚女人的心思，那时我还不够成熟。当事情都过去了，我再回头想时才明白过来。

"后来，那个男人越来越毫无用处。那些狗已经拉不动雪橇了，可是杰夫只要掉在队伍后边，总要悄悄乘上雪橇。帕苏克自告奋勇要一个人驾一架雪橇，杰夫什么也不用做了，要知道那可是杰夫的工作。第二天一早，我按比例分给杰夫一部分粮食，让他一个人走在我们前面。我和帕苏克在后边拆帐篷，往雪橇上装行李，套上狗。中午的时候，那个男人就会在半道上与我们相遇。我们看到他脸上挂着眼泪结成的冰，然后我们就超过了他。到了晚上，我和帕苏克搭好帐篷，又给他分出一些粮食，给他铺开毯子，为了让他找到我们所在的地方，我们还在驻地生起一大堆火。过了几个小时，他就会深一脚浅一脚地走进帐篷里来，边哭边哼哼着吃饭，然后倒头大睡。他病了吗？没有！他仅仅是走得困乏了，饿得疲软了。我跟帕苏克就不困乏、不累、不疲软吗？况且，他游手好闲，而我们一直在忙活。谁让他有一身肥膘呢？就是贝特斯大哥讲的那种。尽管如此，我们还是会按比例分给他一份食物。

"忽然有一天，我们在空旷无人的茫茫雪地上碰到两个鬼魅一样的陌生人。他们都是白种人，一个大人和一个少年。他们在巴尔杰湖上不小心把行李掉到了水里，因为湖上的冰已经解冻了。他们每人扛了条毯子在肩上。他们在一堆火边一直蹲到早晨。他们用仅剩的一点儿面粉调成的糊充饥。那个男人把所有口粮放在我面前让我看——只有八杯面粉，可是就连离他们两百英里的佩利人也一样饥肠辘辘。他们还告诉我，他们很公道地把一部分粮食给了一个印第安人，可那个印第安人还是远远地落在后边，跟不上他们。如果他们分得很公道，我相信那些印第安人一定会跟得上的。可我还是不能给他们食物，我用手枪对着他们的脸，才阻止了他们偷走我最肥的一条——实际上也很瘦的一条狗。

'滚蛋！'我对他们喝道。他们只得无奈地离开，踉跄着向雪野尽头的佩利走去，狼狈极了。

"此时，我只有骨瘦如柴的三条狗和一架雪橇了。我们的情况跟柴少火不旺的阴冷的房间一样，非常艰苦。吃得少，也冻得厉害，脸都黑了，恐怕连最亲的母亲来了，我们也不认识了。最重要的是，我们的脚疼得也很厉害。早上出发的时候，我的脚一碰雪鞋就钻心地疼，我隐忍着不吭声。帕苏克总在前面领路，可她从未抱怨过。相比之下，那个强壮男人就逊色多了，他每天做的事情就是号叫。

"三十英里河面上的冰有许多开裂的地方，甚至还有大面积的水裸露在河面上，这都要拜很急的河水的不懈冲击所赐。杰夫每天都比我们早动身，有一天，我们赶上杰夫时他正在那里休息，不过我们被水隔开了。旁边有些冰，很细长，雪橇不能从上边过，杰夫正是从旁边的冰上绕过去的。没过多久，我们发现了一条看起来很结实的冰带，帕苏克体重比较轻，走在最前面，雪鞋很大，她顺顺利利地走了过去，她手上握着的预备冰碎时救命用的长棍也没有用到。然而，那些狗在她的引导下过河时发生了不幸，狗没有穿雪鞋，也没有拿长棍，全都掉进了河里，被水冲走了。在冰还没破裂、狗还没有掉到冰底下时，我还在后边紧紧抓着雪橇。那些狗身上的肉不多，可怎么着也能当我们一个礼拜的口粮。现在狗被水冲走了，我原先的计划落空了。

"第二天一大早，我把仅剩的一点儿粮食再次分成三份。我跟杰夫摊牌：'你要么自己走，要么跟我们走，你自己选吧。我们是要把行李减到最轻来行走的，这样可以加快前进速度。'杰夫高声痛哭，大骂我们不够朋友，抱怨他脚疼和他的痛苦，说了好多让我们难堪的话。我们很无奈，帕苏克的脚和我的脚就不疼吗？按理说我们更有理由抱怨脚疼和痛苦。我们不止要赶路，还要给狗开路，我们很艰难。杰夫却连连放狠话说他再走路就会死掉。无奈，我们只好背着毯子，拿了锅和斧头，打算继续上路。可帕苏克瞥了一眼分给杰夫的那份粮食，说：'我们不应该把粮食给这个废物，要是他死了就好了。'我说：'不行的，我们是伙伴，一辈子都是。'边说边冲帕苏克摇头。可帕苏克反驳说：'四十英里站还有好多好人呢，他们还在眼巴巴地等着我们去救他们呢。'我仍然坚持说不。让我没想到的是，帕苏克竟然迅速解下我的手枪，朝杰夫放了一枪。就这样，杰夫的人生结束了，跟贝特斯大哥说的一样。我为这件事情狠狠骂了帕苏克，她却毫无悔意和惧意。其实，我在心里也认同她的做法。"

塞特卡·查理说完，停顿了一会儿，接着捡了几块冰添到淘金锅里继续煮。众人都不说话，只听得到呜呜咽咽的狗叫声，让人不觉汗毛倒竖、脊背发冷。

"我和帕苏克每天都走过那两个鬼魂露宿的地方。我们心里清楚地知道，假如我们在走到海边之前能像他们那样安静地躺着，也是极其幸运的了。之后，我们碰到了那个印第安人，他也是要去佩利，他脸色铁青，跟鬼无异。他向我们诉苦道，他三天没有吃到面粉了，那一老一少两个人对他十分苛刻。他这三天来都是靠从他那双鹿皮鞋上撕下鹿皮煮来充饥的，幸好他还有煮鹿皮用的杯子。现在他的鹿皮也不够用了。他是海边来的印第安人，帕苏克听得懂他说什么，这些话都是帕苏克帮我翻译的。看得出来，他对育空河一带很不熟悉，他不认识路，不过他的方向是对的。还要走多久呢？两个晚上？十个晚上？一百个晚上？他真不知道啊，但是可以肯定的是，他要走到佩利。现在已经不能返回了，只能硬着头皮走下去。

"他没有要我们分给他食物的意思，以他的判断力显而易见，我们的情况也很糟糕。帕苏克看看他，再看看我，魂不守舍的样子，跟见到自己的孩子受苦的母鹧鸪一样。我猜到了她的心思，说道：'他真可怜！我们分些食物给他吧？'我看到她的目光突然闪了一下，好像一下子有了生命。只是，她盯那个人好久后，又回过头来看我，狠狠咬了咬嘴唇，下定决心似的说：'不可以。我们离目的地很远，死亡无时无刻不在盯着我们。如果非要有人死的话，我选他，我的男人得活下去。'就这样，那个印第安人孤单地穿行在去往佩利的茫茫雪野上。那天夜里，帕苏克哭了。我第一次看到她哭。干木头生的火应该不会有烟，不会熏得她流泪，所以我非常好奇为什么她要哭。我想，她应该是经历了这么多磨难，怜悯之心加重了。

"人类真奇怪，为什么要挣扎着活在世上呢？对于这个问题，我想了又想，好多天过去了，百思不得其解，甚而更觉怪异。如果这是一场大自然设的赌局，人类必输无疑。人生在世就是要努力工作，经受各种折磨，最后岁月无情地将年老掷在我们身上，我们才将双手放在熄灭的火堆中的冷灰上。生是坎坷的。刚出生的婴儿第一次呼吸时非常艰难，老人吐出最后一口气也非常艰难，人的一生满满都是悲伤和苦难，但是人们还是很不情愿投入死神的怀抱，跟跟跄跄，磕磕绊绊，苦苦地挣扎着。然而，死神的怀抱比人生要温暖得多，使人痛苦的是生活和生活给的赠品。可我们偏偏不痛恨生命，也不热爱死亡。这真是太奇怪了。

"接下来的好多天，帕苏克基本不跟我说什么话。夜里，我们躺在雪地里，跟死尸一样；早上，我们继续赶路，像行尸走肉一样。周围没有一点儿声音，安静极了。那里什么都没有，没有松鸡，没有松鼠，也没有大脚兔子。河水在白色外衣的掩盖下悄无声息地流淌。森林里树木的汁液也都冻住了。天变得寒气十足，跟现在差不多；晚上的星星显得特别大，好像离我们的距离变小了，一闪一闪的；白天，太阳总是调皮地用闪烁的光点捉弄我们，给我们造成眼前有许多太阳的假象。雪粒在阳光下闪着钻石般的光芒，整个天空都充满交织的亮光。就算这样，我们还是感觉不到任何温暖，也没有声音，只有使人畏惧的寒气和沉寂的雪野。我之前提到过，我们一路上像行尸走肉一样，像是在做梦，我们最多的就是时间。我们面朝着海，我们的心扉朝海开放，我们的脚步带领我们朝海走去。我们不觉得曾在塔基纳过夜，尽管事实上我们真在那里待过一晚。我们看着白马村，却觉得非常陌生。我们的脚踩在哪里都一样，因为我们什么都感觉不到。我们根本失去了对外界的感知。同时，我们常在路上摔跤，不过我们总是面朝着海摔下去。

"我们吃完了最后一点儿粮食。我和帕苏克总是平分着吃我们的粮食，她摔倒的次数要比我摔倒的次数多些，到了鹿隘口，帕苏克就倒下了。第二天早上，我们没有继续赶路，我们躺在一条毯子下边。我早有跟帕苏克手拉手一起等死之心，因为我渐渐成熟了，对女人的爱情略知一二。从这里到汉因斯教区还有八十英里要走，在这两点中间，隔着一座满是风暴的非常高大的契尔库特山。就在那个时候，帕苏克的嘴唇紧贴着我的耳朵，用很低的声音说了她压在心底的秘密。在死亡的边缘，她不必再怕我。她向我坦白了她爱我的心，还有好多我不知道的事情。

"她说：'查理，我是你的好妻子，你是我的男人，我为你生火、为你做饭，帮你划船、喂狗、开路，我从没喊过苦。我从来不说我父亲家里比较温暖，或者渴望再次吃到契尔凯特的美味。你说话时，我总是认真听，你对我的吩咐，我总是努力去完成。查理你说，我说的是不是事实？'

"我说：'嗯，你说得对。'

"她接着往下说：'你第一次到契尔凯特来时，你买我就像买狗一样，看也不看一眼，付完钱就带走。那时候，我是恨你的，恨的同时也有些惧怕你。不过那些都是陈年旧事了。查理，你对我非常好，就像一个心肠好的男人对待他的狗一样。你是个正直的男人，你对我非常公正，可是你的心很冷，而且那里没有我的位置。我是你的英勇事迹、丰功伟业的最佳见证人。我每每将你拿来与别的人比较，我都觉得你是最伟大的。你说的话都值得人深思，你信守承诺。于是你渐渐地升格成为我的骄傲了，后来你把我的心都占满了。我的心里从此只有你。你就是大夏天的太阳，光芒四射，从未跳出天空。不管我朝哪儿瞧，你这个太阳都在我的视野之内。可你的心里从来没有我，你的心一直是冷冰冰的，查理。'

"然后，我说：'你说的是。我的心里没有装着你，冷冰冰的。可那是以前。现在，我的心正慢慢变软，就像被太阳照射的积雪，正大片大片地融化，那里有清澈的水声，还有吐绿抽枝的大树。松鸡在那里拍打翅膀，知更鸟在那里唱歌，伟大的音乐在那里诞生，因为春天来了，

我知道女人的爱了，帕苏克。'

"她要我抱紧她，再紧一点儿，她脸上的笑容很美。然后她说：'我很开心。'说完，她躺在我怀里，头贴着我的胸口，静静地、轻轻地呼吸，就这样躺了很久。过了一会儿，她神秘兮兮地说：'我好累，我的人生到这里就要结束了。现在，我想说点儿别的。那是很久以前的事情了。在我很小的时候，在契尔凯特，我爸爸有一个放皮子的小房子，我经常跑去那里玩耍。因为男孩子和女人都去森林里把男人们打死的猎物运回来。有一年春天，我一个人在小屋里玩。一头骨瘦如柴的大棕熊把头伸进小木屋里，嘴里发出"嗷"的叫声，它才从冬眠中醒来，饿极了。正在这时，我哥哥回来了，他还拖了一雪橇的肉。那些狗还没有来得及从雪橇上卸下来，就拖着雪橇向熊扑过去，哥哥用火堆里抽出来的棍子打那头熊。他们打得很激烈，发出了巨大声响。我父亲的好多皮子都被他们弄得乱七八糟，他们扭在一起，在火里滚来滚去，后来我父亲的小木屋也被他们毁了。我哥哥的好几根指头都被它咬断了，脸也被它挠出了好几条血印，尽管这样，那头熊还是死在了我哥哥手里。你一定还记得那个去佩利的印第安人，在我们的火堆旁暖手时，如果你注意了，你一定会发现他的手套不太对，因为他没有拇指。你一定猜到他是谁了，我却没有给他食物吃。他肚子里没有一点儿食物，走在一片死寂的茫茫雪野上。'

"这就是帕苏克的爱情。她死了，死在鹿隘口的雪里。她跟着我尝尽了人间苦楚，最后还那么凄惨地死去。她为了我牺牲了她自己的哥哥。因我而牺牲的不只是他的哥哥，还有她自己。这个女人为爱做到这一步，真是伟大的女人。她就要死了，马上要永远地闭上眼睛了，在这之前她把我的手放在她那件用松鼠皮做的大衣里面。我摸到她的腰上拴

着一个鼓鼓囊囊的小包。我一下子明白过来她身体垮下来的原因。我以
为每天我们吃的粮食都是一样的量，因为我们一直都是平分粮食的，现
在看来，她每天都只吃一半，还留下一半存在这个鼓鼓囊囊的小包里。

"她嘴唇微动："帕苏克只能陪你走到这里了，你还要走下去，查
理，还有绵延不绝的契尔库特山等着你去翻越，你还要穿过汉因斯教
区，还要到大海去。在阳光的照耀下，你要走过许多陌生的土地和不知
名的海洋，这要用去很多年，每一年都光辉灿烂且满载荣誉。它会带你
找到许多女人，好多好女人，尽管它再也给不了你像帕苏克给你的这样
深的爱情。'

"对于我妻子说的话，我深信不疑。我快被逼疯了，我说我的路也
走到这里就结束，我甚至发誓，我要把那个鼓鼓囊囊的小包扔掉。她那
充满倦容的双眼满含泪水，接着她说："塞特卡·查理是所有男人中最
讲信用的，他从不食言。他会忘记现在他在这里说的胡话，难道说他忘
记荣誉了吗？他竟连四十英里站的那些人都忘记了吗？那些人把所有的
希望都寄托在他一个人身上。查理，你一直是帕苏克的骄傲，快坚强起
来，重新穿上雪鞋出发吧，不要毁掉你在我心中的高大形象。'

"我把她抱在怀里，她的身体渐渐冰冷。我重新振作起来，找到那
个鼓鼓囊囊的小包，穿上雪鞋，踉踉跄跄地再次出发。再次站起来时，
我的腿酸软困乏，头也晕晕乎乎，耳朵里嗡嗡作响，眼前尽是乱飞的金
星。恍惚中我回到了年少时刻，欢乐的节日里，我一会儿放声高歌，一
会儿随着众人的歌声，应着海象皮鼓的节奏跳起舞来。而帕苏克一直陪
在我的身边，将我的手握在她手中。当我打盹儿的时候，她会叫醒我；
在我摔倒时，她会扶我起来；当我在雪地上迷失方向时，她会及时将我
拉回正确的方向。如此，我如行尸走肉，只剩皮囊，眼前飘过的都是虚

无的景象，如果我的脑袋会喝酒，我想它现在一定醉得不轻，像在云端飞。那时，我就是这个状态一直撑到海边的汉因斯教区。"

现在是正午时分，塞特卡·查理打开帐篷的门。天空的南边，一轮冷冰冰的太阳挂在亨德尔森山脉的峰顶。在寒阳边上闪着光的是它的两个幻影，一左一右。霜花织了一块轻纱送给空气，这轻纱飘在天地间，闪闪发亮。一条狼狗站在帐篷前面的路边，它那挂满霜的毛全都竖起来，头向着天呜呜哀嚎。

叛逆

今天我精神抖擞去上工，
求主保佑我勤勤恳恳干一天。
如果我在太阳落山前死去，
求主保佑我的工作完美无缺。
阿门。

　　"强尼，你要是还赖在床上不起来，我敢保证，你今天早上就没得吃！"

　　那个孩子已经对这种威胁产生了非常强的免疫力，他依旧没有动弹，继续躺在床上，意图再多一点儿时间赖在被窝里，像一个极其虔诚的追梦者不愿放弃他的每一个梦。他向空气挥舞着他那软绵绵的拳头，无精打采。他的拳头是向他妈妈打过去的，不过孩子的母亲娴熟地躲过了这一击，她抓住他的双肩，用力摇晃他。

"别烦我！"

这一声喊叫一出，像是睡梦中的人含混不清的呓语，然后调子快速提高，成为激昂的战鼓，像极了放声痛哭，随后又逐渐低沉，变为含糊的抽噎。这分明是野兽的号叫，这样的号叫来自一个内心充满愤慨和悲伤的人，他一定受了不少苦楚。

然而，她毫不在意这一声号叫。她是个一脸苦情、面呈菜色的可怜女人。对于这样每天都要发生的事情，她习以为常了。然后，她抓住他的被子想要掀起来，但是那个孩子动作敏捷，他收回正在挥舞的拳头，用尽全力抓紧了他的被子。他仍然没有出被窝，蜷在床的一角，缩成球状。她想要把被子拉到地板上，可那个孩子不愿意她这么做。母子俩一人抓着被子的一头。她瞅机会用力一拉，借用她体重方面的优势，孩子败下阵来，为了避免接触到屋子里的寒冷，孩子连同被子被她拉动了。当被母亲拉到床边时，他摇摇晃晃的，好像马上就会栽倒似的。但他及时清醒了过来。他立即将身子摆正，保持了平衡，接着又跳到地板上，一下子站住了。他母亲迅速跑来抓着他的肩膀，摇晃他。他又抡起拳头打来，这次使上了更大的劲儿，准头比刚才要好。并且，他睁开了双眼。她把他放开，他醒了。

他嘴里含混不清地说："好吧。"

她拿着灯，急急忙忙走出去。黑暗马上将他包围了。

"你的工钱会被他们扣掉的。"她不忘回头告诫他。

他不觉得黑暗有什么可惧怕的。他把衣服穿好，走到厨房里去。这个孩子拖着沉重的步伐走来，尽管他并不太重。相反，他是个瘦弱的孩子，他那两条腿瘦得不可思议，总是走一步就拖一下。然后，他拉过一张椅子，坐在桌边，也不在乎椅子的坐垫是否破了。

"强尼！"他母亲突然大喝一声。他立刻从椅子上弹起来，默默地走向水槽。那个水槽满是油垢和污渍，排水口还散发出一阵恶臭。可他并不在意这些，在他看来，水槽没有臭味才不正常呢，就像肥皂因为沾上了盘子上的污水而很难起泡沫一样自然。然而，他并没有想要把肥皂搓出泡沫的想法。水龙头里流出冷水来，他往脸上拍了拍，就算是洗了脸。刷牙？他长这么大从来不知道这个世界上竟还会有许多傻帽儿找那样的罪受。甚至，他都不知道还有种东西叫作牙刷。

"每天起床洗脸，不应该还要人叫你吧？"孩子的母亲埋怨道。

她端起一只盖子破了的壶，分别往两个杯子里倒上咖啡。因为这件事情，母子俩吵过很多架，他的母亲是个固执的人，于是他没有吭声。每天的"洗脸"对他来说，都是不可避免的。水池边上搭着一条毛巾，他拿着这条又脏又破又湿的毛巾在脸上抹了抹，毛巾上掉下来的断纱粘了他一脸。

强尼刚坐下，他母亲就絮絮叨叨开了："我们要是住在工厂附近就好了。其实我也不想住这么远的，你心里应该明白。不过，这里的房子比较大，又便宜。这些你也应该清楚。"

他并没有注意听。像这样的话，他早听腻了。她头脑很简单，一直觉得是因为他们住在离工厂很远的地方，所以日子才过得苦。

他反驳说："比起住在工厂附近，我更愿意省一块钱，这样还能多吃点儿东西。"

他迅速把面包塞进嘴里，咀嚼了几下，端起杯子冲了冲嘴里剩余的面包。说是咖啡，其实就是有些温度、不甚透明的液体。但在强尼眼里，这是很不错的咖啡，难道能说它不是咖啡？这是他对这个世界的好玩的想法之一。终其一生，他都没有喝到过真正的咖啡。

在面包边上，还有一块没有温度的腌肉。孩子的母亲又倒了杯咖啡给他。事实上，他边吃那块面包边小心搜寻，是不是还有什么东西可以吃。但他母亲给出了否定的答案。

她说："强尼，要懂得知足呀。你不是猪，你的那份就这些，剩下的该是你的弟弟妹妹的。"

他保持沉默，他并不喜欢多嘴。他克制住了对食物的热切企盼。他没有任何怨言，那个学校教会他忍耐，他完全学会了，事实上更胜一筹。他解决掉杯里的咖啡，用手背在嘴上抹了抹，然后站起身来。

孩子的母亲叫住他："强尼，这片面包应该还能匀出一些给你，一点点。"

她切了一片面包下来，但又把这面包和她切下的那片放回去，随后又把自己的两片面包分一片给他。她以为骗过他了，然而他早知道事实的真相。就算这样，他还是不害臊地拿了那片面包。他母亲患有慢性疾病，本来就食量小，他这样想着就心安多了。

她看到他在干嚼面包，于是把自己的那杯咖啡倒在他的杯子里。

"我的胃今天好像不大舒服。"她解释说。

汽笛声由远及近，突然尖声一叫，他们立刻从椅子上站起来。她看了眼架子上的铁壳闹钟。刚好五点半。其他在这个工厂上班的人现在才起床。她往头上扣了一顶破旧不堪的脏兮兮的帽子，把一条围巾拉过来围在肩上。

她一面吹灭油灯，一面说："快点儿跑，不然我们要迟到啦。"

他们在黑暗中摸索着下了楼。天气非常晴朗，但极冷，一走到外边，强尼就打了个哆嗦。天上隐约还有几颗星星，城市还笼罩在黑暗之中。强尼和母亲的步法相似，都是一步一拖。他们似乎连抬起腿的力气都没有了。

就这样无声地走了约莫一刻钟，孩子的母亲转了个弯，向右拐去。

"好好走路，不要瞎晃。"她不放心地叮嘱他，消失在茫茫夜色之中。

他没有吭声，只是走路。住在这个工厂区的每一家都在开自家的门。没过多久，在夜色中和他一样前行的人已经一大群了。就在他刚刚踏进工厂大门的时候，汽笛声又响了。他往天空东边看了看，天亮了，有一丝几乎不被察觉的曙光漏了下来。这是他一天中见到的唯一一缕天光，然后，他就回过头去，继续跟大家一起前行。他从一长排又一长排的机器边上穿行，直到自己的位置才停下来。在他面前有一只小木箱，里面装着许多小锭子，木箱上数不清的大锭子正在疯狂地旋转。他的工作就是把小锭子上的纱缠到大锭子上。这些活儿做起来并不难，只是要求速度快。那些小锭子不一会儿就放光了缠在它身上的纱，而那些绕走它的纱的大锭子有那么多，他完全找不到空闲的机会。

他机械地干着活儿。当一小锭纱线没了，他就用左手挡住大锭子，让它停止转动，同时用拇指和食指将飞出来的纱头捉住。他的右手此刻正抓着一个小锭子上的松的纱头。这些动作都是他在非常快的速度下完成的。看不清他的手做了什么，但纱头已经接好了，纱锭离开了他的手，重获自由。接纱头对他来说再简单不过。曾经，他跟别人炫耀说，他就是在梦中也能做这些事情。对于这件事情，有时候，他真的能办到。一整晚，他都梦到在忙着打结接纱头，没完没了。

有些孩子偷懒，在小锭子上的纱线都没了时还不放上新的纱。然而，监工不会让这些事情发生。他看到强尼旁边的那个孩子偷懒了，立刻过去甩了他一个大嘴巴。

"你边上是强尼，你怎么不跟他学着点儿呢？"监工气急败坏地质问着。

强尼面前的机器都在正常工作，这间接的赞扬并没有使他感到欣慰。是的，曾经他听到这样的称赞时有些得意扬扬，但那已经过去很久很久了。现在，别人夸他技术娴熟，把他作为榜样，他丝毫不动容。他是个技术娴熟的工人，他心里很清楚这一点。别人也经常这样说他。这句话非常普通，而且，这样的话对于他来说已经没有什么价值了。他之前是技术娴熟的工人，现在成了一台优秀的机器。如果说他的工作出了什么问题，那不用说一定是原料的问题，机器怎么可能出错呢？一台完美的铸钉子的机器铸出废品是完全不可能的事情，要强尼出差错，就跟这个一样，是不可能的。

事实上，这种事情也很正常。他一直在跟机器打交道，可以说他是一台天生的机器，退一步说，他是在机器上长大的。十二年前，强尼的母亲在这个工厂的织布车间里上演了一幕紧张剧，她要生孩子了。她被人平放在轰轰隆隆的机器中间躺着。然后叫来几个稍微上了点儿年纪的妇女。工头也出力了。没过几分钟，在闹哄哄的人群中多了一个小人儿——这就是强尼。他刚一出生就接触到了轰轰隆隆的机器，吸入满是纱线飞絮的又闷又潮的空气，卡在肺里的飞絮出不来，就因为这个缘故，从他出生那一刻起咳嗽就伴随他左右。

现在，那个站在强尼边上的小孩正在有一声没一声地哭泣，他脸上显出对监工的恨意，脸上的肌肉也不自然地跳动着；与此同时，监工也在恶狠狠地盯着他，想要给他点儿颜色，如果他再犯同样错误的话。现在，所有的锭子都在正常工作。那个小孩嘴里恨恨地骂了几句，当然，是对着他面前飞速转着的机器骂的；车间里的机器声太大，淹没了他的声音，他的咒骂声连传到六英尺以外都是个问题，像被一堵墙挡住似的。

强尼一点儿也不关心这些闲事，他有他自己看待事情的方式。并且，这些事情每天都要上演，他已经厌烦了。同监工作对，跟同机器作对毫无二致，都是一样的，没有任何作用。这些机器的职责就是要按照固定的程序工作，去完成它的使命。监工就是这样。

大概十一点时，车间突然充满紧张的气氛。这种紧张气氛，迅速以不为人察觉的方式笼罩整个车间。强尼边上有一个缺了一条腿的孩子，这时，他一瘸一拐地以最快的速度钻进扔在边上的一只空箱子里，当然还有他的拐杖。工厂的主任和一个青年一起走了过来。那个青年衣着考究，他身上穿的衬衫是浆洗过的——据强尼判断，这个青年是个绅士，他一定就是那位前来"视察"的人。

这个青年边走边用犀利的眼神看那些小孩。偶尔，他还要站住，问几句话。他每次问话都是拼命用最大的声音喊着，只为了让他的声音能被大家听到；每当这时，他的脸就会扭曲成非常好笑的样子。他犀利的眼神一眼就发现强尼边上那台机器上没有工人工作，但是他没有说一个字。同时，他看到了强尼，他立刻停下脚步。他拖着强尼的胳膊，把他从机器边上拖开。接着，他一脸疑惑地放开了强尼的胳膊："咦？"

"他瘦极了。"主任有些心虚地赔着笑说。

"视察"接口说："你看他的腿，就跟烟斗的管子没什么区别。这孩子有佝偻病，虽然是早期的，但这种病毕竟在他身上。过些时候，他会死于癫痫的，如果不是这样，那就是肺病夺走了他的小命。"

强尼听了他的话，却不知道是什么意思。再者，他并不关心将来会有什么疾病发生。此刻就有一种比将来的病还要来得凶猛的病正在靠近他——那位"视察"。

他俯下身来,嘴贴着强尼的耳朵大声说:"嘿,小孩儿,你乖乖回答我,你多大年纪了?"

强尼使出所有的力气,大声回答说:"十四岁。"他撒谎了。由于太过用力,他立即干咳起来,早上吸进肺里的飞絮都被他咳了出来。

"说他十六岁也不过分。"主任说。

"六十岁吧。""视察"很快接口。

"他一直是这样的。"

"在这里工作多长时间了?""视察"马上发问。

"有些时候了。他几乎没有什么变化。"

"我觉得他比之前变小了呢。依我看,他这些年应该一直在这儿工作吧?"

主任慌忙补充说:"他不是一直在这里工作的,他有时候就不在。他在这里工作那会儿,新法律还没有颁布呢。"

"这台机器不需要工作吗?""视察"手指的正是强尼旁边那台没有人的机器,机器上绞了一半的锭子转得飞快。

"应该是这样的。"主任说完,用手招呼监工过来。他对着监工的耳朵大声说了几句话,并指向那台没有人的机器。然后,他转向"视察",汇报说:"这台机器的确是闲着的。"

他们一走,强尼就继续工作了,他悬着的心又回到肚子里了,总算是没出什么差错。不过那个缺了一条腿的小孩就不像他这样走运了。那个眼睛像鹰一样的"视察"一眼就发现了木箱里的猫腻,胳膊伸到那只大木箱里,把那个孩子拉了出来。那个孩子嘴唇颤抖着,脸也因为这突如其来的惊吓而变了颜色，像犯了滔天大罪后被抓回来似的。监工脸上也是大为吃惊的神情，就像第一次看到这个孩子似的；主任也拉下脸来，装作不悦和被吓到的样子。

"视察"说："这个孩子我认识。他今年十二岁，我已经三次把他从工厂里赶出去了。这次是第四次。"

他转身对那个孩子说："你告诉我你要去上学的，你甚至还发誓，向我保证。"

那个只有一条腿的可怜孩子突然放声大哭："'视察'先生，我求您了，我们家实在是太穷了，家里的两个孩子已经饿死啦！"

"你咳嗽得这么严重，怎么回事？""视察"在用指责的口吻对着那个孩子说话，像在审犯人一样。

那个只有一条腿的孩子像是否认罪行一样，回答"视察"："没什么。我就是上个礼拜有些受凉，'视察'先生，我没事的。"

最后，那个只有一条腿的孩子就在"视察"先生的后边跟着一起出了车间，一脸慌张神色的主任也跟在他们后边，一路解释着。后来，车间里又恢复了往日的单调。难熬的上午和比这更难熬的下午终于过去了，下班的汽笛声又响了起来。夜幕已经降临了，这时强尼才走出工厂大门。太阳沿着天空这架金梯一步步爬上最高处，让全世界都笼罩在它造就的充满悲悯的暖洋洋的气氛里，然后慢慢向西落下，最终消失在天空与高矮不一的房顶交界处。

每天唯一能够在饭桌上见到所有家人的时候就是晚餐时间。也就是在吃这顿饭时，强尼才能见着他的妹妹和弟弟。强尼跟他们的差距太大了，这种见面让强尼心中沉重无比，他那样持重，他们却非常幼稚。他想不通为什么他们竟然稚嫩得可怕。对于这一点，他有些接受不了。他的童年早已离他远去，他就像一个脾气暴躁的老头儿，每当他们有什么天真幼稚的瞎闹行为，他就心烦意乱，他觉得没有什么再比他们做出幼稚的事情更愚蠢的了。于是，每次吃晚餐，他都不发一言，拉长着脸，直到想到他们过不了多久就要跟他一样工作去了，他心里才平衡了一些。工作会让他们不再幼稚，磨掉他们身上的棱角，把他们变得跟他一样老成持重。强尼跟许多人一样，把自己当作标尺，用来衡量这个世界上的所有事物。

吃饭时，母亲用尽各种各样的办法，一遍又一遍地跟他唠叨，她为了让他们的日子过得好一些，正在努力工作。强尼听着这些话，吃完了本就没有多少的晚饭，当他站起身来时，他觉得有种解脱后的快感。他在睡觉和出门之间犹豫了半天，后来还是决定出去走走。他并没有走出去多远。他坐在门口的台阶上把膝盖缩起来，瘦小的肩膀向前垂着，胳膊肘撑在膝盖上，手掌抵在下巴上。

他什么也不想，只是坐在那里。他不过是要休息一下。他好像进入了梦乡。后来，他的弟弟妹妹也走出了屋子，他们在他周围吵吵嚷嚷地嬉闹，还有一群跟他们年龄相仿的孩子跟他们一起胡闹。孩子们在做着游戏，街上有一盏电灯为他们照明。他们并不是不知道他的古怪脾气，极易生气，但这些孩子的冒险精神总支使着他们去逗弄他。他们手拉手，身体随着一定的节奏晃动着，对着他唱奇怪又难听的歌。刚开始，他还会学着工头骂人的样子教训他们几句。没过多久，他发现骂失去了效用，他就想到了自己的尊严，索性闭起了嘴巴。

他的大弟弟是这群孩子的领头，叫威尔，今年刚刚十岁。强尼非常讨厌他，因为他为了威尔牺牲了太多幸福时光，还一直事事让着他，这让他感觉痛苦不堪。他心里很坚定地认为，威尔得了他的大恩惠，却从不知回报。在之前无数个日子里，他失去了多少游戏的时间，只是为了照料威尔。那时候，威尔还没有断奶，他母亲每天都要去工厂里工作，跟现在一样。所以，强尼只好身兼小父亲和小母亲的职责于一身。

正是他的牺牲和让步，威尔捞到不少好处。威尔身体健壮，很结实，个子跟他哥哥一样高，体重要比他哥哥重得多。似乎他身体里流着许多本该流在他哥哥身体里的血，就连精神上也是这样。威尔每天都生龙活虎，精神饱满，而强尼总是病恹恹的，总是没有精神。

充满挑衅的歌声此时更高了。威尔一边跳舞，一边朝强尼吐舌头，向他面前靠过去。强尼猛地用左臂将威尔的脖子圈起来，抽出他那瘦得可怜的拳头打向威尔的鼻子。这个拳头的威力并不小，威尔被打得尖声喊叫。其余的孩子都被吓得叫出声来，他的妹妹珍妮赶紧飞奔进了家门。

接着，他把威尔推开，残忍地踹他的小腿，然后将他倒过来，脸朝下栽到泥土里。他将威尔的脸按在泥土里，揉搓了好一阵子才停下来。接着，他母亲迅速冲出门来，撕心裂肺地又不无担忧地骂了几句。

强尼这次没有保持沉默，他说："我累极了，他看不出来吗？为什么非要招惹我？"

威尔一脸污迹，地上的土、鲜血和眼泪的混合物把他弄成了一个大花脸，他躲在母亲怀里，气急败坏地喊着："我现在跟你一般高。现在我跟你一样，我长大后会比你强壮。等到我长大的时候，我一定会狠狠收拾你，你给我记住，我一定会的！"

强尼应对说："你应该去工作，既然你知道自己长大了。你最大的问题就是这个，你还不去工作？妈妈应该送你去做工的。"

母亲为威尔辩解："他不过是个小孩子。他的年纪太小了。"

"我当初去做工时的年纪，比他还要小。"

强尼张开嘴，盘算着将心里的不满都说出来，但是他突然一下子又停了下来。他憋着一口气，转身大步流星地到屋里睡觉去了。他让房门开着，这样厨房的暖气可以进到屋子里来。他没有点灯，借着外边透进来的光脱了衣服，就在这时，他听到邻居来了，母亲在向这个女人哭诉。母亲说话的语气带着哭腔，很孤独，很无助。

他听到母亲的声音："强尼以前是个好孩子呢，他真的很有耐性，像纯洁的小天使。他脑子是不是坏掉了呀？我真不明白这到底是怎么了，要知道，他以前可从没这样过。"

母亲大概是怕邻居误会，赶忙又解释说："其实，他现在还是个好孩子呢，他干活儿特别踏实认真。他很小的时候就开始做工了，但是我也是没有办法呀。我的确已经尽力了。"

厨房里母亲的抽泣声拖得很长，强尼只管闭上双眼，嘴里还喃喃自语："我一直都很老实地做工，事实本来如此。"

第二天一大早，他母亲又把他从睡梦中拖起来，接着是跟前一天早上一样可怜兮兮的早餐，他还是在黑暗中步行上班，他再次回头看了看房顶上那片淡到几乎可以忽略不计的曙光，然后转身向工厂走去。就这样，一天又过去了，而且一年到头，天天都是一样。

然而，他的生活还是有些变化的。比如，有时候他会调换工作，有时候会生个小病。在他六岁的时候，就担当起了照顾威尔和比威尔还要小的弟弟妹妹的责任。他七岁上下开始进工厂绕锭子。八岁时，他换了工作，到另外一家工厂。这个新工作简直是太简单了，只需要他坐在那里，手上拿着一根木棒，让这些不停地流过去的布不至于走岔道就好。

这些布源源不断地从机器里流出来，经过一个热滚筒，然后就到别的地方去了。只是，他自始至终都坐在同一个地方，那里没有阳光照射，只有一盏在他头上发出亮光的煤气灯。他似乎不是他了，是那台机器的一部分。

尽管那里既潮湿又闷热，可他还是挺喜欢那个工作的，因为那时候的他非常小，脑袋里还有好多幻想。他一边做美梦，一边看着那些冒着热气、川流不息地流过的布。但是一直做这个不需要动一下脑筋也不需要运动的工作，让他的梦越来越少，他的脑子也变得不怎么灵活了，经常想要睡觉。然而，他每个礼拜有两块钱的工钱，尽管因为这两块钱的存在不会饿肚子了，但是要填饱肚子也是不能够的。

可是，他九岁时失业了。他得了麻疹。病好后，他在一家玻璃厂找到了一份工作。这里的工资要稍微高点儿，但是这个活需要有一定的技术，是计件的活儿。他的技术越是高超，得到的工钱也就越多。这份工作很具诱惑力。在这样的诱惑下，他慢慢地成长为一名优秀的工人。

这份工作其实也挺简单，只要把往小瓶子里塞的玻璃塞子拴上绳子就好了。他把一捆麻线别在腰间。为了能最大限度地使用双手，他将瓶子夹在两膝之间。这样一来，再加上总是坐着，要向前弯腰，他那本就很窄的肩膀变得驼了。他的胸部每天都要被挤压十个小时。这对他的肺非常不好，但是他每天都能拴三百打瓶子呢。

主任为有他这样出色的童工而倍感骄傲，于是带着许多人去参观。十个小时内，三百打瓶子在他手上都奇迹般全部拴好。换句话说，他现在对工作熟练到可以跟机器媲美了。他一点儿无用功都不做。他那双几乎没有什么肉的胳膊的一起一落，他纤巧的手指上的肌肉的每一次运动，都是集"快、准、狠"于一体的。他工作起来高度紧张，这导致他变得神经过敏。就连晚上睡觉，他的肌肉也要抽搐。到了白天，他还是不能放松一下，没有休息的时间。他一直处于紧张状态。他的脸色一天比一天差，因为吸入飞絮而引起的咳嗽越来越严重。没过多久，他那本就衰弱的肺因为长时间被压缩在很小的空间里，引发了肺炎。就这样，他丢掉了玻璃厂的工作。

他又回到了刚开始绕过纱锭的织麻工厂。这里升级还是很有可能的，他工作得很出色呢。过不了多长时间，他就要去上浆车间工作了，慢慢地他还会升到织布车间。到这里就是最高级了，不过他还能把这份工作做到最好。

现在的机器比他之前做工的时候要转得快得多了，可是他的脑子越来越迟钝。当初他总是有许多好梦做，现在他再也不会了。他还爱上过一个姑娘，这个姑娘的爸爸就是他的厂长，那时候他才刚刚学着引导布匹绕过热滚筒。她年纪要比他大很多，已经是个成年女性了，他只见过她五六次，每次都是远远地望见的。不过那算什么呢？在他面前流过的布上，他看到自己前途一片光明。他会不断创造新的劳动奇迹，发明更好的机器，然后坐在工厂厂长的位置上，最后把她拥在怀里，将嘴唇庄严地放在她的额头上亲吻。

但是，那件事情已经过去很久了。现在的他已经是暮气沉沉，疲惫不堪，根本没有恋爱的想法。并且，她已经去了很远的地方，嫁给别人了，所以，他再怎么动脑子也是没有用处的。可是，这段经历毕竟是美好的，他常常在心里想起这件事，就像别的男男女女回忆他们心中的浪漫时刻一样。他从不相信有什么童话或是圣诞老人，但是以前，他坚定地认为他在引导布流时所梦到的光明前途一定会实现。

他早早地步入了成人的殿堂。他的青春期始于七岁那年第一次领到工资的时候。他慢慢地有了自己养活自己的意识。然后，他跟母亲的关系就有了变化。他现在有了自己的工作，还拿到了自己的薪水，他的地位是应该跟母亲平起平坐的。十一岁那年，他完全成长为大人，真正的大人，也就是在那一年，他一连做了六个月的夜工。从来还没有哪个孩子在做完夜工后不丢失了孩子气的。

在他的人生中，曾经发生过几件大事。一次是母亲给他们买了加利福尼亚的梅干。还有两次是母亲给他们做了牛奶蛋糕。这些都是重大的事件。他好多次回忆这些事情，心情都非常愉快。那时候，他母亲还许诺说，以后她会给他做一种好吃的，那种东西好吃极了，按照母亲的形容，那种东西的名字叫作"浮岛"①，"要是跟它相比，牛奶蛋糕都不好吃了"。在后来的好几年里，他天天都在盼着这一天的到来，总是幻想着桌子上会摆上一盆浮岛，最终他发现，这不过是一种幻想，这种幻想永远不会成真。

有一天，他在人行道上走，看到路上有一枚二十五美分的银币，他捡了起来。这是他人生中的大事之一，但同时也是个悲剧。那时候，银子发出的亮光刚映到他眼里时，他还没有捡起它来，那时他知道他该怎么处理这枚银币。家人从来没有吃过饱饭，他应该像每个礼拜六把工资交给母亲一样，把这枚银币也带回去，给家人用。他心里非常清楚他怎样做是对的，然而他热切期盼着吃点儿糖果，他可是从来都没有花过自己的工资呀。他肚子里的馋虫蠢蠢欲动，在他的记忆里，他总是在过节的时候才能吃到糖果。他不想亏待自己。他明知这是不对的，可他还是做了这件明明知道是错误的事情——他用十五美分买了一点儿糖果，狼

---

①一种涂有奶油和蛋白的蛋糕。

吞虎咽起来。他把剩下的十美分收好，计划下次再吃糖果时用来买；可是，他从没有带钱的经验，他把剩下的十美分弄丢了。这件事情发生后，他的良心大受谴责，觉得这一定是上帝给他的现世报。他心里害怕极了，好像有一位满怀怒火、狰狞可怖的上帝正站在他身旁。上帝没有给他继续享用罪恶果实的机会，上帝看到这一切，很快就做出了对他的惩罚。

每次他想起这件事情，总认为这是他人生中所犯的最严重的罪过；每想起一次，他的良心就受一次折磨。他终日惶惶不安，这成为他的一个很大的包袱，一直挂在心上。并且，由于受他所生活的环境和个人性格的影响，他每每回忆起这件事情都懊恼极了。他觉得那枚银币并不是用得恰如其分，那些银币原本可以有更妙的用处的。再说，他想到上帝的动作那样快，那他何不把那些钱一次花光呢？这样一来上帝就没有机会惩罚他了。在他脑海里常常出现的还有一件事情，对于这件事情，他并不是记得很清楚，但是他永远忘不掉他父亲那双大脚。这件事情，与其说是他还有点儿印象的具体事件，不如说这是他的噩梦，这是一个人对原始人种的回忆，他梦到了猴子和类人猿的亲戚。

白天的时候，强尼非常清醒，他不会想到这件事。这件事会在晚上，在他躺在床上神志渐渐变得很不清晰，好不容易进入梦乡的时候才出现在他的梦中。它常常使他从梦中醒来，让他惊恐不安，并且，在他被噩梦吓醒的那一瞬间，他总是感觉他缩在床的一角。床上躺着的似乎还有他的父亲和母亲。他一直都不知道他父亲长什么样子。在他的记忆里，他父亲的形象似乎就是那凶猛、冷酷的一双脚。

这些陈年往事总在他脑海里出现，最近发生的事情他却不记得了。

每天都是一个样子，昨天跟去年没有什么分别，仿佛事隔千年，又或者只是一瞬间，什么事情都没有发生过。没有任何事情可以作为时间一点点流走的证据。对，时间静止不动了。它似乎就是这样站着，没有动弹。在动的只有无休无止的机器。但是，尽管它们的速度比以前快了，它们却无法到另外一个地方去。

他十四岁的时候，被调到上浆机上去工作了。这对他来说意义非凡。这是除一晚好觉和每个礼拜发薪水的日子之外，唯一能让他想要作为回忆的体面事。这件事情简直太重要了，这是新生的标志。以这一天为分界线，"我在上浆机上工作时"，或者"我去上浆机上工作之前"，或"在那之后"，天天被他挂在嘴边，成为了口头禅。

十六岁那年，他进了织布车间，一整台织布机都归他管，这可以作为他十六岁生日的贺礼。这份工作同样具有挑战性，它是按成品给工钱的。并且，他老早以前就是这个工厂里的一个成绩斐然的优秀工人，他做的工作跟机器做的一样好。过了三个月，有两台织布机在他的管辖之下了，慢慢地，三台，甚而四台。

到了在织布车间工作的第二年年底，任何一个工人都不如他技艺高超，他做的工作要比刚进车间、对业务不熟的工人多一倍以上。这时，他的事业即将发展到顶峰了，他的家境渐渐好了起来。但这并不代表他的工资多到花不了。弟弟妹妹们都在一年年长大，他们的花费也越来越多。而且他们开始上学了，课本都是要花钱买的。值得一提的是，随着他工资的增多，物价也在渐渐上涨，这让他百思不得其解。就连房屋的租金也涨了，但是他们的房子好久都没有修过，越来越破了。

他的个子跟之前相比，变得高一些了，但是只是个子，人却要比之前还要瘦弱。并且，他的神经更加紧张。随着神经的一点点紧绷，他的脾气也变得更加奇怪，经常为些小事大动肝火。孩子们曾经见识过他的厉害，都远远地躲开他。他母亲也对他非常尊重，在这尊重的背后隐藏着些许畏惧。

他的人生毫无乐趣可言。对于日子是怎么过的，他毫无意识。到了夜晚，他又在梦中抽搐着身体挨到天亮。其余的时间，他都在忙着工作，在他的脑子里，只有机器。除了这些，他脑子里什么也没有。理想跟他不沾边，他有的只是一种幻觉，似乎他喝的咖啡是最好的。他只不过是一个做工的畜生。他完全没有什么精神生活，可是，在他内心深处，每个小时的忙碌，他的手做出的每一个动作，他身上的肌肉的每一次扭动，他都在心底默默地权衡过——他现在所做的所有事情都是在为未来的某一天里会发生的一件大事做准备，那件大事足以让他周围的人以及他自己都吓一大跳。

在春天将要过完的一个晚上，他下班回到家，又困又乏。他坐在餐桌旁吃饭时，大家都一脸期待地在等着什么似的，然而他却并没有在意。他只是心情沉郁地扒着饭，对于吃进去的是什么，他全不放在心上。弟弟妹妹们那股兴奋劲儿，吃得杯碟乱响，嘴巴也一声胜似一声地吧嗒。但是他什么也没有听到。

后来，他母亲对这样的场面有些不快，于是问他："你认识你刚刚吃进去的东西吗？"

他眼神空洞地看看摆在他面前的盘子，然后又眼神空洞地望向母亲。

母亲一脸神气地向他宣告："浮岛。"

弟弟妹妹不约而同地大声跟着说："是浮岛！"

他只"哦"了一声，然后，又往嘴里送了三两口才说："今天晚上，我不怎么饿。"

接着，他放下餐具，把坐着的椅子推向后方，浑身绵软地站起来离开饭桌。

"我还是去睡觉比较妥当。"

他拖着沉重的两条腿从厨房里走出去，那一步一拖的步伐似乎比平时更加沉重了。此时，脱衣服对他来说都是相当费力的一件事情，他丝毫使不上力气。他爬上床去时，仍然有一只鞋套在他的脚上，他无助极了，忍不住哭了。他感觉到脑袋里有东西在向上泛，向外溢出，搅和得他的脑子混乱极了，混混沌沌的。他感觉他那瘦瘦细细的指头变得很粗很粗，跟他的手腕一样，连手指尖也有种跟脑子一脉相连的混乱和混沌。他的腰疼得厉害，他快要受不了了。全身的骨头都在疼。全身没有一处不疼。然后，他的脑海里出现了凶猛的尖叫、怒吼的声响，这是一百万台织布机所发出来的。房间里到处都是凌空起舞的梭子。它们周围是许多理也理不清的星星。在他掌管之下的一千台织布机，它们转动的速度越来越快，越来越快，与此同时，他的脑子松了一下，也越转越快，最后也变成了纱线，往那一千只飞梭上绕。

第二天早上，他没有去工作。他脑子里有一千台织布机，他正忙着织布。他母亲给他请了一位医生，然后就上班去了。医生说他得了很严重的流行性感冒。因此，珍妮遵医嘱，留在他身边守着他。

强尼的这场病非常凶猛，来了一个礼拜才撤走。强尼勉强能自己穿衣服，虚弱地在卧室里一步一拖，按照医生的说法，强尼一个礼拜以后就可以回工厂继续工作了。礼拜日午后，这是他病好后的第一天，织布车间的工头来看望他。这个工头在他母亲面前夸奖他是整个车间里最优秀的织布工人，还表示他随时可以回去继续工作。工头还允许强尼从礼拜一开始再休息一个礼拜才去上班。

强尼没有说话，他母亲很着急："强尼，快谢谢工头！"

他母亲一脸歉意地为强尼辩解："强尼这次病得非常严重，他到现在都还没有完全恢复正常。"

强尼坐在那里，弓着腰，一直盯着地板看。工头离开后，他还是这个样子持续了很长时间。今天天气不错，这天下午，他走到外边坐在门口的台阶上。偶尔，他嘴唇会动一动，似乎是在没完没了地计算些什么。

第二天早上，天气渐渐变暖了，他再次坐到门口的台阶上。这回他手里拿着纸和笔，继续昨天的计算，这个计算令人吃惊，也让人痛心。

中午，威尔放学回家时，他叫住威尔，问他："百万后边是什么？要怎么计算？"

他在那个下午完成了这个计算。接下来，他每天都要坐在那里坐上一会儿，只是再没有带着纸和笔，街道对面的一棵树把他的注意力都吸引过去了。他一直盯着它看，能一连看上好几个小时，他觉得它的叶子随风飘荡，树枝在风中摇曳的样子很有意思。整个礼拜，他似乎都用来用心地反省自己。礼拜日，他又坐在台阶上，笑了好几声，声音很大，他母亲听到后心里很不是滋味，她已经不记得上次他笑是在几年前了。又一个礼拜一的早上，天灰蒙蒙的，母亲去叫他起床。这一个礼拜，他做的最多的事情就是睡觉，母亲一叫他，他就醒来了。母亲抓走盖在他身上的被子时，他也没有做任何抵抗，任母亲把被子抓走。他仅仅是悄无声息地躺着，说的话也是静悄悄的。

"妈妈，你不要白费力气了。"

"你就要迟到了。"母亲提醒他，她觉得他睡得有些迷糊。

"妈妈，你最好不要理我。我没有在睡觉，我说过了，你不要白费力气了。我不起床。"

"你会失去这份工作的！"母亲大吼。

"总之，我不起床。"他又说了一遍，声音里充斥着怪异、冷酷和无情。

母亲跟他一样，早上没有去上工。她从未见过有人得过这样的病。发烧和昏厥，她还知道，但是这是精神上的病啊。因此，她盖好他的被子，吩咐珍妮去叫医生。

医生来了。他睡相平静，渐渐醒来，允许医生为他检查。

医生说："没事的，他没有别的问题，只是有些虚弱。身体太瘦弱了，几乎没有什么肉。"

他母亲向医生解释说："他向来都是这么瘦的。"

"妈妈，你出去，我想好好睡一觉。"

他的声音很柔和，很平静。接着他翻了个身，继续睡去了。

他睡醒后穿上衣服，这时已经是上午十点了。他来到厨房，看见他母亲一脸惧色。

他说："妈妈，我是来跟你道别的。我要离开了。"

母亲拉起围裙将脸捂住，突然蹲坐在地上，很伤心地哭了起来。

"这一天我早就预料到了。"母亲边哭边断断续续地说。

后来，她放下捂在脸上的围裙，满面愁容，说："你要去哪里呢？"

他一脸木然："我还没有想好，哪里都好。"

他说完，感觉到街对面那棵树在他心里闪耀着炫目的光彩。似乎，那棵树就在他的眼皮底下待着，他什么时候想看它，它都在那里，不管是什么情况下。

母亲声音颤抖着问："你的工作不要了吗？"

"我再也不去工作啦。"

母亲哭得很厉害："强尼。天哪！你怎么可以说出这样的话呢？"

强尼的话听在她耳里，就是冒犯神明。母亲被他这样大逆不道的话吓得连大气也不敢喘一下，否认上帝，是多么叛逆的人啊！

"你的脑子里到底钻进什么东西了啊？天哪！"母亲想要批评他些什么，但又不敢说出口。

强尼回答说："这个礼拜我算了很多数字，计算结果让我很吃惊。在我脑子里的就是这些数字。"

"这跟数字有什么关系呢？我不明白。"母亲哭得几乎说不出话来。

强尼一脸从容地笑了笑。他这样不温不火，没有丝毫情绪起伏的态度，他母亲看在眼里，更是感到惊恐。

"好吧，让我来告诉你。我非常累了。我怎么会这么累呢？动作！我刚落地就在做动作。我对做动作恨透了，我永远都不愿再做它。你对我之前在玻璃厂工作的事情还有印象吗？在那里，我每天都要扎三百打瓶子。我计算了一下，扎一个要动十下。所以一天下来就是三万六千次。十天就是三十六万。一个月就是一百万零八千。去掉那八千零头（他说这话时就像是一位得意扬扬的正在布施的慈善家），略去那八千，一个月下来就是整整一百万个动作，那么一年就是一千二百万个动作。

"进了织布车间后，我的动作是之前的两倍快。那么，一年要做两千五百万个动作。我似乎就这样做了一百万年。

"但是，这个礼拜，我一刻也没有动弹。我静静地待着，一连好几个小时。你听我告诉你，那样的感觉真是太爽啦，我就只是坐在那里，连续好几个小时里，我不做任何事情，我从没有像现在这样开心过。之前我一直都在工作，一点儿自己的时间都没有，因此我才没有办法让自己开心。从现在开始，我真的永远不会再去工作了。我索性就这样定定地坐着，我要坐下来，坐着，一直不停地休息，休息，接着再休息。"

母亲看不到任何希望，问他："威尔和其他的孩子要怎么活下去呢？"

"是呀，'威尔和其他的孩子'。"强尼重复着母亲的话。

但他说这话时完全没有一点儿难过的样子。他很久以前就知道母亲对弟弟的期望很高，但是现在他不会因为母亲的偏心而感到难过了。纠缠下去还有什么用呢？这样的事情他也毫不关心。

"妈妈，我知道你对威尔的期望很高，你想让他一直在学校里读书，让他成为一个会计。但是，那跟我没有关系，我不管。他只能去工作。"

"你怎么能这样？我把你抚养成人多不容易呀。"母亲正在哭泣。她打算用围裙捂住脸，不知怎么的又不捂了。

他既悲伤又亲热地对她说："把我抚养成人的不是你，把我抚养成人的是我自己。妈妈，就连威尔也是我抚养大的。他比我高大健壮，体重也比我重。我从很小的时候起就从没有吃过一顿饱饭。我出去做工时，威尔才一点点大，那时候我就在抚养他了。不过像那样的事情以后再不会发生了。威尔已经长大了，他可以出去做工了，就像我一样，就算他有别的选择，那也跟我无关了，不是吗？我要离开了。我很累。你应该跟我说声再见的。"

母亲没有说话。她再次将围裙蒙在脸上，继续哭着。他在门口停了一下。

"我从不怀疑你尽了最大的努力。"母亲边哭边说。

他出了大门，站在街上，映入他眼帘的是那棵寂寞的树，他挤出一个凄惨的笑容来。"总之我是不会再上工啦。"他轻声对自己说，像是在用很低的声音唱歌。他仰头看向天空，心里有些想法，但是明晃晃的太阳光照得他眼睛发酸。

他慢慢地走在路上，走了很长时间。他走过的路的边上是织麻厂。从织布车间里传出来的轰轰隆隆的声音直往他耳朵里钻，他轻声笑了笑。这种笑很和气，很安静。他心中没有恨意，就算是那些总是磕磕碰碰、弄出很大噪声的机器也不能让他恨起来。在他心里没有一丝一毫的怨恨，他只是迫切地前所未有地需要休息。

慢慢地，他身边的房子和工厂都消失了，周围的空间越来越空旷，他此时走得已经非常接近村子了。后来，城市就被他甩在身后，铁路边上有一条小路，小路被树木笼罩着，他就沿着这条小路一直走了下去。他走路的模样并不跟别人一样。他的长相也跟别人有区别。他就是个四不像的很滑稽的怪物。他就像一个先天畸形、不明来路的物种，他一颠一跛地走着，两只胳膊无力地垂在身体两侧，双肩向前扭曲，胸膛被挤得狭窄，那样子就像病重的猿猴，长相奇特又吓人。

他经过了一个小火车站，在一棵树下的草地上躺着。就这样，一下午躺过去了。偶尔，他睡着了，他身上的肌肉就伴随他的美梦剧烈抽搐。醒来后，他静静地躺在那里，看看天空飞过的小鸟，或者仰望着树枝缝隙里的一片天空。他好几次放声大笑，但是这些跟他现在视野所及和感觉所及都扯不上什么关系。

　　太阳很快就落山了，夜幕降临，远处传来火车开过的轰鸣声，越来越近。货车随着机车走到转弯处，强尼顺着列车爬过去。他费力地将一节空车厢的边门拉开，又费力地、挣扎着爬进这个车厢。他把门关上。这时汽笛声从火车头传来。闷罐车里一团漆黑，什么也看不见，强尼躺在里边，脸上挂着笑容。

为赶路的人干杯

"快倒进去。"

"我说，基德老兄，这样是不是太烈了？威士忌添上酒精已经够受的了，要是再添上胡椒酱、白兰地和……"

透过一片雾气腾腾的蒸汽，可以看到马尔穆特·基德亲切的笑脸："快给我倒进去，难道是你在调五味酒吗？年轻人，等你在这里住得同我一样久，常常靠捕食兔子、钓鲑鱼过活的时候，你就会知道，圣诞节一年只有一次。假如在这个节日里没有五味酒，那就好比说，虽然洞已经开掘到了床岩上，但还没有找到金矿的矿脉。"

"是啊，我想你大概不会忘记我们在塔纳纳河边配制的那种烈酒吧？"大吉姆·贝尔登非常赞成基德的观点，他是从马齐·梅的矿场过来的，到这里来过圣诞节。每个人都知道，在过去的两个月里，他完全依靠鹿肉来生活。

马尔穆特·基德转过了头，对着斯坦利·普林斯说："哦，那件事我没忘记。兄弟们，要是你们见着一大群人喝着用酸面团与糖酿出的好酒，并且当他们全都变成一个又一个不折不扣的醉汉的时候，我想那时你们的心里一定会非常痛快的。不过，这还是你出生以前的事。当初，这一带是见不着白种女人的，而梅森只想同一个叫作露丝的印第安女人结婚，她的父亲是塔纳纳族的首领，自然是坚决反对这桩婚姻，这也是那个部落中的任何人都会做出的正常选择。这酒很烈吧？嘿嘿，我把剩下的那磅糖也倒进去了，这是我一生中调过最好的酒。我想，你们真得瞧一瞧那次的追逐，沿着河岸追，追过了转运线。"这个叫作普林斯的人，曾在北方住过两年，他是个年轻的开采专家。

路易斯·萨沃埃问道："那个印第安女人怎么样了？"路易斯·萨沃埃的个子很高，是法国血统的加拿大人，他非常投入地听着，因为在去年的冬天他也曾听到过这件胆大妄为的事情。

马尔穆特·基德是一个天生喜好夸夸其谈的人，于是他丝毫不带掩饰地谈起了这个来自北方的洛钦瓦尔的传奇故事。有许多鲁莽的汉子来到北方冒险，心中会不自主地生出一些紧张的情绪；他们也会常常若有所失地怀念起阳光灿烂的南方，那里的生活总比毫无意义地同死亡与寒冷做斗争要强些。

基德结束时说："我们恰巧在第一块冰化掉的时候走上了育空河，她部落的人只比我们晚一刻钟才到达。这样我们便幸运地得救了。因为第二次融冰，上游淤堵的冰块被冲破了，他们也被拦堵在河的那边。最后等他们赶到奴克鲁克托时，全站的人都准备就绪，就等他们了。至于结婚的事情，你们可以去问鲁勃神父，是他主持的婚礼。"

耶稣会的那个神父把嘴里叼着的烟斗取了下来，为了表示他的喜悦心情，脸上还流露出了教长式的微笑。这一刻，在场的所有天主教徒与新教徒都高兴地鼓起掌来。

"我的天哪！这个微不足道的印第安女人！还有咱们勇往直前的梅森！我的天哪！"路易斯·萨沃埃惊讶地叫了起来，这段浪漫的爱情故事似乎已经深深地打动了他。

随后，大家用洋铁杯盛满了酒，一杯又一杯传递开了；而急躁的贝特尔斯则跳出来，开始唱起他心爱的祝酒歌：

> 有一个亨利·华德·比契尔，
> 加上几个主日学校的教师，
> 都喝起了黄樟根酿的美酒；
> 不过你照旧能够打个赌，
> 要是这酒有个得体的名字，
> 它就叫禁果酿成的美酒。
> 哎嘿哟，用禁果酿成的美酒。

然后，所有的酒徒都放声唱道：

> 哎嘿哟，禁果酿成的美酒！
> 你同他们照旧能够打个赌，
> 要是这酒有个得体的名字，
> 它就叫禁果酿成的美酒。

马尔穆特·基德所调制的这种神奇的混合酒终于发生作用了。过路投宿的人与宿营地的人在那种热烘烘的力量的感召下，都变得活力十足，他们围着餐桌唱歌，说笑话，讲着曾经探险的故事。这些来自十几个不同国家的异乡人，互相敬着酒。那个美国人贝特尔斯举杯"祝福女皇，希望上帝保佑她"；那个英国人普林斯为"山姆大叔，这个新世界早熟的婴孩"，干掉一杯；萨沃埃和那个德国商人迈耶斯，也为阿尔萨斯—洛林开怀畅饮起来。

这一刻，马尔穆特·基德站起身来，端着酒杯，朝油纸窗看了一眼，窗上结着三英寸厚的冰霜："祝愿今夜赶路的人身体安康，但愿他们还有充足的干粮，他们的狗也都安然无恙，但愿他们的火柴一划就亮。"

啪！啪！一阵熟悉的狗鞭声响起了，马尔穆特的那群狗低沉而凄切地嗥叫着，一架雪橇驶进木房，发出沙沙的声音。他们的谈笑声也慢慢沉寂了下来，大伙都倾听着。

马尔穆特·基德轻轻地对普林斯说："这是个老手，先顾狗，然后才顾自己。"外面传来了狗的声音——痛苦的猖猖声以及像狼那样的嗥叫声。这些熟悉的声音，一传到他们经验丰富的耳朵里，就知道那个陌生人正打走他们的狗，给自己的狗喂食。

预料中的敲门声终于传来了，声音短促而有力量，随后，那个陌生人走了进来。灯光突然照在了他的眼睛上，让他睁也睁不开，于是他就在门前停留了片刻，同时大伙也将他细心地打量了一番。他穿着一身北极的皮衣和羊毛衣，同画上的人简直一模一样，引人注目。他有六英尺两三英寸的个子，厚厚的胸脯与宽宽的肩膀搭配得十分协调，脸冻得通红，但十分整洁，长长的睫毛和眉毛上都结满了白白的冰碴儿，狼皮大帽的护颈与护耳都敞开着，他似乎真的是一个冰雪世界的国王，刚刚从冰冷的黑夜里走出来。他厚厚的夹克外边拴着一条子弹带，带子上吊着一把猎刀和两支柯尔特式自动手枪，手里攥着一根不可或缺的狗鞭，背后还背着一支最新样式的大口径无烟步枪。他朝大伙儿走了过来，步伐稳健，不过仍然可以看出他已经疲惫不堪了。

首先是一阵尴尬的沉默，然后他真诚而热情地招呼了一声："兄弟们，你们还好吗？"这让大家立刻安闲自在了许多。马尔穆特·基德同他紧紧地握住了手。他们虽然素不相识，却很早就听说了对方的盛名，刚一见面，就相互认了出来。还没等这位客人说出自己此行的目的，主人马上就把他介绍给了大伙儿，而且将一杯刚刚调好的五味酒放到了他的手里。

"有三个男人赶着八条狗，后面还拖着一架柳条车身的雪橇，不知过去多久了？"

"那已经是两天前的事情了，难道你在追赶他们吗？"

"是的，那些是我的狗和雪橇。那三个该死的家伙真是胆大包天，竟然敢从我的鼻子底下把它们偷走。我已经追了两天，也许再追一段路就能赶上他们。"

这时马尔穆特·基德把咖啡放到了炉子上，正准备煎鹿肉和腌猪肉。贝尔登为了不使谈话中断，关切地问道："我想他们大概会同你搏斗一下吧。"

这个陌生人拍了拍自己的左轮手枪，就算是答复了他。

"你何时离开道森的？"

"十二点左右。"

"是昨天夜里吗？"贝尔登问，本以为这个推测是确定的。

"不，是今天白天。"

大伙都啧啧称羡起来。这是有足够理由的，因为这时刚好是午夜，而在十二小时内在这段十分难走的冰河上跑上七十英里的路，无论谁都不能冷言嘲笑这样的事。

但是，他们的谈话就很快同个人恩怨无关了，大家都追忆起了童年时代的生活。马尔穆特·基德将自己亲手做的简陋饭食拿给这个陌生的年轻人吃。当他吃饭的时候，马尔穆特·基德又细心地打量了他一下。过了不久，他就认定这是一张诚实、坦率、正直的脸，他非常喜爱这个汉子。他虽然还比较年轻，但是他的脸上早已牢牢地刻上了一道道象征着劳苦与辛酸的皱纹。他的脸上虽然在休息的时候非常温和，在说话的时候也十分亲切，但是仍然可以看出，倘若真要动起粗来，特别是在那种以寡敌众的情况下，他那双蓝色的眼睛定会放射出凄厉的、钢铁般的光芒。他方正的下巴和宽大的牙床似乎显示出他那顽强、粗野和桀骜不驯的性格。但是，尽管他有着狮子一般的特性，但他的身上还有一丝女人般温柔的神色，这显示出他是一个情感丰富的人。

"我就是这样娶到我的老婆的。"贝尔登讲完了他求婚时的那段浪漫故事，"她说：'我回来了，爸爸。'他父亲回答说：'你这个该死的。'随后，他又对我说：'吉姆，你快点儿把你的那套好衣服换下来吧，在吃饭前，你要把那四十亩地大部分犁好。'然后，他转过头对她说：'萨尔，你快点儿去洗盆子吧。'话音刚落，他似乎用鼻子嗤了一声，吻了她一下。我真的快乐极了——但是他看到我仍停在那里，就立即大声地吼了一句：'吉姆！你！'我就赶忙跑进了谷仓。"

陌生人问道："在美国，是否有孩子等着你回去？"

"没那回事，萨尔还没等到生孩子就去世了。我就是因为这个才来这里的。"这时贝尔登的烟斗已经熄灭了,他开始漫不经心地点起烟来,然后,他又高兴起来了,问道:"先生,你怎么样,结过婚没有?"

为了答复,陌生人打开了怀表,然后把它从身上解了下来,递给了贝尔登。贝尔登把油灯挑亮,仔细地瞧着表壳的里面,喃喃地粗鲁地赞叹了一番,接着又将它递给了路易斯·萨沃埃。萨沃埃激动地大喊道:"我的天!我的天啊!"最后它又被传到了普林斯手里,看了之后,他也是激动万分,甚至连手也不自主地颤抖起来,眼里还流露出一种异常温柔的神色。于是,这块怀表就这样从一只粗手传到另一只粗手里——表壳中贴着一个女人的照片,她的怀里还抱着一个婴孩——这正是这群粗鲁的硬汉在无数次的想象中难以割舍的照片。还没有看过的人,充满了强烈的好奇心,想要看看这件珍奇的物件;而已经看过的人,则一声不吭地沉浸在了对往事的美好回忆中。他们这帮硬汉子,都能够坚毅地承受坏血病的折磨、饥饿的苦痛,就算是面对马上能够置人于死地的洪水与荒野,也毫无畏惧的神色,可是这样一个陌生女人与孩子的照片,让他们都变成了女人与孩子。

"这个孩子,我还没见过——据她说,是个男孩,已经两岁了。"陌生人取回了他的珍宝,然后又恋恋不舍地向表里瞧了一会儿,才轻轻地把它合上,转过了头。但是,他的动作不够迅速,并没有及时地掩藏住他那忍在心头酸痛的眼泪。

马尔穆特·基德把他带到了一张床的旁边,叫他在床上好好休息一下。

"四点整叫我,可别把我的事给耽误了。"说完之后,他便在劳苦与困乏中呼呼入睡了。

普林斯赞叹道："我的天哪！他可真是个闯劲十足的汉子，带着狗在赶了七十五英里的路后，仅仅睡上三个小时，就又要上路了。这个人是谁啊，基德老兄？"

"他就是杰克·威斯顿德尔，在这里待了已经三年了，一无所获，除了他那像牛马一样吃苦耐劳的名声。但他的运气确实坏到了极点。我们从来没有见过面，我是从塞特卡·查理那边了解到他的情况的。"

"他活得可真不容易，有这样一个年轻可爱的妻子，竟然会来到这般凄苦荒芜的地方，白白地耗尽自己的生命。我敢说，在这里耗上一年，足够抵得上外面的两年。"

"他这个人，就是过分地刚强和固执。先前他赌了两回钱，也赚到了不少，可是后来又都输光了。"

讲到这里，那张照片的作用似乎已经渐渐地消失了，他们的谈话突然被贝特尔斯的一阵喧闹声打断了。过了不久，他们开始了一段粗野、放荡、无拘无束的狂欢。他们就在这种时刻，也只有在这样的时刻，才能把那单调乏味的伙食与那劳顿不堪的凄苦岁月暂时地抛在脑后。但这一刻，只有马尔穆特·基德一个人是清醒的，他没有把一切都忘掉，他焦急地朝自己的表看了很多回。他甚至还戴上海狸皮帽子，穿上五指手套，走出小木屋，来到储藏室里，东摸摸，西找找。

马尔穆特·基德提前十五分钟就喊醒了他的客人，因为他再也不能等到指定的时间了。这位身材高大的客人身体十分僵硬，在一阵激烈地揉搓之后才勉强地站了起来。他东摇西晃地吃力地走出了木屋，发现自己的狗已经全部套好了，一切准备就绪，只等他上车赶路了。大伙儿都过来为他送行，祝福他一路顺风，能立刻追上那几个小偷。随后，鲁勃神父匆匆地说了几句祝福的话，就带着这群吵吵嚷嚷散开的人回到木屋里去了。这也怪不得他们，光着手和耳朵待在这零下七十四摄氏度的寒冷天气里，可不是一件好受的事情。

马尔穆特·基德把他送上了大路，然后热情而诚挚地握着他的手，不放心地叮嘱了几句。

他说："你找找看，一百磅的鲑鱼子就放在你的雪橇上。狗吃上一百五十磅的鱼，都不如吃它们走得远。你或许指望着能在佩利买到狗粮，可那是办不到的。"那个年轻人吃了一惊，眼睛闪闪地放出光芒，但并没有插嘴。"走不到五指河，无论是人食，还是狗粮，就连一英两你也买不到。那可是特别难走的二百英里。等到了三十英里河，要注意那些没结冰的地方，还有，一定要走近路，也就是巴尔杰湖上的那条捷径。"

"你是怎么知道的？难道消息传得比我还快吗？"

"我没有听任何的消息，我也不希望听到什么消息。不过，我知道你追的那些狗并不是你的，因为它们是去年春天由塞特卡·查理卖出的，而买主正是那三个男的。有一回，查理也评价过你，说你是个非常正直的人，这一点我是相信的。你的相貌我也看过了，我非常喜欢你的那张脸。我看出来了……算了，妈的，你还是快点儿上路吧，快点儿跑到海水那边，回到你老婆的身旁，还有……"讲到这里，基德脱下了手套，突然拿出了他的皮口袋。

"不，这我用不着。"年轻人紧紧地握着基德的手，激动的热泪不由得涌了出来，而周围寒冷的空气立刻又将它冻结成冰。

"既然如此，只要狗倒下来，就把套绳割断，千万不要舍不得它们；假如要买狗，十块钱一磅的，也应该觉得便宜。在胡塔林卡、五指河和小鲑鱼河这些地方，都可以买到狗。另外，千万不要把脚弄湿了。

路程要保持在二十五英里之上，假如比这个数低，你就生上一堆火，再换上一双袜子吧。"

刚过了十五分钟，突然传来了一阵叮叮当当的铃声，人们知道又要有一个新客人来了。一个来自西北地区的骑警推门走了进来，随后进来的是两个赶车的混血儿。他们都全副武装，看上去也十分疲惫，这同威斯顿德尔几乎是一模一样的。那两个混血儿天生就是赶车的料，镇定自若，而那个年轻的警察却累得够呛。不过，由于他继承着自己民族的那种顽强不屈的精神传统，所以他还是硬撑住了，可以毫不夸张地说，只要他不被彻底地打倒，他就能继续撑下去。

他突然问道："威斯顿德尔走了多长时间了？他是不是在这里歇过脚？"这些话问得简直毫无意义，因为雪橇在路上留下的划痕早已十分明白地说明了一切。

马尔穆特·基德从贝尔登的眼色中察觉出其中的原委，于是就敷衍地回答说："走了好一阵子了。"

警察训责道："伙计，痛快点儿，照直说吧。"

"你似乎想要立刻把他找出来。难道说他在道森出了什么事？"

"他把哈利·麦克法的四万块钱抢走了，然后又在太平洋港湾公司的商店里换了一张西雅图的支票，假如我们赶不上他，谁能把他拦住呢？他走了有多长时间了？"

这时，马尔穆特·基德已经做出了暗示，所有的人都收敛起惊诧的神色。年轻的警官左看看，右看看，每一张脸都和木头人一样。

他跨着大步走到了普林斯面前，向他询问。怎么回答这个问题呢？虽然普林斯有些痛心，但是他又看了看自己同伴认真而坦率的脸色，只好用一些前后矛盾的话搪塞过去了。

这时，警察在无意中发现了鲁勃神父，明白他是不能撒谎的。神父回答说："走了十五分钟了，但他和他的那些狗已经休息了四个小时。"

"已经走了一刻钟了，而且还是精神饱满的！我的天啊！"这个可怜的年轻人，既疲惫又失望，跟跟跄跄地朝后退了几步，几乎要昏厥过去了，接着又小声地说，"他从道森来这里耗费了十个小时，那群狗也累得够呛了。"

马尔穆特·基德递给他一杯五味酒，然后，他又转过身走到了门口，命令那两个混血儿同他一起走。但他们拼命反对，因为休息一阵的希望和温暖的房间太诱人了。基德通晓法国的方言土话，赶忙细心地听了起来。

那两个混血儿发誓说，那一群狗已经垮掉了，连一英里都走不了，巴比特和沙瓦希都得开枪打死，剩下的狗也一样；无论是人还是狗，都需要休息一阵才行。

他转过身，对着马尔穆特·基德说："能不能借给我五条狗？"

但是基德摇了摇头。

"我能用康斯坦丁队长的名义，给你写一张五千元的支票——证件在这儿，我会根据具体情况开出支票的。"

基德又是无言地拒绝了他。

"那么，我就用女皇的名义征召你的狗。"

基德看了看自己满满的武器库，微微笑了一下，表示怀疑。那个英国人十分清楚自己已经无计可施了，就转过身朝着门口走去。但是那两个混血儿仍旧表示反对，他于是凶狠地骂他们是杂种、娘儿们。那个年纪较大的混血儿，黝黑的脸被气得通红，他站起来愤愤不平地回敬了几句，说要把那条领队的狗跑得精疲力竭，将他自己丢在雪里才高兴。

年轻的警员使出了浑身的力气，毅然地朝着门口走去，并且还装作精神十足的样子。可是大伙儿都明白也都十分敬佩他那种傲慢的劲头，不过，这还是掩盖不了他脸上的恼怒神色。那一群狗，身上结满了冰霜，它们蜷缩在雪里面，简直无法立刻再站起来。赶狗的人非常生气，这群苦不堪言的畜生在他们的痛打之下又发出了一阵阵的噪叫。随后，他们又把绳索切断，拖出了领队的狗巴比特，这些狗才肯拉动雪橇，朝前赶路。

"他妈的！完全不是好人！""骗人的家伙，真是个流氓痞子！""原来是个毛贼！""比印第安人还坏！"显而易见，大伙都在冒火了——第一，因为他们都被那个人欺骗了；第二，在北方，诚实是人们灵魂深处最宝贵的品质，而现在，这样宝贵的品质却遭到了无情的践踏。"明知这个家伙做了坏事，还要帮助他。"大伙都用谴责的目光看着马尔穆特·基德。这时，在房间的角落里，他正在把巴比特安置得舒服一些。然后，他站了起来，没有说一句话，只是把剩下的五味酒都斟到了每个人的杯中。

"今晚可真冷，兄弟们——真是刺骨的冷啊。"他说了一些无关紧要的话，作为给自己辩护的开场白，"你们都是赶路的人，都明白那是怎么回事。可不能打落水狗啊。你们仅凭一面之词，就用那些同大伙儿吃一锅饭、盖一条毯的人来说吧，有谁还会比杰克·威斯顿德尔更清白？就在去年秋天，他把自己辛苦攒的四万元钱交给了裘·卡斯特尔，让他到英国的自治领地去买股票。今天他本该变成一个百万富翁。可在当时，他要待在圜城照看一个生坏血病的朋友，而卡斯特尔做了什么呢？他竟然去了麦克法兰的赌场，用最大限额的赌注赌了一把，一下子把钱都输光了。第二天，人们在雪地里发现了他的尸首。那个可怜的杰克，本想今年就能回家同老婆和没见过面的孩子团聚。你们要知道，他只拿了四万块钱，那刚好是他那个同伴输掉的数目。好啊，他现在已经离开了，你们想要怎么办呢？"

基德看着身边这些审判他的人，看出他们的表情变得和善了，于是高高地举起了酒杯："那么，让我们为今夜赶路的兄弟干一杯吧，但愿他有充足的干粮；但愿他的狗不会跌倒；但愿他的火柴一划就亮；愿上苍保佑他一路顺风，祝愿他幸福，祝愿他安康，祝愿他……"

"让那个骑警见鬼去吧！"贝特尔斯与大伙儿碰着空空的杯子，高声地喊了起来。

一千打

拼命向上爬是大卫·拉斯蒙森这种人最大的特点。另外他还同许多大人物一样，只要瞅准了什么事情，就会心无旁骛地干起来。因此，当他那双敏感的耳朵一听到北方的号声时，他想到的却是鸡蛋，没错，他要在鸡蛋上搞一次投机倒把的生意，为了这生意他愿意耗尽自己全部的力量。他成天想着这件事，最后简要地得出结论：这样的主意就像是无意中找到了一个金光闪闪的大宝藏，简直是妙不可言。用最稳妥的方式估算一下，假如一打鸡蛋在道森能够卖到五美元，那么将来，毫无疑问，在这座"黄金城"，一千打鸡蛋肯定能够卖到五千美元。

另外，开销也是应当计算在内的。因为他是个谨慎的人，无论什么地方都会做出最精细的打算，生来就有一颗不会被幻想左右的心和一个善于冷静思考的头脑。他处处都会考虑得十分周到。假如就按每打鸡蛋十五美分来算，一千打鸡蛋的成本也不过一百五十美元，在如此巨大的利润面前，这样的成本显然是微不足道的。假定说，就假定他这次挥霍了一大笔钱，就按人与鸡蛋的运费总共八百五十美元来算吧，那么，等到他把最后一枚鸡蛋卖掉，最后一粒金子收好时，他仍然是彻头彻尾地赚了四千美元。

拉斯蒙森和他妻子拥有一个舒适的饭厅，饭厅里摆满了各种各样的地图，还有政府的测量报告，以及大量的旅游指南和阿拉斯加的旅游手册。他同妻子商量说："你瞧瞧，艾尔玛，要是到了狄亚，那些破费的事才真正开始——起先的一段路，就是算上头等船票，也才五十美元。但是从狄亚到林得尔曼湖这段路就完全不同了。在那一带搬运货物的印第安脚夫，每搬一磅就要十二美分，一百磅则是十二美元，一千磅就达到了一百二十美元。我的货物就按一千五百磅来算吧，总共需要花费一百八十美元——稳当点儿，就按二百美元算好啦。我有个可靠的朋友，他刚从克朗代克回来，他对我说过，在那里花上三百美元就可以买到一条小船。他还说，我还能找两个搭客，从他们身上，可以每人赚到一百五十美元，就等于说那条船是白白送给我的；另外，他们俩还能帮我驾船呢。还有……我看都算进去了。等到了道森后，我就把这批鸡蛋搬到岸上。现在让我算一算，一共多少钱呢？"

"从旧金山到狄亚是五十美元；从狄亚到林得尔曼湖是两百美元；船费由两个搭客付——总共需要二百五十美元。"她立刻算好了。

这一刻，他流露出快乐的神情，接着说："还有我的衣服和行李，也要花一百美元，就算是这样，我还剩五百美元来应对那些意想不到的开销。但是，究竟还有什么意想不到的开销呢？"

艾尔玛扬了扬眉毛，耸了耸肩。假如那片广袤的北方大地可以吞得下一个人和一千打鸡蛋，当然也有地方可以装下他所拥有的一切。她虽说是这样想的，但一句话也没说，因为她十分清楚自己丈夫的为人，所以只好缄默不语。

"就算是发生了意想不到的事情，多用了一倍的时间，我这趟旅程也才两个月。想一想吧，我的艾尔玛！两个月的时间赚四千美元！这可不是每月领取的一百美元干薪所能比拟的。是的，将来我们要住得更宽敞，到城外修建起一幢大房子，要在每间房里装上煤油灯，从窗户望出去，还要有比较宽阔的视野。至于现在这幢破房子，我们可以租出去，拿到的租金，除了付水费、保险费、捐税外，一定还会有剩余。另外，我或许还能发现一座金矿，到了那时，我就是个百万富翁，你就是百万富翁的夫人，这样的机会总该有的。艾尔玛，你说说，这想法难道过分吗？"

艾尔玛简直无法朝别处想。难道不是吗？她娘家有个堂兄弟——当然，这是很远的一门亲戚，他是个鲁莽而轻率的人，没什么出息，简直就是匹害群之马——当年，他从那个神秘莫测的北方赶回来时，不就带回了十万美元的金子吗？这还不算他对所开采的那个金矿所拥有的一半所有权呢。

大卫·拉斯蒙森仍旧想着那件倒卖鸡蛋的事情。他走进了一家杂货店，来到柜台一头的秤旁，拿起一枚鸡蛋，开始称了起来；杂货店的老板觉得十分诧异。不过，拉斯蒙森自己更为诧异，因为他发现一打鸡蛋的重量达到了一磅半——假如这样的话，一千打鸡蛋就重达一千五百磅了！这样一想，他的那些衣服、毯子、餐具以及必要的粮食，就不会再有机会带着一起走了。他的计划完全垮掉了，但就在准备重新盘算的时候，他突然想到了将大蛋换成小蛋来称一称的主意。他精打细算地对自己说："反正不管大小，一打鸡蛋还是一打鸡蛋。"而他称出一打小蛋的重量，才只有一又四分之一磅。因此，旧金山马上就出现了许多跑街焦急忙碌的身影，那些畜产品批发所和牙行的人得知有人要一打超不过二十英两的鸡蛋时，都大为吃惊。

于是拉斯蒙森靠抵押房子拿到了一千美元，并把老婆安顿在娘家，让她在那里多住些时日，然后就辞掉工作，到北方去了。他为了节约成本，只购买了一张二等船票，但是由于现在正是淘金的旺季，二等舱比起统舱还要拥挤；正好又是夏末时节，等到他带着这批鸡蛋，踏上狄亚海岸的时候，他的脸色已经变得惨白了，走起路来也是踉踉跄跄的。但是过了不久，他的腿又恢复了力气，胃口也好多了。接着，他又挺直腰杆，硬着头皮，同一个契尔库特脚夫开始谈判了。这二十八英里的路，他们最先定下的运费是四十一美分，但是，等他缓过了气，咽下一口唾沫后，运费一下子又涨到了四十三美分。随后，有十五个健壮的印第安人得知他肯出四十五美分时，就把带子拴在他的货箱上了。但是，有一个穿着脏衬衣与破烂外套的斯卡圭财主，由于在白隘口把马匹给丢了，但又想马上穿过契尔库特山朝前走，他居然出到了四十七美分，于是那几个印第安人又把他的货箱撂下了。

然而，拉斯蒙森是个非常顽固的人，最后他终于以五十美分一磅的价格雇到了这几个脚夫。两天过后，这些脚夫终于把这批鸡蛋稳稳当当地搬到了林得尔曼。假如是五十美分一磅，那一吨则需要两千美元，而他的鸡蛋一共是一千五百磅重，这样他便一下子花光了那些备用的资金，这使得他只能焦急地在谭塔劳斯角等待，眼巴巴地看着那些新造的小船一条条向道森驶去。另外，造船厂里的工人则沉浸在一片焦急忙碌的氛围里，他们早晨都起得很早，接着就埋头拼命地干上一天活儿，晚上很晚才回去；至于他们为什么要这样匆匆忙忙地涂油、嵌缝、钉钉子，要找到合理的解释其实也不难。在那些突兀荒凉的山峰上，雪线天天都要往下降一截，夹着冰雪的大风呼呼地刮着，岸边与小河湾的水面结上了一层薄薄的冰，冰层也随着时间的流逝在一天天加厚。每天清晨，那些手脚僵硬的受苦人，都要转过自己憔悴的脸看看今天的湖面是不是已经冻结了。因为只要一冻结，他们的希望就破灭了——他们造出的船就无法驶进这片冰冻的湖泊，更不可能沿着它湍急的河水顺流而下。

他发现了三个同他竞争的蛋商，这要比没有船运货更令他伤心。不过，其中的一个德国矮子已经破产了，他背着自己的最后一箱鸡蛋正失落地往家里赶。又有两个定制的船快要完工了，这些工人每天都祈求着商贩的保护神把寒冬的铁蹄再多拦住一天。但是这双铁蹄现在已经无情地踩踏到了这片充满苦难的大地上了。那场席卷契尔库特山的暴风雪冻伤了许多人，拉斯蒙森的脚趾就是在不知不觉中被冻伤的。这时，有一条正要从碎冰块上航行的船要出发了，拉斯蒙森带着他的货物可以上这条船，这是一次很好的机会，不过得有两百美元的现金，可是他现在没有。

"依我看，你还是在这儿先等等吧，再稍微等等，我就会为你造一条非常结实的小船，你就放心好啦。"造船的那个瑞典人说，他是个聪明人，自己也明白这一点，他在这里就像找到了金矿一样。

听到这句口头保证后，拉斯蒙森又去火山湖那边了。他在那儿碰巧遇到了两个记者。这两个记者在从石屋屯走过山道，然后在赶去幸福营的途中丢失了许多乱七八糟的行李。

他一本正经地说："是的，我的一千打鸡蛋还在林得尔曼，船也快造好了，我的运气还算是不赖。现在的船可非常宝贵啊，你们当然也明白，就算花钱也是买不到的。"

那两个记者听到这些话后，都嚷着要同他一起走，简直就像要动粗似的。他们为了能够得到他的同意，就拿着绿色的钞票在他的面前晃动，而且手里把玩着一枚二十美元的金币来引起他的注意。林得尔曼装作听不进他们的话，但是他们仍然不停地缠着他，等到他们把价抬高到了每人三百美元时，他终于勉强地答应了。另外，这两个记者还硬将这次旅途的费用先给他付清。就在他们分别写信给自己的报馆，并说起这个有一千打鸡蛋的"善良的撒玛利亚人"的时候，这个"善良的撒玛利亚人"早已匆忙地赶回到林得尔曼，找那个瑞典人去了。

"喂，兄弟！快把那条船给我吧！"他一见到那个瑞典人，就热情地招呼起来，那双贪婪的眼睛死盯着那条已经造好的船，手里还叮叮当当地玩弄着那两个记者刚刚给他的金币。

瑞典人木木地看着他，冷冷地摇了摇头。

"那个家伙要出多少？是三百美元吗？哦，那我给你四百。请快收下吧。"

他正准备把钱塞给那个瑞典人，那个瑞典人却向后退了几步。

"那可不行。我说了，这条船可是给他的。你再等等吧……"

"这里是六百美元，我这回可出到顶了。要不要随你便，你可以跟他说弄错了。"

那个瑞典人终于动摇了，他说："嗯，好吧。"等到拉斯蒙森最后一次看到这个瑞典人的时候，他正磕磕绊绊地用极不通顺的英语费劲儿地对那些定船的人解释。

就在这时，那个失落的德国矮子，在走到深湖附近陡峻的山峰上时，把脚腕摔坏了，于是他只能用一美元一打的低廉价格卖掉了自己剩余的所有存货，又雇了几个印第安脚夫把他抬回到狄亚。不过，就在拉斯蒙森与记者将要开船的那个早晨，其余的两个蛋商也准备出发了。

那个瘦小的新英格兰人大喊道："你运来多少鸡蛋？"

拉斯蒙森得意扬扬地回答说："一千打。"

"哦！我这里是八百打，我保证能赶上你，这我敢跟你打赌。"

记者主动借钱给拉斯蒙森打赌，但被他谢绝了。那个新英格兰人只好同另一个蛋商打赌，那是个健壮的水上人，是一个有着丰富阅历的水手。这个水手说，就在篷帆张满的那刻，就是他显示身手的时刻。果然，在篷帆张满的时候，他的船就开始飞快地向前行驶了，每当遇到浪头，他的大油布方帆就将船头的一半压没在水中。他是第一个驶出林得尔曼湖的人，但是由于他的船行驶到浅滩上面时，不屑于把货物先搬下来，然后再将船拖过去，最终使得他那艘满载着货物的船在急流里的礁石上搁浅了。至于拉斯蒙森同那个也搭着两个旅客的新英格兰人，他们首先扛着货物涉水过去了，接着又驾着空船驶过这条危险可怕的水道，到达本乃湖。

本乃湖既窄又深，有二十五英里长，如漏斗般夹在两旁的高山中间，常常会受到暴风无情的摧残。拉斯蒙森在湖口的沙滩上搭起了帐篷，他的周围到处是冒着北极的寒冬打算去北方冒险的人和船。第二天清晨，他睁开了蒙眬的睡眼，呼啸狂吼的大风从南门刮了过来，夹着雪峰上和冰谷里刺骨的寒气。不过在晴朗的天空下，他看到了那个新英格兰人已经张满了风帆，一路颠簸地驶过了第一座陡峻的山岬。所有的船都在一艘接一艘地准备启航，那两个记者也起劲儿地干了起来。

两个记者一面拉起了风帆，一面胸有成竹地对拉斯蒙森说："在驯鹿口的前面，我们就能赶上他。"这时第一波冰冷的浪头已经拍打着"艾尔玛"号的船头了。

拉斯蒙森是那种见了水就有些害怕的人，可是这一刻他紧绷着脸，死咬着牙，紧紧地握住那根上下跳动的被当作舵来使用的大桨。如今，他辛苦搬来的那一千打鸡蛋全都集中在眼前这艘小小的船上了，它们就稳稳当当地躺在记者行李的下面，似乎那一千美元的押单和那幢小房子都隐隐约约地浮现在了他的眼前。

天气刺骨的冷。他经常要把那根被当作舵使用的桨拖上来，替换一根新的，再放下去，还得让两个记者敲掉桨上的积冰。斜杠帆的下桁，一边溅上了水，立刻就结满了冰柱。浪花飞溅到哪里，哪里就结满了冰霜。"艾尔玛"号一路勇往直前，后来船上的缝隙和接合处也被一个接一个的浪头冲击得松开了，但是那两个记者只顾着将敲碎的冰块扔到船外面，而没有去戽水。来不及了，所有的船只都迎着冰冷的浪头拼命地向前赶，因为这场必须赶到寒冬前面的残酷比赛已经拉开了序幕。

"我……我……我们要想活下去，就不能停手！"其中一个记者结巴地说道，他是因为身上冷才这样结巴的，并非是出于胆怯。

另一个记者鼓励说："说得好！老朋友，让咱们的船从湖当中穿过去！"

拉斯蒙森傻傻地笑了一下。冰坚如铁的湖岸上到处是浪花的飞沫，即便要从湖当中穿过，也要躲开那些大浪，否则一点儿指望都没有。他们的帆只要落下，就会被那些疯狂追来的巨浪淹没。一路上，他们看到了一艘艘触礁的小船从他们的身旁漂过；他们还看到一艘被冲到浪头上的小船差一点儿就撞到了礁石；甚至有一回，就在他们的后面，有一艘载着两个人的小船，帆仅仅是转了一下，就被掀了个底朝天。

"老朋友，留……留……留神啊！"那个记者又喊道。拉斯蒙森又傻笑了一下，他的手虽然已经疼痛难忍，但他还是死死地握住舵柄。腾空而起的巨浪不时地抓起"艾尔玛"号方而大的船尾，疯狂地将它掀起来，使得斜杠帆的厚翼不停地空拍着。在每一次危难的关头，全凭他的奋力挽救，才能使船逃脱那巨浪的魔爪。如今，他那种傻笑已经成为一种固有的标志，这让那两个记者一看到就会觉得非常难受。

在离湖岸约一百码的地方，有一块耸立的礁石，他们要想继续前行就必须掠过它。而就在这个被浪打得湿淋淋的礁石上，传来了一个人求救的喊声，那喊声随着咆哮的风浪迎面扑来。但是，转眼间，"艾尔玛"号就飞快地掠过这一切，那块礁石也立刻变成了猛浪中的一个黑点儿，那喊声也瞬间淹没在了滚滚巨浪之中。

"这下子，那个新英格兰人可完了！那个水手也不知道哪儿去了！"其中一个记者喊道。

拉斯蒙森猛地回过头来，看见一片黑帆向他驶来，就在一个小时之前，这片黑帆还从灰蒙蒙的湖上蹿到上风头里，时隐时现，这都没有逃过拉斯蒙森的眼睛。这就是那个水手的船，它已经修好了，正飞快地朝这里赶来。

"你们瞧，他过来了！"

那两个记者瞧着这飞快驶来的黑帆，已经顾不上手头敲冰的活儿了。船后是二十英里的湖泊——气势恢宏，宽广无比，那滚滚巨浪起伏翻腾着。而那个逐波赶浪的水手时起时伏，倏地一下就超过了他们。他那张黑色的大帆犹如一只黑色的大手，在滚滚翻腾的巨浪里，一会儿将船抓起到水面之上，一会儿又将它按在浪与浪之间的大口里。

"这种程度的浪是不可能把他抓住的！"

"但是他能让……让船头钻到水里去！"

正当他们说话的时候，那张油布黑帆就被后面的一个巨浪卷走了。滚滚的大浪一个接着一个地从那里涌过去，可是黑帆的身影再也没有出现。当"艾尔玛"号冲过那里的时候，仅仅发现了一些桨同木箱的残渣碎片。就在二十码外的湖面上，突然有个人从水中探出一只胳膊来，露出了湿淋淋的脑袋。

顷刻间，大伙都沉默了。等到能看见湖的尽头时，凶猛的大浪不停地打上船来，那两个记者也不再敲打冰块了，只顾着一桶一桶地把水舀出去。但是，这样也无济于事，他们大喊着同拉斯蒙森商量了片刻，就开始抓船上的东西了。炉子、面粉、豆子、腌肉、毯子、绳子，只要是能够抓到的东西，都被他们扔了出去。这样，果然有了成效，船里的进水减少了，船身也浮高了一些。

"行啦！"拉斯蒙森疾言厉色地喝道，因为他们正准备扔掉那放在最上面的几箱鸡蛋。

"行啦个鬼！"那个结结巴巴的人非常蛮横地回敬了一句。他们已经把几乎所有的行李都牺牲了，只剩下照相软片、照相机和笔记本了。他弯下了腰，抓住一箱鸡蛋，正准备把它从绳子下面拉出来。

"住手！我说，快住手！"

拉斯蒙森拔出了他的左轮手枪，摆出了瞄准的架势。那个记者挺身站了起来，前后地摇晃着，他已经完全被这种愚蠢的威胁和无法忍受的愤怒气到了极点，脸上的肉不住地抽搐着。

"老天啊！"

他的同伴大声喊了一句，向前一扑，就扑到船底去了。这时，由于拉斯蒙森的注意力被分散了，一个巨浪过来，一下子将"艾尔玛"号掀得掉转了方向。帆后翼上的绳子也断了，帆身也立刻落空了，猛地一跳，帆的下桁就以巨大的威力横扫过了船面，打断了那个发怒记者的脊梁，并且将他带到了水里。与此同时，帆和桅杆也被翻倒在船的外面。船一停止前进，巨浪就扑上了船，拉斯蒙森急忙跳过去，抓住了舀水的桶。

在随后的半个小时中，有好几艘船从他们的身边经过——都和"艾尔玛"号的大小相仿，并且也一样惊恐万分，无能为力，只顾拼命地向前驶进。等到后来，有一艘十吨的船冒着极大的危险在上风里收下帆，非常艰难地朝他们开过来。

拉斯蒙森拼命地喊着："让开！快让开！"

但是，"艾尔玛"号低矮的船舷已经撞到了那艘笨重大船的边上，活下来的那个记者早已爬上了大船。拉斯蒙森则像猫一样，蹲在船头的鸡蛋箱上面，竭尽全力地用他那僵硬麻木的手指去把拖绳系牢。

一个红胡子对他大喊道："上来！"

他也用很大的声音回答道："我这里有一千打鸡蛋，拖一下我的船！我会付给你们酬劳的！"

大船上的人都不约而同地喊道："上来！"

突然，一股高高涌起的巨浪朝着他们扑了过来，冲过了那艘大船，向"艾尔玛"号里灌进了半船水。那些人一面骂着他，一面扯起帆准备开船。拉斯蒙森也生气地回骂了几句，就赶忙去舀水了。不过幸亏他的帆和桅杆仍然被帆旗的升降索拉得十分牢靠，如同海船的重锚一般，面对这无情风浪的洗礼，仍然能死死地撑住船头，让他可以借此同船上的积水展开"搏斗"。

三个小时过去了，拉斯蒙森和他的一千打鸡蛋仍然被困在这艘小小的船上。他已经冻得浑身麻木，长时间的奔波和劳碌已经让他筋疲力尽，他就像疯子一样不停地胡言乱语，可是他仍旧没有停止向船外舀水。不过后来，在驯鹿口周围的一个堆满了冰块的湖滩上，他终于靠岸了。有两个好心人，一个是混血儿旅行家，一个是政府的邮差，他们一起将他从风浪里拖了出来，并且还救出了他那一千打的鸡蛋，将"艾尔玛"号拉上了岸。晚上，他还在他们的帐篷里过了一夜。这两个人准备离开北方，所以第二天早晨就全走了；而拉斯蒙森还要继续守着他的一千打鸡蛋。从这以后，这个为了一千打鸡蛋拼命的拉斯蒙森，便在这一带变得十分有名了。那些在湖泊封冻前到北方找金子的人早已把他将要过来的消息带到了北方。圜城和四十英里站的那些满头白发的老住户，那些牙齿如皮革、胃里被豆子磨得够呛的采矿人，只要听到他的名字，就如同做梦一般，想起了青菜和童子鸡。斯卡圭和狄亚的人也都十分关心他，他们经常向那群从隘口过来的人了解他的情况；至于说道森——这个只有冷黄金没有热鸡蛋的道森——那里的人早就等得不耐烦了，只要有人来，他们就拦住向他打听拉斯蒙森和他的一千打鸡蛋的消息。

不过，关于自己名声的事情，拉斯蒙森毫不知情，他也不愿知道，他想的是他的一千打鸡蛋，以及怎样把它们弄到道森去，这才是他最关心的事情。于是，在他落难后的第二天，他就把"艾尔玛"号修好了，又准备动身了。塔吉什吹来了寒冷的东风，一直刮进拉斯蒙森的牙缝里；他为了清理船桨上不断加厚的积冰，花费了几乎一半的时间，这使得他的船不时地被刮回去；但是只要船桨一放到水里，他就拼命地迎着风向前划。不过后来，他的船还是被吹到了风浪湾的岸上，随后又在塔吉什搁浅了三回，最后困在了冻结的马什湖里。虽然他的船被浮冰挤得垮掉了，但是他的鸡蛋完好无损地躺在那里。他带着这些鸡蛋从冰上一直走到两英里外的岸边，在那里他搭起了一个储存货物的棚子。许多年过后，这个棚子仍然伫立在那里，被那些知道它来由的人指点和议论着。

这时，道森还远在五百英里以外的地方，而水道已经完全封冻了，他只能走冰路了。但是拉斯蒙森焦急匆忙地徒步从湖上返回。他只带了一把豆子、一条毯子和一柄斧子，一路上孤苦伶仃的，所感受的心酸与痛苦不是常人所能理解的。只有在北极打拼过的人才能真正明白。他在契尔库特山上遭遇了一场猛烈的暴风雪，仅仅这一次，他就在绵羊寨的外科医生那里送掉了自己的两根脚指头。不过他还是挺住了，而且在"帕汪纳"号船上的厨房里找到了一个洗碟子的工作，然后又来到普吉特海湾的一艘客船上，找到了加煤的工作，返回到了旧金山。

等到他一瘸一拐地走过银行闪闪发亮的地板，向那些人再次提出抵押借钱的那刻，他早已变成了一个形容憔悴、披头散发、满面污垢的人。他的胡须稀疏，双颊凹陷，眼睛就像陷在很深的洞里面，射着两道寒冷的光。因为辛苦操劳和风吹日晒，他的双手粗糙得犹如老树皮，指甲缝里到处是嵌得十分结实的煤屑和污垢。他含混不清地讲起了冰块、鸡蛋以及狂风巨浪，但就在他们透露不能再借给他一千美元以上的资金时，他就语无伦次地叫嚷开了，全说些什么狗和狗粮的价钱，还有鹿皮靴、雪鞋与雪路的事情。最后，他们终于借给了他一千五百美元，这实际已经超出了他那幢房子所能担保的金额，他这才舒出一口气，签好自己的名字，满意地走出了银行。

　　过了两个星期，他带着三架由五条狗拉一架的雪橇，经过了契尔库特。他自己赶一架，另外两架分别由两个印第安人赶。等到达马什湖的时候，他们就把那个棚打开了，将鸡蛋一箱一箱地装到雪橇上。由于他们是第一批从冰上走来的人，路还没有开好，因此他必须承担起踏雪开路的工作。在路上，他经常看到在后面幽静的天空中有一缕袅袅的炊烟在上升，这让他开始不由得猜想，那些人为何不赶上来呢？但是，由于北方生活对他来说还很陌生，因此他总是弄不明白。甚至在那两个印第安人竭尽全力地解释过后，他仍然是一头雾水。他们知道开路是极为艰苦的工作，因此，每当他们踌躇不前、不肯朝前开路的时候，拉斯蒙森就用枪口逼迫他们工作。

　　到了后来，他在白马隘周边的一座冰桥上摔了一跤，冻伤了他那只早已生冻疮、肿得疼痛难忍的脚，那两个印第安人本来以为他会躺下来休息一阵子。但是他只用一条毯子把那只脚包裹好，然后再套上一只大的像水桶一样的鹿皮靴，仍然同他们轮替着赶第一架雪橇开路。这是最为惨烈凄苦的事情，尽管他们经常在背地里偷偷地用指节敲打着前额，彼此会意地摇摇头，但是他们还是从心底里佩服他。一天夜里，他们准备逃跑，但是当他的子弹打到雪里发出哧哧的声音时，这两个印第安人只好乖乖地回来，他们尽管抱怨地咒骂了几句，但到底还是顺从了。但这些野蛮的契尔凯特人终究无法遏制心中的怒气，他们商量着，准备杀死他。但是拉斯蒙森像猫一样警觉，无论是醒着，还是睡着，都没有给他们留下半点儿下手的机会。这两个印第安人总是竭尽全力地把后面的那缕烟的意思告诉他，他不但无法理解，反倒生出许多疑虑。每当他们怒容满面、畏惧不前的时候，他总是当面给他们一拳，接着就拔出他那支随身携带的左轮手枪，叫这些头脑发热的印第安人冷静下来。

　　日子就这样一天天地熬过去，在这期间他的面前只有一群凶恶的狗、两个叛逆的人和一条冰冷残酷的路。他竭尽了自己一切的力量同它们做斗争，他同人斗，是为了留住他们；他同狗斗，是为了不让它们靠近鸡蛋。而在那条残酷的道路上到处是冰，到处是寒风，到处是艰难险阻，以及那不时袭来的各种疼痛，这也逼迫着他要不停地斗下去。他那只被冻伤的脚，只要有新肉长出来，就立刻生出冻疮，结成硬块，最后化脓成一个大洞，甚至连他的拳头也能塞进去。早晨一起来，他的脚一踏到地上，一阵刺骨的疼痛便从脚下直升到头顶，疼得他简直要昏厥过去了；但早晨一过，他的脚就开始麻木了，直到他钻进毯子里准备睡觉时，它才慢慢恢复知觉。尽管这样，这样一个小小的职员，一辈子同办公桌、办公椅以及笔杆子打交道的人，在面对北方残酷的大自然时，就连那几个成天干苦力的印第安人都比不上他。他周围的那些狗，生来就具有抵抗北方艰苦环境的得天独厚的条件，可是就连它们都觉得筋疲力尽、无法支撑了，他却仍旧无所畏惧地勇往直前。他甚至已经忘记了自己在这次冒险中曾经历过的所有辛酸、所遭受的一切痛苦，在他的眼里只有一个念头，这个念头疯狂地、牢牢地将他控制住了，这让他不可能再想其他事情。在他的意识中，那个满地黄金的道森就在前面，而他的一千打鸡蛋就在自己身边，在这两者之间，仅仅隔着一条冰冷的路，他只要咬咬牙挺过这条路，他就能得到那日思夜想的五千美元，那也是他思想的支柱，也是他可能有的所有新想法的出发点。他就像一部自动化的机器，那些同这个目标毫无关系的事物都不会引起他的兴趣，即使见了也像隔着一层昏暗的玻璃那样模糊不清，因此他不可能把它们放在心上。他的头脑全凭这架机器控制，他的手脚也全凭这架机器指挥。于是，他的脸色终于变得紧张异常了，就连那两个印第安人见了也非常害怕；他们觉得十分诧异，不明白这个把他们当作奴隶的古怪白人为什么要强迫他们如此蛮干。

　　由于地球这一端遭受到外层空间冷气的袭击，气温骤降到了零下六十多摄氏度。这时他们走到了巴尔杰湖上，他为了能够比较痛快地呼吸，只能张着嘴干活儿，但令他没想到的是，这样竟把他的肺给冻伤了，从此之后，他就有了干咳的毛病，只要闻到篝火的烟或是劳累过度，他就咳得十分厉害。在他们走到了三十英里河的时候，发现河面有许多没有结冰的地方，上面横架着很不可靠的冰桥，冰桥两旁的薄冰也很不坚固。很显然这样的薄冰是极其危险的，可是拉斯蒙森竟毫不畏惧地走到了上面，而且还仗着自己有左轮手枪，逼迫那两个印第安人也跟了上去。至于冰桥的上面，那里虽然满是积雪，不过还是有办法来应付的。当他们过桥的时候，都穿上了雪鞋，手里横拿着一根长杆，当意外发生时，长杆可以作为脱险的工具。他们每回都是人先过去，然后再招呼狗也跟上去。后来，在一段冰桥的积雪下，隐藏着一个没有结冰的空洞，其中一个印第安人就是在那里送掉了性命。他下沉得既快又干脆，就像刀子插进一层薄薄的奶油里，马上就被浮冰下的河水冲到不知什么地方去了。

　　这天夜里，他的同伴趁着朦胧的月色逃跑了，拉斯蒙森白白地开了几枪，仅仅划破了夜晚的寂静——出枪速度很快，枪法却不高明。在三十六个小时后，印第安人出现在大鲑鱼河的警察局里。

　　"那……那……那家伙真是怪极了……你说他是什么？……他一定是头发昏了，没错，疯了，完全疯了。鸡蛋，鸡蛋，说到底也还是鸡蛋——明白吗？他马上要来了。"翻译人员向一头雾水的警察队长解释说。

拉斯蒙森走了好几天才到达这个警察局。一路上，他把三架雪橇拴到了一块儿，把所有的狗并到了一起。这样走当然非常不便，尽管在大部分情况下他可以使出赫拉克勒斯般的神力，勉勉强强地把三架雪橇一次性拖过去，但是在那些十分难走的地方，他只能一架一架地拖。这个警察队队长对他说，印第安人已经向道森跑去了，现在估计在斯图尔特河与塞克尔克之间，他听了之后，没有生半点儿气。甚至当他得知那些警察已经开出了去佩利的路时，他也没有高兴起来；现今，他完全抱着任由上苍安排的态度，不论怎样，都随它去吧。可是，等到他得知道森在闹饥荒时，他反倒笑了，然后急忙套上狗，朝着那里奔去。

当拉斯蒙森赶到下一个落脚点的时候，他总算是把烟的秘密搞清楚了。自从到佩利的路已经打通的消息从大鲑河上传出来以后，这些时常点起篝火炊烟的人就没有必要等在他的后面了；而孤零零地蹲在火堆旁边的拉斯蒙森只能眼睁睁地看着这些各式各样的雪橇一架接一架从他身边狂奔过去。第一批过去的，是将他从本乃湖救出来的那个混血儿和那个信差，然后是要去圈城的邮差，总共有两雪橇人，第三批过去的，就是那些凑到一起去克朗代克淘金的人。他们这些人，无论是人还是狗，都是身强体壮、精力充沛的，而拉斯蒙森和他的狗已经累得筋疲力尽了，瘦得皮包骨头。他们这些点起篝火炊烟的人，每三天只行一天的路。他们的想法是先养精蓄锐，然后等到其他人把路打通后，再飞快地狂奔。由于拉斯蒙森不停地跋涉挣扎，他的狗的精神已经垮了，丧失掉了前进的勇气。

而拉斯蒙森自己，只要那个念头仍旧缠住他不放，他就永远不会被搞垮的。由于他给那些身强体壮、精力充沛的人出了不少力，他们也免不了要热情地感谢他一番——他们嘻嘻哈哈地谢过了他。不过现在他已经明白那些烟是怎么回事了，所以也就没必要再理睬他们了。但是，对于这些不劳而获的人，他心里也没有半点儿的怨恨。事实上这算不了什么，而真正重要的是他的那个主意，以及那个主意所依据的事实，它们仍旧没有改变。他和他的一千打鸡蛋仍然在这里，而道森就在那里，他所面临的问题也丝毫未变。

当到达小鲑鱼河的时候，由于缺乏狗粮，狗只能吃他的粮食了。从那里到塞克尔克这段路，他仅仅吃豆子——焦黄而粗糙的豆子只能凑合着维持营养，还把他的胃弄得疼痛难忍，使他每隔两个小时就疼得弯腰驼背一次。不料在塞克尔克的驿站，那里的站长在门前挂起了一张公告，上面说现在的粮食是无价之宝，因为在育空河的上游已经两年没见到轮船了。尽管如此，那个站长仍然愿意用一杯面粉抵一个鸡蛋的方式来同他交换。拉斯蒙森却摇了摇头，又朝着他的道森赶路了。走过驿站后，拉斯蒙森发现那里的马全被契尔凯特的牧人杀死了，印第安人把它们零碎的废肉都拿走了，而他则想办法买了一些冻马皮来喂狗。他自己还亲口尝了一下这种马皮，可是他嘴里的溃疡被马毛扎得疼痛难忍。

与此同时，他在塞克尔克还遇见了第一批从道森过来的逃荒者，他们挣扎了一路，样子十分凄惨。他们众口一词地说："没东西吃！""没有吃的，只能走了。""大伙儿都认定明年春天粮食的价钱还要涨。""面粉已经涨到一点五美元一磅了，但还是没人卖。"

其中的一个回答道："鸡蛋？一美元一个，可是一个都没有了。"

拉斯蒙森立刻在心里算了一下，高喊道："一万两千美元！"

有个人问道："什么事情？"

"没什么。"他一边回答，一边赶着狗离开了。

当他走到离道森还有七十英里的斯图尔特河时，他的那些狗中有五条已经死掉了，其他的狗拖着雪橇，也都支撑不下去了。面对这种情况，他只好自己走下车来，背着套绳，用尽最后的力气来拖雪橇。即便如此，他一天也只能走十英里路。由于不停地生冻疮，他的鼻子和颧骨早已变得到处都是瘀血的黑斑了，十分难看。那个老是握着舵杆的大拇指，由于常常同其他的指头分开，也被冻伤了，疼得他简直无法忍受。那只大得不可思议的鹿皮靴仍旧套在他的脚上，而他的那条腿也感到了一种说不出的苦痛。到达六十英里河的时候，他的那些省着吃了好几天的豆子，现在也全都吃完了，不过他坚决不会碰那些鸡蛋的。这一点在他的思想中占有绝对权威的地位，他是不可能同这种思想妥协的，所以，他只能跟跟跄跄地朝印第安河艰难地前进。走到那里时，他十分幸运地遇到了一个慷慨大方的老住户，那人送给他一只刚刚杀死的小鹿，他和他的狗才又增添了一些力气。当到达恩斯里的时候，他遇到一个五个小时前从道森仓皇逃出来的人，他说道森的鸡蛋一定能够卖到一美元二十五美分一个，于是在拉斯蒙森的心头突然产生了一种雨过天晴的感觉。

在道森的营盘旁边有一个陡坡，当拉斯蒙森朝这个陡坡向上爬的时候，他的心不住地跳着，膝盖也抖个不停。那些狗简直无法动弹了，他只好让它们休息一下，而自己也只能无助地撑着舵杆在那里等着。突然出现了一个人，他相貌堂堂，身上穿着一件熊皮大外套，悠闲自在地走到了拉斯蒙森的身边。他瞥了拉斯蒙森一眼，就停下了脚步，开始打量起那些狗和三架拴在一块儿的雪橇。

他问道："这里面，你装的是什么？"

"鸡蛋。"拉斯蒙森用沙哑得如同耳语般的声音答道，他没有办法将声音再往高提一点儿了。

"鸡蛋！好极了！好极了！"他倏地一下跳到了半空中，发狂地旋转了一圈，接着又迈着军人的步子朝前走了几步，"难道这些——都是鸡蛋？"

"没错，都是鸡蛋。"

"哦，你想必就是那个蛋商了。喂，快说话，我说得没错吧？"他绕了过去，从后面打量着拉斯蒙森。

拉斯蒙森完全被搞糊涂了，于是他只好假定自己就是那个蛋商，那个人终于才镇静了一些。

他十分小心地问道："你打算卖多少钱？"

拉斯蒙森马上就变得无所顾忌起来。他说："一点五美元。"

那个人马上答道："好吧，给我来上一打。"

拉斯蒙森支支吾吾地解释道："我……我说的是一点五美元一个。"

"当然没问题。你的话我还是听得懂的。给我来上两打。这里有金子。"

那个人掏出了一个小腊肠般大小的口袋，里面装着金沙，并且他还毫不在意地用它敲打着舵杆。这一刻，拉斯蒙森突然觉得胃里有一种无法言说的颤动，鼻子痒痒的，他真想找个地方大哭一场。这时，有许多人都聚拢到他的周围了，他们都睁大眼睛，用好奇的目光盯着这个来自远方的客商，个个都吵嚷着要买他的鸡蛋。他发现没有天平，但是那个穿着熊皮外套的人立马就找来了一台；而当拉斯蒙森递给他鸡蛋的时候，他早就殷勤地帮他把金沙称好了。不久，他的周围就熙来攘往地挤了一大群人，他们都争先恐后、大声叫嚷着要买鸡蛋。等到他们兴奋得头脑发热的时候，拉斯蒙森反倒冷静了下来。他心想，这可不行，这些人争着抢着要买他的鸡蛋，其中必定有什么原因。倒不如他先把这事放下来，休息一阵子，顺便打听一下行情再说，这才算真正的聪明。或许说不定一个鸡蛋能卖到两美元呢。不过总的说来，不管什么时候，假如他愿意卖的话，一点五美元一个总是问题不大的。

他于是喊道："停一下吧！现在不卖了。我已经十分疲倦了，我得先找一个房子休息一下，你们可以去那儿找我。"这时候，他已经卖出了两百个鸡蛋。

大伙儿听到这话后都不停地叹着气，但是那个穿着熊皮外套的人非常赞同。因为三十四个冻鸡蛋已经一股脑儿地滚进他的口袋里了，而其余的人有没有东西吃，是否还能买到鸡蛋，他对此毫无兴趣。另外，他也看出来了，拉斯蒙森的确是撑到头了，确实需要好好休息一下。

他对拉斯蒙森说："从蒙特·卡罗街走过去，到了第二个拐角的地方有一间房子，它的窗户是用草泥做成的。虽说不是我的，但它归我管。房租很便宜，一天才十美元。你可以马上搬进去，有时间我会来看你的。千万别忘了那窗户是草泥做的。"

过了片刻，他又回头大喊道："嘿！嘿！嘿！我可要到山上吃我的鸡蛋，做我的家乡梦去啦！"

拉斯蒙森和他的狗一起拉着这些鸡蛋就往那个房子赶去了。在路上，他突然想起自己饿了，于是他就到北美商业运输公司的店里买了一点儿食品，还去肉店里给自己买了一块牛排，给他的狗买了一些鲑鱼干。他没有花多大工夫就找到了那所房子，他没把狗从拖索上卸下，就一个人急忙走进去，生起了火，煮起咖啡来。

他一边干活儿，一边不停地自言自语："一个一点五美元——一千打——就是一万八千美元！"

他的牛排刚进锅，门就打开了，那个穿着熊皮外套的人匆匆走了进来。他似乎是特意为了什么事情来的，等他一瞧见拉斯蒙森，脸上又显现出一种疑惑不解的表情。

"喂……喂，我跟你说……"他的话刚要说出来，又收了回去。

拉斯蒙森心想他大概是来讨房租的。

"喂，我跟你说，他妈的！你难道不知道吗，你卖给我的鸡蛋全都是坏的！"

拉斯蒙森愣了一下。他就像是被人一拳击中了似的，眼前是昏天黑地的一片，四面的墙壁也跟着旋转倾斜起来。他伸出手来，想要抓住什么东西，但抓到的是炉子，突然间一阵剧烈的疼痛一直蹿到了他的心头。他的牛排，那本来可以好好享用的美味，也烧得发出焦味。这时他终于清醒过来了。

"我知道了，你想让我还你钱？"他慢吞吞地说，把手伸到口袋中去找那袋金沙。

那个人又说："我不是为钱来的，你还有没有鸡蛋了……是好的吗？"

拉斯蒙森无助地摇摇头："你还是把钱收回去吧。"

没想到他却不肯，反倒是向后退了几步，又说："我还会来的，等你的新货来了，我再买。"

拉斯蒙森将劈柴的砧板滚到房间里，然后把那些鸡蛋一箱一箱地搬了进去。他就这样来来回回地忙了半天，内心十分镇定。接着，他就拿起斧子，把鸡蛋一个一个地劈开。劈开的鸡蛋经过认真地检查后，都扔到了地板上。开始，他只是从不同的蛋箱里挑出几个来检查，后来他干脆一箱一箱地劈开。地板上堆起的鸡蛋越来越多，咖啡煮过头和牛排烧焦的气味也越来越浓，但是拉斯蒙森仍然在那里不住地、单调地劈着，直到把最后一箱劈得干干净净。

这时传来了一阵敲门声，但拉斯蒙森没有理会，这个人只好自己推门进来了。

"怎么弄得这样乱七八糟的？"他一边说，一边站在那里打量着周围的情形。

周围到处是劈开的鸡蛋，它们被火炉里的热气一熏，都融开了，臭味也渐渐地变得浓烈起来。

"一定是在轮船上面出的毛病。"他自言自语地推测道。

拉斯蒙森一脸茫然，目光呆滞地望着他，望了很久。

那个人说："我叫默雷，大吉姆·默雷，这里的人都认识我，我刚刚听说你的鸡蛋都坏了，我想出两百美元，把它们全买下来。它们虽然不如鲑鱼好，但是用来喂狗也不算坏。"

拉斯蒙森已然成为一块石头，一动不动地呆在那里。"你快给我滚。"他冷冰冰地说。

"认真考虑考虑吧。这么一大堆臭鸡蛋还能卖到这个价钱，依我看，也算不赖啦，总比一个子儿也捞不到强。两百美元，你看怎样？"

"你给我滚开，滚出去！"拉斯蒙森无力地重复了一遍。

默雷吓得瞠目结舌，牢牢地盯着他的脸，然后小心谨慎地倒退着走出了房间。

拉斯蒙森紧跟着他走到了外边，把狗从拖索上卸了下来，把买来的鲑鱼干全丢给了它们，然后拿起雪橇上的一根绳子，盘在手里。接着，他就失落地走回了房间，轻轻地闩上了门。烧焦的牛排发出的浓烟，将他眼睛熏得生出一种难忍的痛苦，不过这一切已经无关紧要了。他站到床上，用力一甩，绳子套过了房梁，然后他用眼睛测算一下它摆动的距离。惯于精细考虑的他，感到这样还不够称心，于是搬来一把椅子放在床上，爬到椅子上面。他在绳子的一头打了个活结，将头伸了进去，同时，他把绳子的另一头拴紧。然后，他就把下面的椅子一脚踢开了。

有伤疤的人

　　杰考布·肯特是个热衷于追逐金钱和利益的人，一生如此。这个特点让他逐渐产生一种疑神疑鬼的心理，他的思想和性格因此变得孤僻怪异，大家都不喜欢他。同时，他的脾气非常犟，患有梦游症。他几乎是从一出生就开始做织布工，克朗代克的淘金热才使他的织布生涯宣告结束。他在六十英里站和斯图尔特河之间拥有一座木屋，他守着路况极其糟糕的去往道森的路，向路过的人们收取钱财，人们把他比作强盗头子。做这样比喻的人还是比较有文化的，而那些来自斯图尔特河的人没念过几本书，不懂什么历史常识，就直接用粗话骂他了。

　　事实上，这座木屋的主人根本不是他。好几年前，有两个采矿工人用水运来一排木料，搭了这座屋子，用来存放粮食。那两个人非常乐意收留没有地方去的人。后来，许多知道这个地方的人都来这里过夜，也省得花费时间和精力来搭建帐篷了。这里的人必须遵守一个规定，就是最后一个离开屋子的人必须留一堆木柴给后来的人用。杰考布·肯特看到几乎每天晚上都有人来这里过夜，觉得有利可图，就把这座木屋据为己有了。自从杰考布·肯特搬进小屋之后，到这里来投宿的人必须付一块钱才有资格在地板上睡上一晚；人们付给他金沙，他在称的时候总要从中搞鬼。除此之外，他还用尽各种办法使唤客人给他砍柴担水。被他欺负的人都很憨厚，虽然知道肯特这样做无异于强盗，可他们还是容忍了他，任他继续靠这种不正当手段获得金钱。

四月的一个午后，肯特像一只等待猎物撞网的蜘蛛一样守在门口。春天里太阳照得到处暖洋洋的，可他没有心情享受，只是一味地琢磨着为什么会这样。他一面这样想着，一面眼睛还瞟向路上，想象着会有猎物上门。育空河像一片海，绵延在他脚边，很宽很长，南北望不到边。偶有起伏的冰面上，有雪橇走过的痕迹，冰面上有一条凹下去的细细长长的路，尽管它只有十八英寸宽，却有两千英里那么长。这条路上的每一英尺都异常难走。

昨天晚上杰考布·肯特的木屋里住进了二十八位客人，这打破了以往的纪录。所以他今天下午的心情好极了。尽管这天晚上有人在他床底下彻夜打鼾，弄得他睡得很不好，可是他收到了比以往任何一天都多的金沙。那个装着黄澄澄的金沙的口袋是他活下去的重要理由，同时也是剧毒药物。它那个狭窄的空间里，既有天堂，也有地狱。这座木屋只有一个房间，每个待在这间屋子的人都没有私人空间，肯特总是害怕别人来偷走他的金子，所以精神高度紧张。这些粗俗的家伙、不怕死的陌生人要偷走这些金子，简直轻而易举。这样的场景经常在他的梦境中出现，他因此常常吓得从梦中醒来。在梦里一直都是那么几个盗贼，打扰得他不能好好睡觉，梦醒后他依然清楚地记得那些人的相貌，尤其记得那个右脸上有刀疤、皮肤黑黑的盗贼头子。这个盗贼头子是造访他的梦境次数最多的一个。肯特一醒过来就在屋子的各个地方为金子造许多安身之处，因为他怕真有这么个人来偷走他的金子。每换一个藏金子的地方，他就能消停一阵子，有几天晚上他不会再折腾，然后他又会在梦里见到那个特征明显的盗匪头子挖他的金子，他就会上去抓住那个人。被噩梦惊醒后，他会立刻起来给金子换一个更加不易被察觉的隐身之所。他认为现实和梦境是有相通之处的，所以他非常重视预兆给他的指示，所以我们不能说这是他受梦境摆布的结果。他认为在梦里出现的盗贼是现实中盗贼的灵魂，只要在他的梦中出现，这些盗贼就一定对他的金子图谋不轨，不管现实中这些人身在何处。因此，他不停地压榨进他木屋的可怜人，与此同时，他的苦恼也随着他包里金子重量的增加而增加。

突然，他没了坐在门口晒太阳的闲情逸致，从地上弹跳起来。他人生中很重要的一项娱乐活动就是不厌其烦地称他的金子，不过现在有一件棘手的事情让他不能好好享受，他一直找不到解决这个问题的方法。这件糟糕的事情就是，用来称金子的天平一次最多只能称十八盎司，也就是一磅半。他的金子是这重量的三倍多，这台天平远远满足不了他的需求，实在是太小了。他总认为自己没有福气观赏这样金灿灿的诱人景致，因为他从来没有一次将这些金子称完过。正因为这样，他的占有金子的乐趣也减半了；在他看来，这样憋屈的窘境不单单是让他的财产显得只有一点点，更为严重的是他觉得这样没有真正显示出他拥有如此多金子的事实。刚刚他突然想到了一个绝妙的办法来解决这个问题，所以马上站了起来。他睁大眼睛，往路两边看了又看，直到确认没有危险分子在附近打他金子的主意，然后才回到小木屋里。

他以最快的速度收拾好了桌子，把天平摆了上去。他在天平的两边分别放上同样重十五盎司的砝码和金沙，然后将放砝码的一边换上金沙，这样一来天平就可以称整整三十盎司的金子了。然后，他把两盘金沙合成一盘，在空盘子里再放上另外的金沙，让天平保持平衡。直到累得汗如雨下，他才把所有的金沙都放上了天平。他开心地直打战，欣喜若狂。他不放过任何一小块金沙，把袋子里所有的金沙都倒了出来，直到压得天平倾斜了，一端垂到桌面。不过天平不一会儿又恢复平衡了，因为他在另外一个盘子里放上了同等重量的砝码。他呆呆地抬着头，戳在那里。包里的金子都放到天平上了，它还能称很多金子。不管有多少金子，都能放在这台天平上称。他感觉到胸口有只手压着，热得发烫，那是财神的手。已经偏西的太阳透过敞开的大门把光照到天平上，天平上称着两盘金沙。这两盘金沙正如埃及艳后铜像上的一双金色乳房，反射出柔和的光线。时间在那一刻静止了。

"我的上帝呀！你攒的金子可真够多的，对不对？"

杰考布·肯特迅速将那支放在手边的猎枪端在胸前，同时转过身来。在背后发问的这个人正是他每天都梦到的那个盗匪头子的模样。这个天外来客脸上的伤疤跟肯特梦中出现的那个人的一模一样，他一见到这张脸就吓得倒退了好几步。

那人却满脸疑惑地看着他。

"嘿，你别紧张，我才不会打你的金沙的主意，也不会杀了你，你的担心是多余的。"他一边说，一边挥手叫肯特别太神经质了。

"你真奇怪，你这个人真奇怪！"因为他看到肯特满头大汗，颤抖着双腿，于是感叹道。

　　见肯特保持沉默，他问道："你没事吧？被传染上什么严重的疾病了吗？怎么不说话呢？喂，说话！"肯特这时正在努力使他自己恢复平静。

　　肯特颤抖着声音问："你的伤疤是……是怎么回事？"肯特用食指指着对方脸上那道吓人的疤痕，手抖得厉害，从牙缝里挤出这几个字来。

　　"我这伤疤是船上的水手用穿绳索的锥子刺的，既然你这个傻瓜提到这件事情了，我倒想问问，你跟我的伤疤有什么关系？你问这个做什么？我的上帝！我长个疤，你也难受吗？我真搞不明白，就你这样俗不可耐的人也嫌我的疤丑？"

　　"不是，不是，我只是有些好奇。"肯特难为情地笑笑，坐在凳子上。

　　"你之前见过这样的疤痕吗？"那人摆明了要问到底。

　　"没有。"

　　"那就是说，这个疤痕很美，对不对？"

　　肯特为了让这位不知道从哪里冒出来的客人满意，顺从地点头表示认可："美极了。"没想到肯特的回答没有让顾客满意，反而招致一顿骂。

　　"你脑子有问题吧，你这个坏东西！你是操的什么心？上帝在我的脸上留了这么一个怪吓人的口子，你竟然还夸它美！你是有什么目的？你……"

　　这个性情乖戾的客人又接连骂了许多东方的脏话，上帝、恶魔、妖怪、祖宗十八代都没能逃厄运，那种蛮横的霸气把杰考布·肯特吓得好像瘫痪了。肯特将脚收回两步，胳膊高举，像是为那怪人打他提前做防备。那怪人看肯特吓得不轻，中断了他的精彩演说，放声大笑，豪气冲天。

那怪人直笑得没有了力气才开口说话："太阳马上就要回家了，你应该为有我这样丑陋可怖的人陪你过夜感到开心才对。我要喂我的狗了，你赶紧把炉子生着。兄弟，可别吝啬你的柴啊，外边多的是长柴的树，你有时间却没有事情做，去多砍点儿回来，顺便打一桶水来。动作要快，不然小心我狠狠收拾你！"

杰考布·肯特回去生火、砍柴，还有打水——这样殷勤地伺候顾客，可是头一次啊。吉姆·卡德吉在离开道森时，听人说了这专剥削苦命人血汗钱的吸血鬼的事。走在路上，好多被肯特欺负过的人都在说这个"夏洛克①"的种种不义和罪行。这个跟所有水手一样爱开玩笑的人，决定亲自去这座木屋里给它的主人一点儿颜色瞧瞧。照目前看来，这个计划显然是意料之外地成功实施了。卡德吉看得出他脸上的疤痕对肯特来说很重要，不过他还是不明白到底是怎么回事。尽管如此，他知道是这个疤痕引起了肯特的恐惧。所以，他决定要将这个伤疤好好利用一下，就像现代的商人无情地利用一些表面光鲜亮丽的商品以达到获利的目的一样。

"上帝允许我的眼睛一直保持明亮，就是因为你是个做事爽利的人！你如果去克朗代克淘金的话一定会屈了你作为一个天生的酒店经营者的尊贵身份。我经常从育空河一带的人口中听说你的事迹，从来没想到你竟然是这样优秀的一个人。"卡德吉看着忙得完全没有空闲的肯特，歪着头赞美道。

----

①莎士比亚剧本《威尼斯商人》中的吝啬鬼。

肯特在心里想着要把这个家伙的头打破，可那个伤疤让他惧怕不已。这家伙就是要偷他金子的盗贼，就是在他梦里盘算着要霸占他金子的坏人。如此看来，这家伙这次来一定是要抢金子的，除此之外没有别的解释。肯特的视线从没离开过那个伤疤。那个伤疤太有吸引力了。他想移开目光，不去看那个伤疤，可任他怎么努力都无济于事，那个伤疤像是有神奇魔力般深深地吸引着他的目光。卡德吉正在铺毯子，偶然一抬头撞见肯特紧盯着他看，不由得大吼一声："你对我的疤痕有什么想法？如果这道疤痕碍到你什么事情的话，你就铺好床，吹灭灯，上床睡觉去吧，这是我的建议。乖乖听我的话，还愣着干什么？你这傻瓜，要是不听话，我就给你一拳！"

肯特被唬住了，慌慌张张跑去吹熄油灯。他穿着靴子就直接躺进毯子里了。尽管卡德吉睡在地板上，地板很硬，但他没过多久就睡着了；肯特躺在床上却怎么也睡不着，他决定整夜都不睡觉。他的眼睛在黑暗中瞪得大大的，一支猎枪在他手中抓着。他的金子就放在床头的火药箱子里，因为他一直找不到时机把它们藏起来。不管他怎样打算，他还是睡着了，尽管那些金沙依旧压在他的心头，非常沉重。如果不是怀着这样沉重的心情入睡，他的梦游病也许就不会发作了，第二天卡德吉也就不会拿着淘金盘采矿去了。

炉子里的火燃烧了很久，最终还是熄灭了。木屋的缝隙里长满苔藓，寒气从这里渗进屋里，屋里变得冷了。在屋外的狗静悄悄的，蜷缩着身子躺在雪夜里，在做有天堂、鲑鱼的梦，那里没有人赶它们，也没有人监督它们。屋子里，卡德吉睡得非常死，肯特却怪梦连连，折腾得他怎么也睡不踏实。将近凌晨的时候，肯特突然掀开毯子，下了床。真是奇怪的事情，他没有点灯，摸黑做了许多事情。也许是屋子里太黑了，他自始至终都没有睁开眼睛，也可能是他怕被客人脸上那道伤痕吓到。事情是这个样子的：他紧闭双眼拿出火药箱里的火药，往猎枪里塞了好多，做得很干净，没有一粒浪费掉，紧接着他用两个塞子塞紧火药，做完这些，他又继续睡觉了。

第二天天刚蒙蒙亮，肯特就醒了。他探出身子打开火药箱，检查他的金子。他或许看到了什么，又或许什么也没有看到，对于他这样神经质的人，这一看对他影响巨大。他看了一眼躺在地板上的那个人，然后把箱盖轻轻放下，在床上躺好。一种少有的心平气和浮现在他脸上。他脸上的肌肉平静，一点儿烦躁不安都没有。他在床上思考了很久，当他从床上起身开始在地上走动时，他还是不慌不忙，不发出任何声响。

卡德吉躺在地板上。有一个很结实的木橛正好在他头上方的房梁上。肯特决定要利用一下这个木橛，他放一根零点五英寸粗细的绳子在它上面，绳子两端被他拉到地面上，绳子一头被他打了个活结，一头绑在他自己的腰上。在麂皮带堆的边上放着一支猎枪，他已经扳上了扳机，放在手边。卡德吉还在睡觉，尽管肯特对那个疤痕有所顾忌，但还是鼓起勇气将活结套在了卡德吉的脖子上，利用自己的体重迅速将活结拉紧，抄起猎枪，瞄准卡德吉。卡德吉被勒得喘不过气来，他醒了，惊愕地瞪着面前的枪口。

肯特稍稍松了松绳子，问卡德吉："你把东西弄到哪里去了？"

"你这个白痴……咳……"

肯特稍向后移了下身子，绳子绷得越发紧了，紧紧勒着卡德吉的脖子。

"你这神经病……咳咳……啊……"

"你到底把它们弄到哪里去了？"肯特再次发问。

卡德吉好不容易透过气来，反问道："你说什么？"

"我的金子。"

卡德吉被这个疯子搞晕了："什么金子？"

"你会不知道？我的金沙。"

"真是莫名其妙，我又没有看着它。这跟我一点儿关系都没有。我从来都没有见过它。"

"你不知道吗？我会让你知道的。你的手不许动，不然我会让你的脑袋开花的。"

卡德吉大喊大叫，因为肯特把绳子拉得更紧了："天哪，救救我！"

过了一会儿，肯特把绳子放松了，卡德吉晃着脑袋，假装被勒得很痛苦，然后把脖子上的活结弄得松了些，使自己舒服一点儿。

"想好了吗？"肯特又问。

"你弄死我吧，你这老不死的吸血鬼！"卡德吉无奈道。

正如卡德吉所想，这场悲剧接下来演变成了闹剧。不管肯特怎样用力拉绳子，都吊不起卡德吉来，因为相比之下，肯特的身体比卡德吉轻。肯特把吃奶的劲儿都用上了，可卡德吉仍然没有被吊起来。

肯特眼见不能吊起卡德吉，就继续用力拉，意图逼他说出金子的下落，不然就慢慢弄死他。不管肯特怎么做，卡德吉还是活得好好的。时间一分一秒地过去了，肯特还是毫无头绪，不得不把那个有疤痕的男人放下来。

肯特一边擦去脸上的汗珠一边说："这么看来，你的人生注定不能这样结束。既然这样，你不想这样被吊死，那你就必须吃枪子儿。"

卡德吉现在能做的只有拖延时间，他埋怨肯特说："你看你把好好的地弄得一片狼藉。我来告诉你接下来该做些什么，你给我听清楚了：我们完全可以开一个研讨会的，一起想一想。你的金子不见了，你怀疑是我偷的，我不承认。我们来好好想一想，找到一个解决方案……"

"我的天哪！"肯特有意奚落他，故意学着他说话的腔调，打断了他，"要怎么做我会知道的，不用你瞎操心。你要是敢轻举妄动，我就让你死在我的枪下。"

"好吧，看来我只能想想我的老妈妈了……"

"她如果真疼你，上帝会怜悯她的。不许动！"卡德吉刚有反抗的动作，就被肯特发现了，立刻就有枪管冷冷地对着他的额头，"乖乖躺着！你再敢乱动，我就马上送你回老家。"

肯特一手扣着扳机，另外一只手把卡德吉手脚绑好，这只花去他几分钟的时间，如果他之前没有做过纺织工作，我想这是相当困难的一件事情。为了方便将河面上的情况尽收眼底，又不耽误看时间，肯特把卡德吉弄到屋子外边，让他靠着墙。

"我给你一上午的时间，然后……"

"你想做什么？"

"如果你肯告诉我金子的下落，我可以让你躺着等骑警来；如果你还是嘴硬，我就会送你颗子弹尝尝。"

"天哪，怎么会有这样的事情呢？你这老不死的家伙，疯子！平白无故地，你要杀掉我，难道我做错什么了吗？我这样善良的人……你……"

卡德吉再次开骂，骂得痛快淋漓。这回肯特却搬了把椅子坐下，好好欣赏这样空前绝后的精彩表演。卡德吉骂得口干舌燥，再也没词了，才慢慢停下来，他想不明白事情是怎么到这一步的。他注意到东方的太阳，它今天升得好快。卡德吉的狗等不到主人为它们套雪橇，焦躁不安，一起聚集到卡德吉周围来。主人的窘况似乎被它们发现了。它们觉得一定是有些地方出了问题，可还是不明白究竟哪里出了问题，因此，它们踱来踱去，呜咽着低吼，以示对主人的关切。

"呸！滚远点儿！你们这些白痴！"卡德吉骂道，他挣扎着试图让它们离开。突然他意识到他被困在一个斜坡上。赶走狗，他就在猜测斜坡背面的样子。他很快就想到了。理论上讲，人都有很强的惰性，他想。他必须把要做的事情做了。房主一定在造木屋子时在房顶铺了一些泥。以此推断，他在屋子周围挖些土来用也是正常不过的。所以，他断定，他正躺在一个土坑旁边，肯特屋顶的泥一定来自这个土坑。这个土坑可能是他能多活一段时间的机会，他应该抓住，他在心里这样盘算着。然后，那捆皮绳子引起了他的注意。皮子遇潮会伸展开，而此刻被肯特用来反绑他双手的皮绳正好被他的手压在雪上，已经有些潮了。就这样，他不着痕迹地暗地里一点点地将绳子弄松了。

卡德吉热切盼望着有个人能出现在门前的雪路上。没过多久，在六十英里站的方向，出现了一个黑点，似有若无，他赶紧抬头望了望太阳。快到正午了。那个黑点一会儿在山谷里，一会儿又飘到冰山上，但是他不敢明目张胆地往那个方向看，因为如果那样的话，会让肯特有所怀疑。有一回，肯特站起身来，仔细盯着那条雪路，这让卡德吉手捏了一大把汗。要不是那架雪橇正好挡在一块冰的后边，一定会被肯特看到，那可就危险了。

卡德吉想要引起肯特的注意，故意威胁他说："总有一天你会被吊死的，你要为你此刻的行为付出代价。你的尸身会腐烂在地狱里，不信你就看吧。"

　　没过多久，卡德吉突然大声问道："伙计，你觉得有鬼存在吗？"这一问似乎吓到了肯特，卡德吉觉得可以从鬼上做文章，他接着说道："人们做的承诺，不去遵守，就会有鬼过来把他带走。这样看来，在没有到十二点时，我的命还是我的——我是说正午才是我的死期，你明白吗？如果你食言了，我变成鬼也不会放过你。我说到做到，你必须相信我。"

　　肯特似乎被卡德吉这番话唬到了，可他不说一个字。

　　"你确定你的表很准吗？你考虑过这里的经度没有？你是以什么标准调你的时间的？"卡德吉不死心地缠问肯特，企图通过他的极力争取换得几分钟时间，"你的表是什么时间？公司时间？还是兵营时间？我一定不会饶过你，假如你在正午之前杀了我的话。我保证，我一定会抓你走的，你不得不信。如果你没有表，你就不会知道准确的时间。我就是想要知道，你知道准确的时间吗？"

　　"我会让你死得准时的，我有个比表还准时的东西。"肯特说道。

　　"那不行的，那日晷的针走得不准。"

　　"已经修好了。"

　　"你是怎么弄的？用指南针？"

　　"不是，我的助手是北极星。"

　　"你确定？"

　　"确定。"

　　"哼！"卡德吉偷偷瞄了瞄屋子旁的路。刚刚那个黑点已经爬上一个坡，离这里越来越近了，那些狗正很卖力地拔足狂奔。

　　卡德吉问："现在是什么时候了？"

肯特看了看他的日晷，仔细琢磨了一下，回答说："你的死期快到了。"

"麻烦你在送我走之前提醒我到正点了，好不好？"

"好。"肯特答道。

接下来，两人中一片沉寂。卡德吉手上的绳子正在被他慢慢挣脱，快松开了。

"伙计，现在几点了？"

"影子正停在指针一英寸远的地方。"

卡德吉不动声色地扭着身子，想要找个好的姿势，好在即将回老家的时候能躲到坑里。此刻，他手上的皮绳已经被退下一圈了。

"现在呢？"

"还有半英寸。"突然，雪橇的声音被肯特听见了，他紧张地看向那条路。雪橇狗正向木屋奔来，雪橇主人正躺在雪橇上。肯特迅速扛起枪，转身面向卡德吉。

"还没有到正午！你现在送我走，我还会回来找你的！"卡德吉威胁道，声音非常大。

肯特稍有迟疑。他正站在日晷边上，离卡德吉只有十步远。雪橇主人站了起来，他一定发现这边的情况了。他正发狂似的赶那些狗。

正午到了。肯特将枪口对准了卡德吉。

"正午到了，预备——"肯特一脸正色，提醒道。

就在几秒钟的时间里，卡德吉翻身跃入旁边的土坑。肯特扣住扳机，迅速来到土坑边上。枪响了！枪口正对着刚好站起身来的卡德吉的脸。不过子弹并没有从枪口里出来，有一片火花闪耀在离枪托不远的枪筒边上。肯特倒了下去。那些狗奔到岸上，拉着雪橇从肯特的尸体上轧过去。卡德吉挣脱了皮绳的绑缚，从坑里爬出来，这时雪橇主人从雪橇上下来。

"是你！"来人认出了卡德吉，"发生了什么事情？"

"什么事情？哈，你觉得有什么事情呢？我不过是闲得无聊，消遣消遣，都是游戏。什么事情？你这白痴，还敢问我发生什么事情！快把我的绳子解开，我就让你知道来龙去脉。快点儿！不然我会让你很难看！"

那人赶紧依命而行，为他解绳子："哼！发生什么事？我自己都不清楚。你倒是告诉我呀，这是怎么了？嗯？"

他们将肯特翻过来看时，发现他已经没了气息。那支老式又笨重的枪就在他旁边，枪筒和枪身已经分裂开来。右边枪筒靠近枪托的地方有很长的裂缝，口向外翻。卡德吉满心疑惑，拿起枪来。从那个缝隙里流出了许多闪着金光的东西，是金沙。原来如此，卡德吉这才明白过来。

"该死！我怎么也不会想到会是这个样子！到死也不会知道！金沙在这里，真要命！查理，你真是的，去把淘金盘拿来，快点儿！"

"博集典藏馆" 书目

041《林家铺子》

042《复活》

043《基督山伯爵》（全2册）

044《童年·在人间·我的大学》

045《安妮日记》

046《培根人生论》

047《机器岛》

048《格林童话》

049《安徒生童话》

050《麦琪的礼物》

051《木偶奇遇记》

052《圣经故事》

053《堂吉诃德》（全2册）

054《简·爱》

055《呼啸山庄》

056《安娜·卡列尼娜》

057《包法利夫人》

058《哈克贝利·费恩历险记》

059《淘气包日记》

060《从地球到月球》

061《环月飞行》

062《气球上的五星期》

063《地心游记》

064《傲慢与偏见》

065《变色龙》

066《吉檀迦利》

067《寄小读者》

068《秘密花园》

069《老人与海》

070《先知·沙与沫》

071《繁星·春水》

072《园丁集》

073《小桔灯》

074《森林报》（全2册）

075《热爱生命·野性的呼唤》

076《绿山墙的安妮》

077《局外人》

……